AF398371

M.L. Busch hat nicht Medienkommunikation studiert, ist keine Journalistin und arbeitet auch nicht für verschiedene Zeitschriften als freie Autorin. Sie wurde nicht bekannt durch Auftritte im Radio oder Fernsehen. Auch wöchentliche Kolumnen gibt es keine.

Die Autorin lebt in Nordrhein-Westfalen und schreibt „Tussi-Literatur". In ihren Happy-End-Geschichten geht es immer um die Liebe und das Leben. Auch im wirklichen Leben der Autorin gibt es den Humor, der regelmäßig in ihren Büchern zu finden ist.

M. L. BUSCH

Küsse unter Kokospalmen

Danke an alle, die mir geholfen haben, das Ananaseis der Keoki-Plantage zu kreieren. Ohne euch wäre es mir sicher nicht gelungen.

PS: Das Rezept zu Anas leckerem Ananaseis findest du am Ende des Romans ;)

Vorwort

Abflug

The Aloha State ist der schönste Ort der Welt. Zumindest ist das meine Meinung. Ich habe schon viele atemberaubende Plätze besucht und fand es nirgendwo so wundervoll wie auf Hawaii.

Umso mehr freue ich mich, euch mit der Herzklopfen auf Hawaii-Reihe ein wenig davon zeigen zu können.

Be seated, please!

Schnallt euch an, zieht die Gurte fest und genießt die Reise.

1

Ana

Ich bin spät dran. Ich bin sogar ultraspät dran. Mal wieder. Anders als sonst ist es heute nicht meine Schuld. Die Zufahrtsstraße zum Hotel war verstopft, weil einer der unzähligen Surfer sein Board meterweit über die Fahrzeugseite hat hinausragen lassen. Unglücklich gelaufen. Jetzt gibt es einen Briefkasten weniger auf der Insel.

Zum Glück ist nichts Schlimmes passiert. Keiner wurde verletzt, nur mein Zeitplan durcheinandergewirbelt. Leider passiert das viel zu oft. Ich lasse mich zu gerne von allem Möglichen ablenken. Aber das Leben ist kurz und ich habe nicht vor, irgendetwas zu verpassen. Pünktlich zu sein gehört nicht zu den Dingen, auf die ich Wert lege.

„Hey Ana, du bist spät dran."

Das weiß ich selbst, Danke.

„Ja. Wie immer." Ich schenke James-Dean Makaio, dem Bagagist und Portier im *Lailani Beach Hotel* und Mädchen für alles, ein Lächeln und lege einen Zahn zu. Das Eis muss schnellstmöglich in die Kühlung, sonst fällt das Dessert im Hotelrestaurant ins Wasser.

Meine Familie beliefert ganz O'ahu mit frischem Ananaseis. Sämtliche Lieferungen für die Hotels in Honolulu übernehme ich persönlich, um den unmittelbaren

Kontakt mit den Kunden zu fördern. Die Keoki-Plantage gehört zu den angesehensten Unternehmen auf ganz Hawaii. Mein Vater und mein Bruder sind neben mir zuständig für die Plantage, die sich ausschließlich mit dem Anbau von Ananas beschäftigt. Unser selbst gemachtes Ananaseis macht mittlerweile ein Drittel unseres Umsatzes aus. Darauf sind wir drei mächtig stolz. Es schmeckt aber auch außerordentlich frisch, süß und unvergesslich exotisch, genau wie unsere Ananas. Ein Urlaubserlebnis für jeden Touristen, der nach Honolulu kommt.

Unauffällig sehe ich zur Rezeption und überprüfe, ob mich jemand bemerkt. Für gewöhnlich nehme ich den Lieferanteneingang, aber ich bin spät dran und habe keine Zeit, den Hotelkomplex zu umrunden und das Gebäude von hinten zu betreten. Wenn ich durch die Abkürzung ein paar Minuten einspare, nehme ich die möglichen Unliebsamkeiten, bei etwas Verbotenem erwischt zu werden, gerne in Kauf. Beflügelt von meiner Idee senke ich den Blick und ziehe mir das gelbe Cap mit unserem Firmenlogo tiefer in die Stirn. Bloß nicht angesprochen und in letzter Sekunde aufgehalten werden. Bitte nicht. Ich habe es wirklich eilig.

James-Dean ruft mir etwas zu, das ich nicht verstehe, dann passiert es ... mein Körper prallt gegen eine Wand.

Was?

Grundgütiger!

Fassungslos starre ich auf meine Hände, die plötzlich feucht und klebrig sind, und anschließend nach oben. Weit nach oben. Ein grimmig dreinblickender Mann mit akkuratem Kurzhaarschnitt steht vor mir. Ein adretter Anzugträger, um die dreißig, mit einer stahlharten Brust, die nun mit angetautem Ananaseis besprenkelt ist.

Das ist nicht gut. Sein Jackett ist aufgeknöpft und das strahlend weiße Businesshemd mit unzähligen Spritzern überzogen, als hätte ein Hund sein Bein etwas zu hoch gehoben und ihn angepinkelt. Zumindest ein bisschen. Unser Ananaseis hat ein helles, aber sehr strahlendes Gelb.

Der Gedanke lässt mich sofort grinsen. Ich kann nichts dafür, ich habe eine blühende Fantasie. Immer schon. Gutaussehende Kerle aus der Kategorie Geschäftsmann auf Urlaub werden bestimmt höchst selten von Hunden angepinkelt. Eine solche Vorstellung ist zu komisch. Warum trägt dieser Mann bei fünfunddreißig Grad im Schatten und einer Luftfeuchtigkeit von schnuckeligen achtzig Prozent einen Anzug? Das muss die reinste Folter sein. Gut möglich, dass er gerade angekommen ist. Inselneulinge sind oftmals an unpassender Kleidung auszumachen.

„Entschuldigung." Obwohl ich mich bemühe, kann ich meine Belustigung nicht zurückhalten. Umgehend reiße ich mich zusammen und versuche meine Gesichtsmuskeln zu kontrollieren. Dieses freche Schmunzeln ist mehr als unangebracht.

„Was ist das für ein Zeug?" Der Mann sieht an sich herunter, runzelt die Stirn und zieht die Augenbrauen zusammen. Offensichtlich setzt ihm nicht nur die schwüle und extrem feuchte Luft zu. Er ist sauer. Stinksauer. Höchste Zeit, Schadensbegrenzung zu betreiben.

„Äh … Eis.“ Erneut sehe ich auf meine Finger und den Behälter, der jetzt einen Riss hat. Der Deckel ist abgesprungen und das kostbare Eis ist über den Rand gelaufen. Mist! Es ist schon viel flüssiger als ich dachte. „Es tut mir unendlich leid. Das hätte nicht passieren dürfen.“

„Sehe ich auch so.“

Mein Gegenüber unterlässt es, sich abzutupfen oder das teuer anmutende Jackett nach Spritzern abzusuchen. Er steht bewegungslos vor mir und behält mich genau im Auge, als vermute er Absicht hinter dem Malheur, das meinen Zeitplan in den Ruin treibt.

„Entschuldigung“, wiederhole ich und trete einen Schritt zurück, um dem Anzugträger Raum zu geben. Er wirkt mürrisch und angespannt, als warte er nur darauf mich anzugreifen. Es ist fast schon ein wenig unheimlich. Deswegen drücke ich den Eisbehälter verzweifelt gegen meine Brust, damit nicht noch mehr auf den Boden tropft.

Was habe ich nur für eine Schweinerei angerichtet? Der Hotelchef wird wütend sein, wenn er davon erfährt. Ich seufze und denke bereits an das Gespräch, das unweigerlich auf mich zukommen wird. Warum habe ich nicht den Hintereingang genommen? Dummer Fehler. Unbewusst weiche ich weiter zurück.

„Stopp! Stehen bleiben!“

Mr. Schlechtgelaunt hat die Hand nach mir ausgestreckt und meinen Unterarm gegriffen. Wenn ich nicht so gute Reflexe hätte, wäre der Eisbehälter sicher zu Boden gefallen.

„Aua!" Ungelenk versuche ich mich loszumachen, aber der Druck wird nur fester. Mein Arm sitzt in seiner Faust, eingeklemmt wie in einem Schraubstock.

„Meine Brieftasche! Bitte geben Sie sie zurück. Und die Uhr, die Sie genommen haben, ebenfalls."

Wenn Blicke töten könnten, würde ich jetzt keinen Atemzug mehr tun. Entsetzen überkommt mich. Mir fehlen die Worte. Und die Nerven auch.

„Wie kommen Sie darauf, dass ich Ihre Brieftasche habe? Oder Ihre Uhr?", frage ich, nachdem ich meine Sprache wiedergefunden habe. So etwas ist mir noch nie passiert. Unglaublich! Denkt dieses hochmütige Individuum etwa, ich wäre eine Taschendiebin? Wie kommt er darauf? Nur weil wir zusammengeprallt sind?

„Ich stehle nicht! So etwas habe ich nicht nötig." Mit all meiner Empörung ziehe ich an meinem Arm. Ergebnislos. Der Mistkerl wird mich nie und nimmer loslassen. Das ist so sicher wie unser Eis gelb ist.

„Ana Ananas, was ist los? Brauchst du Hilfe?" Unmittelbar taucht James-Dean neben mir auf und blickt von meinem Angreifer zu mir und zurück.

James-Dean ist gerade sechzehn Jahre alt und im ersten Ausbildungsjahr. Außerdem ist er in mich verschossen. Zumindest vermute ich das, weil er mich immer Ana Ananas nennt und einen roten Halsansatz bekommt, sobald er mich erblickt.

„James-Dean, könntest du nach dem Manager schicken? Wir haben offensichtlich ein größeres Problem." Mein Ton ist eisig und steht dem Blick des selbstgefälligen Anzugsträgers in nichts nach. Mal sehen, wer diesen Streit gewinnt. Die Herausforderung nehme ich gerne an. Schließlich habe ich weder seine Brieftasche noch seine Uhr genommen.

„James-Dean?", echot mein Gegenüber und ich sehe einen Mundwinkel zucken. Der sechzehnjährige sieht kein bisschen aus wie der echte James Dean. Er ist gebürtiger Hawaiianer, klein, dunkles Haar und stämmig gebaut, mit vielen Muskeln, die dabei helfen, die unendlich vielen Koffer der Gäste zu stemmen.

„Ja, ich bin James-Dean Makaio und denke, Sie sollten Ana schnellstens loslassen", erwidert mein selbsternannter Beschützer mit fester Stimme. Der Gute weicht mir nicht von der Seite, er rückt sogar näher.

Ich bin gerührt von so viel Aufopferung. Auch wenn ich glaube, dass ich nicht in Gefahr schwebe. Der Typ im Maßanzug will sich lediglich aufspielen und seinen Reichtum raushängen lassen. Höchstwahrscheinlich hat er den Geldbeutel in seinem Zimmer liegenlassen und genießt es im Stillen, diese Show abzuziehen.

„Nicht bevor ich meine Brieftasche zurückhabe", sagt er beharrlich. Sein Blick hat etwas Bohrendes, trotzdem fühlt er sich nicht unangenehm an.

Wir liefern uns ein Duell, das mich erschaudern lässt. In seinen Augen stehen nicht nur Wut und Unglaube, ich meine auch Begehren erkennen zu können.

„Hol den Manager", weise ich James-Dean an und mache eine Bewegung mit dem Kinn. „Mit so einem Unfug kann ich nicht den ganzen Tag verschwenden."

Mein treuer Verehrer geht, aber nicht ohne einen anklagenden und sehr argwöhnischen Blick auf den Hotelgast zu werfen.

Der Griff um meinen Arm verstärkt sich wieder und sperrt mir das Blut ab. Vermutlich bekomme ich einen blauen Fleck oder einen geschwollenen Unterarm. Meine Finger fühlen sich bereits taub an. Das kostbare Eis tropft auf den Boden und ist nicht mehr zu retten. Verdammter Mist! Mein Bruder Bane wird nicht begeistert sein. Das ist nicht die erste Katastrophe, die mir diese Woche passiert.

Ich seufze und versuche die Unterarmmuskeln zu entspannen, um etwas Blut in die Finger zu bekommen. An manchen Tagen läuft einfach alles schief. Heute scheint so einer zu sein.

„Müssen Sie so fest zudrücken?" Mit schmerzverzerrtem Gesicht trete ich auf der Stelle und überlege, den kaputten Behälter abzustellen, während wir warten. Das Eis tropft unaufhörlich auf meine Flip-Flops und läuft zwischen meine Zehen. Sehr unschön und verdammt klebrig. Hoffentlich rutsche ich nachher nicht aus.

Ich höre eine gemurmelte Rechtfertigung und im nächsten Augenblick ist die Hand von meinem Arm verschwunden. Der Druck ist weg, das Blut beginnt zu fließen. Eine Wohltat. Erleichtert reibe ich mir über die schmerzende Stelle.

„Entschuldigung." Ärger und Anspannung fallen von ihm ab. „Ihnen wehzutun lag nicht in meiner Absicht. Aber Ihr Körper scheint nur aus Haut und Knochen zu bestehen. Sie sollten mehr trainieren." Ein bisschen zu offensichtlich lässt er seinen Blick über besagten Körper schweifen und mir wird heiß. Heißer, als mir bei dem Wetter sowieso schon ist.

„Und mehr essen. Sie sind dünn."
Unverschämtheit!

„Dünn und schwach? Das bin ich beides nicht", protestiere ich und ärgere mich, weil meine Stimme piepsig klingt. Blöde Aufregung.

Statt darauf zu antworten, grinst der impertinente Kerl überheblich. Frechheit! Wohin ist plötzlich seine Wut verschwunden? Sein Frust und der Hass auf mich als Taschendiebin? Es scheint, als hätten wir die Rollen getauscht. Jetzt bin ich wütend. Argh!

„Gut möglich, dass Sie meine Brieftasche und den fünfzigtausend Dollar teuren Chronographen doch nicht geklaut haben." Er zuckt mit den Schultern und wirkt auf einmal gelassen. „Es gibt nicht viele Möglichkeiten, wo Sie ihr Diebesgut verstecken könnten." Erneut sieht er an mir hoch und runter.

Wie bitte?

Wo kommt der Sinneswandel her? Will er mich zum Narren halten?

„Das denken Sie?", frage ich wie vom Donner gerührt. Meine Stimme hat ihren piepsigen Klang verloren. Ich höre mich aufgebracht und leider überfordert an. Ein Mann wie dieser ist mir noch nie untergekommen.

„Es wäre denkbar, dass ich ihr Chrono…dingsbums in meinen BH geklemmt habe. Mit meinen besonderen Fähigkeiten hätte ich ihn unbemerkt dort verstecken können, während ich Sie mit Eis bekleckert habe. Schon mal drüber nachgedacht?"

Kaum ausgesprochen, erkenne ich meinen Fehler. Warum bin ich so vorlaut?

Der nächste Blick trifft fast spürbar meinen unscheinbaren Vorbau. Verflixt! Sofort hebe ich den Eisbehälter höher. Gut, dass ich ihn nicht abgestellt habe.

Der Anzugträger nickt und wirkt gelassener als gut für ihn ist. Pech für ihn. Er kann mich nicht täuschen, ich habe seinen Mundwinkel zucken gesehen. Dieser Provokateur hat seinen Spaß. Auf meine Kosten! Und ich bin selbst schuld daran.

„Wir könnten nachsehen gehen." Ohne den Kopf zu drehen oder mich aus den Augen zu lassen, deutet er nach rechts zu den Toiletten in der Lobby.

Ich würde gerne etwas sagen, aber mir fehlen die Worte. Ist das eine Anmache? Empfange ich Signale? Mein Radar muss gestört sein. Wie kann dieser Mann erst sauer, dann interessiert, dann belustigt und nun anmaßend sein?

„Was ist hier los?", ertönt eine mir bekannte Stimme von hinten und erspart mir eine Antwort auf diese Ungeheuerlichkeit. „Aloha. Mr. Huxley, sind Sie verletzt? Ist etwas passiert?"

Kaum bemerkt Mr. Okalani das ehemals weiße Businesshemd von Mr. Huxley, schlägt der Manager sich die Hand vor den Mund und sieht mich strafend an. „Ach du liebes Gottchen! Ana Keoki, was hast du angestellt? Der arme Mr. Huxley."

Besser nicht antworten. Höchstwahrscheinlich mache ich alles nur schlimmer, wenn ich versuche, mich zu rechtfertigen.

„Ist schon gut", höre ich die überaus gütige Stimme von Mr. Huxley.

Ach ... auf einmal!

Ich kann ein unauffälliges Kopfschütteln nicht zurückhalten. Was für ein Schleimer. Am liebsten würde ich ihm den Rest von dem Ananaseis über das Hemd kippen. Ein Gentleman verhält sich wahrlich anders.

„Ich wollte sowieso auf mein Zimmer gehen und den Anzug gegen etwas Bequemeres tauschen." Natürlich lächelt der Mann von Welt den übereifrigen Hotelmanager freundlich an.

„Machen Sie das, machen Sie das", kommt es von diesem. „Sie sind schließlich im Urlaub." Heftiges Kopfnicken begleitet die Worte. „Die Reinigung Ihrer Sachen übernimmt selbstverständlich die hauseigene Wäscherei. Außerdem möchte ich mich für Ana entschuldigen. Normalerweise bekommen wir Lieferungen für die Küche durch den Hintereingang." Ein strafender Blick trifft mich, der mich den Kopf senken lässt. Mir bleibt heute nichts erspart.

„Gibt es eine Polizeidienststelle in der Nähe oder kann ich mich irgendwo telefonisch erkundigen? Ich glaube, mir ist auf dem Weg vom Flughafen zum Hotel die Brieftasche geklaut worden", wechselt Mr. Huxley zum Glück das Thema.

„Und die Uhr." Mein verdammtes Plappermaul hat die Führung übernommen. „Den fünfzigtausend Dollar teuren Chrono...chrono...dingsbumsgraphen dürfen Sie nicht vergessen." Um ein Zeichen zu setzen, reibe ich über meinen schmerzenden Unterarm, was mit dem Eisbehälter, den ich immer noch vor meine Brust drücke, gar nicht so einfach ist. „Der ist schließlich auch verschwunden."

***

„Daran war nur der Briefkasten schuld. Mit dem hat alles angefangen", versuche ich meinem Bruder am späten Nachmittag den aufgebrachten Anruf von Mr.

Okalani, dem Manger aus dem *Lailani Beach Hotel*, zu erklären. Ich sitze in seinem Büro vor dem Schreibtisch und verschränke die Arme, damit Bane mein besudeltes T-Shirt nicht auffällt. „Wenn dieses sperrige Ding nicht direkt an der Zufahrt zum Hotel gestanden hätte und wäre das Surfboard dieses Spinners nicht daran hängen geblieben, hätte es keinen Stau gegeben und ich wäre auch nicht zu spät gekommen. Dann wäre ich wie gewohnt zum Hintereingang hineinmarschiert und nicht mit diesem seltsamen Mr. Huxley zusammengeprallt, der unglaublich schlechte Manieren hat." Kaum ausgesprochen schnappe ich nach Luft, weil ich mich beim Sprechen fast überschlagen habe. Mein Vater behauptet immer, ich rede wie ein Schnellfeuergewehr. Na und? Ich habe eben viel zu sagen und der Tag hat nur vierundzwanzig Stunden. Da muss jede freie Minute ausgenutzt werden.

„Ana." Bane sieht mich wenig mitfühlend an. „Warum passiert immer dir so etwas?", fragt er streng, als wäre er mein Vater und nicht mein Bruder.

„Das weiß ich nicht. In den meisten Fällen bin ich unschuldig", antworte ich und setze eine demütige Miene auf. Mein Bruder bringt sich nie in verzwickte Situationen, wie ich es tagtäglich schaffe. Er ist der Gelassenere von uns beiden – streng durchorganisiert und immer auf dem Laufenden. An Tagen wie heute möchte ich mir davon am liebsten eine Scheibe abschneiden.

„Natürlich bist du unschuldig." Den Sarkasmus hörte ich deutlich heraus. „Der Briefkasten steht bestimmt erst seit heute Morgen am Straßenrand." Bane rückt die Brille auf seiner Nase zurecht und lehnt sich auf dem Bürostuhl nach hinten. Er kann auf der Plantage mit den Farmarbeitern Seite an Seite schuften, aber er kann genauso gut den Big Boss markieren. Stets fleißig, ist Bane in den letzten Jahren zweigleisig gefahren und hat neben seinen täglichen Pflichten vor Ort ein Fernstudium im Bereich Business absolviert. Dass er nächstes Jahr seinen Master macht, gibt ihm zusätzlich Sicherheit. Irgendwann, wenn unser Vater nicht mehr tatkräftig mit anpacken kann, wird er die Leitung der Keoki-Plantage übernehmen. Ich zweifele nicht daran, dass mein Bruder der Richtige für den Job ist. Kein Mensch liebt es so sehr, sich in die Arbeit zu stürzen wie mein Bruder. Ob am Schreibtisch oder draußen bei den Ananaspflanzen – Bane Keoki steht gefühlt ständig bereit.

Gerade glaubt er, mich in die Enge getrieben zu haben, doch da täuscht er sich. Ich bin nicht von gestern und nicht zum ersten Mal in einer unangenehmen Lage wie dieser.

„Natürlich steht der Briefkasten nicht seit heute Morgen da", lächele ich siegesgewiss. „Aber seit letzter Woche. Außerdem ist dieser Briefkasten einer von vielen, die neu in Honolulu sind. Durch den steigenden Zuwachs an Touristen im letzten Jahr hat die Regierung beschlossen, in den Bereichen vor den Hotels zusätzliche Briefkästen aufzustellen. Wegen der ganzen Ansichtskarten, die geschrieben werden."

Natürlich ist das alles erstunken und erlogen. Mein Bruder ist unfassbar leichtgläubig. Wenn ich Informationen selbstbewusst rüberbringe, stellt er sie grundsätzlich nicht infrage. „Außerdem habe *ich* den Briefkasten gar nicht umgefahren, sondern der Surfer. Ich

stand nur in dem Rückstau, der durch den Zusammen-
prall verursacht wurde."

Ich bin völlig unschuldig.

Bane seufzt, wie ich es von ihm gewohnt bin. Meine
Geschichte fängt an, ihn zu langweilen. Gleich verliert
er das Interesse und lässt mich vom Haken.

„Fahr einfach beim nächsten Mal zeitiger los", weist
er mich an, als wäre das die Lösung. Was für ein Witz-
bold. Da wäre ich nie selbst draufgekommen.

„Mach ich."

Wenn das so einfach wäre, würde ich es tun. Leider
gehört Bane mit seinen zweiunddreißig Jahren zu den
Unwissenden seines Geschlechts. Frauen haben ein anderes Zeitmanagement als Männer. Mir ist das völlig
klar, nur ihm nicht.

Irgendwann wird mein großer Bruder das sicher
auch kapieren. Sollte er es jemals schaffen, eine Frau
länger als ein paar Monate zu halten, stünden seine
Chancen gar nicht schlecht. Musste Bane sich in der
Vergangenheit zwischen der Arbeit und seiner Freundin entscheiden, hat der Dummkopf immer die Arbeit
gewählt. Deshalb ist es kaum verwunderlich, dass es
kein weibliches Wesen bei ihm ausgehalten hat. Jede
Frau will an erster Stelle stehen. Nein, sie *muss* an erster Stelle stehen.

Bane könnte so viel von mir lernen, würde er mir nur
einmal in seinem Leben zuhören, wenn ich über
Frauen im Allgemeinen rede. Aber Ratschläge nimmt
dieser Besserwisser höchstens von unserem Vater an.
Niemals von mir. Ich bin ja nur die sieben Jahre jüngere
Schwester, die ohne Mutter groß geworden ist und von
nichts eine Ahnung hat. Sofern es nach meinem Vater

und Bane geht, werde ich immer ein kleines, unschuldiges Mädchen bleiben. Punkt.

„Zieh dich einfach um und setz dich an deinen Schreibtisch. Da warten ein paar Rechnungen, die überwiesen werden wollen. Ich habe sie dir eben hingelegt.“

Abgelenkt sehe ich auf meine verschränkten Arme. Vielleicht sind sie wirklich dünn, wie Mr. Huxley mir weismachen wollte. Zumindest sind sie zu dünn, um die Eisflecken auf dem T-Shirt zu verbergen.

Überhastet entknote ich mein Schutzschild aus Armen und stehe auf, um zu erledigen, was mein Bruder mir aufgetragen hat. Die Rechnungen und ein Teil der Buchführung gehören zu meinen Pflichten auf der Plantage. Lange habe ich darum gekämpft, an dieser Arbeit beteiligt zu werden. Nur weil ich nicht Business studiere wie Bane, bin ich nicht zu dumm dafür. Den Schreibkram mache ich gerne. Außerdem freut es mich, Verantwortung tragen zu dürfen. Das scheint mein Vater nach Jahren der Gegenwehr endlich verstanden zu haben.

„Ich werde mich gleich dransetzen. Außerdem plane ich später mit frischem Eis zum *Lailani Beach Hotel* zu fahren und den Schaden wiedergutmachen, den ich angerichtet habe.“

Bane nickt und wirkt zufrieden mit meiner Antwort. „Nimm ein paar Flaschen von dem extra süßen Ananassaft für den Hotelmanager mit. Es kann nicht schaden, dir seine Gunst zu sichern. Das *Lailani Beach Hotel* gehört zu unseren besten Kunden.“

„Mach ich." Mir schnell an die Stirn tippend, flüchte ich, bevor meinem Bruder noch etwas einfällt, was er mir unbedingt mit auf den Weg geben muss.

Auf dem Gang zu meinem Büro, welches gleich neben Banes liegt, laufe ich meinem Vater, Philipo Keoki, über den Weg. Natürlich entgeht ihm mein derangiertes Erscheinungsbild nicht. Sofort fühle ich mich wie ein kleines Kind, das sich beim Spielen schmutzig gemacht hat. Mein Vater schafft es jederzeit, mir mit einem Blick ein schlechtes Gewissen zu verpassen. Möglicherweise liegt es daran, dass er von jeher die Vater- und Mutterrolle gleichzeitig spielen musste. Meine Mutter ist bei meiner Geburt an einer Fruchtwasserembolie gestorben. Ich habe nur durch großes Glück und ein sehr fähiges Ärzteteam überlebt. Anders als Bane durfte ich meine Mutter nie kennenlernen. Alle Leute um mich herum versichern mir stets, dass ich ihr unglaublich ähnlich bin. Meine braunen, mandelförmigen Augen und das freche Mundwerk habe ich von ihr geerbt. Auch meine Gesichtszüge scheinen den ihren ähnlich zu sein. Das braucht mir keiner zu sagen. Ich sehe es in der Miene meines Vaters, wenn er mich in einem stillen Moment auf diese seltsam warme und schmerzhafte Art ansieht. Oftmals treten ihm dann Tränen in die Augen.

Heute presst er aber nicht die Lider zusammen und versucht seine Gefühle vor mir zu verstecken. Heute sieht er mich an wie damals, als ich mich vor einem wichtigen Geschäftspartner übergeben habe. Ich war sechs Jahre alt und hatte es mit der neuen extrasüßen Eissorte, die zum Reinsetzen lecker war, übertrieben.

„Ana ..."

„Daddy", begrüße ich ihn, bevor er mehr sagen kann. Ich bleibe nicht stehen, sondern gebe ihm im Vorbeigehen ein schnelles Küsschen auf die Wange. „Keine Zeit. Bane schickt mich ... Ich muss Überweisungen machen. Es ist eilig."

Mein Vater schüttelt den Kopf, kann ein Grinsen aber nicht gänzlich verbergen. „Bei dir ist es immer eilig", beschwert er sich.

Wo er recht hat, hat er recht. Lächelnd hebe ich die Hand und winke. „Lass uns beim Abendessen reden. Hab dich lieb."

2

Pierce

Ich liege in bunten Surfershorts auf einer bequemen Relaxliege am Hotelpool und starre in den blauen Himmel. Den Kopf halte ich im Schatten und auf meiner Nase sitzt eine Sonnenbrille, die ich aus der Not heraus am Flughafen gekauft habe. Genau wie die Shorts. Keine Ahnung, ob ich Badeshorts und Sonnenbrillen besitze. Falls doch, habe ich sie beim überstürzten Kofferpacken nicht gefunden. In Chicago brauche ich weder das eine noch das andere. Zumindest nicht, wenn ich rund um die Uhr arbeite. Beim Verlassen des Büros ist es längst dunkel.

Urlaub! Ein verhasstes Wort, das ich so wenig mag wie alles, was mit Freizeit und Hobby zu tun hat. Ich habe noch nie Urlaub gemacht und finde, dass es reine Zeitverschwendung ist. Als Kind sind meine Eltern sicherlich mit mir weggefahren. Jedenfalls glaube ich mich an ein paar Schulferien erinnern zu können, die ich am Strand verbracht habe. Aber das ist Jahrzehnte her. Seit ich das Jurastudium abgeschlossen habe und als Strafverteidiger tätig bin, habe ich kaum eine Minute übriggehabt. Geschweige denn genügend freie Tage, die für etwas Ähnliches wie Ausspannen gereicht hätten. Dass mein Vater – von Beruf ebenfalls Strafverteidiger – mich aus seinem Anwaltsbüro, das im Zentrum von Chicago liegt, praktisch rausgeschmissen hat, ist noch nie vorgekommen. Wirklich noch nie. Ich weiß nicht, was ich davon halten soll, dass ich stehenden Fußes abreisen musste. Es verwirrt mich. Mehr, als ich mir eingestehen will.

Ich habe laufende Fälle, an denen ich gemeinsam mit unseren Partnern George Cromwell und Rayne Montgomery arbeite und die ich nicht unter dem Sonnenschirm liegend gewinnen kann. Die zwei Wochen Zwangsurlaub, zu denen ich verdonnert worden bin, fühlen sich bereits am Anreisetag wie ein Gefängnisaufenthalt an. Ich bin eingesperrt ... oder ausgesperrt. Je nachdem, von welchem Standpunkt aus ich meine Situation betrachte.

Ein merkwürdiger Zustand. Auch nach stundenlangem Nachdenken kann ich mir keinen Reim auf die sonderbaren Anweisungen meines Vaters machen.

Als Strafverteidiger ist es mein Job, zu erkennen, wann ein Mandant mich hinters Licht führen will. Dass es nun mein Vater ist, der mir das Gefühl vermittelt, belogen und betrogen zu werden, ist sehr verwunderlich und lässt mich an meinem inneren Radar zweifeln. Aber da mein starrsinniger Vater ein Nein sowieso nicht akzeptiert hätte, bin ich, wie von ihm gewünscht, noch am selben Tag abgereist. O'ahu war so gut wie jedes andere Ziel. Außer der wunderbaren Landschaft, von der ich schon viel gehört, aber noch nichts gesehen habe, gab es keinen Grund, diesen Ort auszuwählen. Er ist mir absolut gleichgültig.

Jetzt liege ich in der Sonne und weiß nichts mit mir anzufangen. Dass meine Brieftasche sowie meine Uhr verschwunden sind, verschlimmert das unliebsame Urlaubsfeeling um ein Vielfaches. Vor einer Stunde habe ich bei der Polizei Anzeige erstattet und meine Kreditkarten sperren lassen. Keine Ahnung, ob mir die Sachen bereits am Flughafen gestohlen wurden oder erst am Hotel. Der Übeltäter verstand jedenfalls sein Handwerk. Ich wurde nach allen Regeln der Kunst aufs Kreuz gelegt. Das muss an meiner nicht vorhandenen Erfahrung als Tourist liegen. Die macht mich zu einem leichten Ziel.

Natürlich konnte das Ananasmädchen nichts dafür. Mein Verdacht war ungerechtfertigt. Das ist mir in dem Moment klar geworden, als ich ihr Gesicht mit den atemberaubenden braunen Augen gesehen habe. So sehen unschuldige Menschen aus. *Genau so*. Ich weiß das, weil ich massenhaft Schuldige gesehen habe und das beurteilen kann.

Bedauerlicherweise war ich in dem Moment nicht ich selbst und hätte diese Ana viel eher loslassen und mich bei ihr entschuldigen müssen. Aber ich war sauer. Nicht auf sie, sondern auf das schwüle Wetter, die Hitze, mein Hemd, das mir am verschwitzten Rücken geklebt hatte und natürlich den Dieb, der mich um mein Hab und Gut gebracht hat. Da kam einiges zusammen. Dass sie mich mit Eis bekleckert hat, war sozusagen das Tüpfelchen auf dem i.

Vielleicht lag es auch an ihrem Verhalten, dass ich sie nicht sofort habe gehen lassen. Für gewöhnlich reagieren die Menschen, mit denen ich mich umgebe, nicht frech und aufmüpfig. Sie widersprechen nicht und stellen auch keine meiner Behauptungen infrage.

Das Ananasmädchen hat beides getan und sich damit erfrischend anders benommen. Ihre langen Haare hatte sie unter einem hässlichen gelben Cap zu einem tiefen Zopf gebunden und in ihrem Gesicht befand sich nicht das kleinste bisschen Make-up. Zumindest sah es für mich so aus. Der dunkle Olivton ihrer Haut und die schwarzen Haare lassen mich vermuten, dass sie von hier stammt, vielleicht sogar auf Hawaii geboren wurde. Sie wirkte auf mich, als würde sie viel Zeit an der frischen Luft verbringen. Mit dem Meer vor der Haustür ist sie womöglich eine erfahrene Surferin. Ihre Beine sahen jedenfalls, anders als ihre Arme, muskulös aus – muskulös und meterlang. Eine Augenweide, die von extrem kurzen Jeansshorts, die ihr gerade so über die Pobacken reichten, unterstützt wurde. Ohne Frage ein atemberaubender Anblick.

Sollte beim Abendessen zum Nachtisch Ananaseis serviert werden, werde ich es auf jeden Fall probieren. Dieses Mädchen und ihr Eis haben mein Interesse geweckt.

Ich schließe die Augen hinter der Sonnenbrille und überlege, wo ich morgen anfange, die Insel zu erkunden – der Diamond Head Krater soll vom Hubschrauber aus überwältigend aussehen – da spüre ich, wie ein Schatten auf mich fällt. Die wärmende Sonne auf meiner Haut ist verschwunden.

Erst hebe ich die Lider und anschließend die Sonnenbrille, um darunter durchzuschauen, weil ich nicht glaube, wer da vor mir steht.

„Ananasmädchen", rutscht es mir heraus, bevor ich die Worte zurückhalten kann.

„Ana Keoki ist mein Name." Sie sagt es mit einem Lächeln und scheint mir den Spitznamen nicht übel zu nehmen. „Ich würde Ihnen gerne eine Flasche unseres extra süßen Ananassaftes schenken. Quasi als Entschädigung dafür, dass ich heute Morgen Ihr Hemd ruiniert habe."

Sie will mir extra süßen Saft schenken?

Meine Verwunderung schluckend sehe ich auf ihre Beine, die so nackt und lang sind wie heute Morgen und denke an süßen Saft. Ihren süßen Saft? Teufel! Wenn ich nicht aufpasse, bekomme ich vor ihren Augen einen Ständer. Der wäre durch die Badeshorts wunderbar zu erkennen.

Konzentriere dich, Pierce! Reiß dich zusammen.

„Äh … danke." Zögernd setze ich mich auf und greife nach der Flasche, die sie mir reicht. Es dürfte etwa ein halber Liter sein.

„Konnten Sie die Sache mit Ihrer Brieftasche und der verlorenen Uhr klären?"

Mein unerwarteter Besuch tritt von einem Bein aufs andere. Hat sie es eilig? Führt sie aus Höflichkeit dieses Gespräch mit mir?

„Nicht wirklich", antworte ich und lasse sie nicht aus den Augen. „Ich habe Anzeige erstattet, sämtliche Karten sperren lassen und warte nun auf Ersatz. Bis dahin lebe ich auf Rechnung und lasse anschreiben." Mein Mund verzieht sich zu einem Grinsen, während ich die Saftflasche auf den Boden in den Schatten unter die Liege stelle. Den werde ich später genießen.

„Darf ich Sie zu einem Drink einladen und so um Verzeihung bitten? Auf mein unhöfliches und schroffes Benehmen bin ich nicht stolz." Mit schlechtem Gewissen sehe ich auf ihren Unterarm, den ich vor wenigen Stunden fest im Griff gehabt hatte und erstarre, als mir der Bluterguss auffällt.

„War ich das?" Fassungslos stehe ich auf und trete näher, damit ich mir ihre Verletzung genauer ansehen kann. Sie weicht einen Schritt zurück und ich bleibe sofort stehen. Unter keinen Umständen will ich sie bedrängen. Es wäre nicht auszudenken, wenn sie Angst vor mir hätte.

„Ist nicht schlimm." Sie versucht den blauen Fleck, der ihre wundervolle glatte Haut verunstaltet, vor mir zu verstecken, indem sie den Arm vor die Brust schiebt und den unverletzten darüberlegt.

Am liebsten würde ich mir selbst in den Hintern treten. Eine wehrlose Frau habe ich noch nie verletzt. Nicht mal ein bisschen. Warum habe ich meine Kraft nicht unter Kontrolle gehabt? Streitfreudigkeit und schlechte Laune sind keine Entschuldigung. Mein Verhalten ist unverzeihlich.

„Das sehe ich anders. Diese Verletzung ist sehr wohl schlimm. Sie sollten den Kerl anzeigen, der das getan hat. Was für ein Rowdy. Er scheint ein Idiot zu sein."

Ana entschlüpft ein niedliches Kichern. „Der Mann, der mir das zugefügt hat, war ein eingebildeter Gockel, ohne Manieren und Anstand."

Ich nicke, weil sie recht hat. *Das war ich.*

„Ein Grund mehr, mit mir etwas trinken zu gehen." Mit der Hand deutete ich auf die Poolbar, die ganz in der Nähe ist. „Dort gibt es sehr leckere Cocktails, habe ich mir sagen lassen." Kaum merke ich, dass sie protestieren will, füge ich ein „auch alkoholfreie" hinzu.

Sie schüttelt den Kopf, aber ihre Miene verrät mir, dass ihr mein Angebot gefällt und sie bereit ist, die Entschuldigung anzunehmen.

„Es tut mir leid. Ich kann nicht." Entschlossen weicht sie zurück, als hätte sie Angst, schwach zu werden, wenn ich weiter in sie dringe.

„Warum nicht?"

„Die Arbeit ruft. Anders als Sie bin ich nicht im Urlaub. Auf mich wartet ein anspruchsvolles und wenig vergnügliches Gespräch mit dem Hotelmanager."

„Autsch." Mein Gesicht verzieht sich, als hätte ich Schmerzen. „Wegen des Wirbels von heute Morgen?"

Ana zögert, bevor sie ernst wird. „Nicht nur. Es gibt noch einige andere Dinge zu besprechen." Sie deutet auf eine Kiste, die zu ihren Füßen steht und mit weiteren Flaschen gefüllt ist. „Ich möchte Mr. Okalani ein paar neue Saftprodukte vorstellen."

„Sie produzieren Saft und Eis", schlussfolgere ich messerscharf.

„Ja." Anas Kinn hebt sich und ihre Brust drückt sich nach vorn. Ihr Stolz ist nicht zu übersehen. „Die Keoki-Plantage gehört zu den größten Ananasplantagen auf Hawaii. Wegen des gleichbleibenden Klimas bauen wir ganzjährig Ananas an. Wir sind seit siebunddreißig Jahren im Geschäft und verarbeiten zweihundert Tonnen Ananas die Woche. Mein Vater hat das Unternehmen aufgebaut und mein Bruder und ich sind dabei, es Stück für Stück zu erweitern." Ihre Schultern sacken ein wenig nach unten und ihre Körperhaltung verändert sich. „Ich hätte unendlich viele Ideen, wie wir uns mehr in den Markt einbringen könnten, aber mein Bruder will davon nichts wissen. Er ist gegen Veränderung und findet meine Ideen kindisch."

Was für ein Zufall.

„Klingt, als beschreiben Sie eine mir vertraute Situation. Mein alter Herr ist ebenfalls ein sturer Bock und will von einem Grünschnabel wie mir keine Hilfe annehmen, geschweige denn einen Rat." Wegen dieser Eigenschaft bin ich zu dieser Reise verdonnert worden.

Ana sieht an meinem Körper auf und ab. Ohne Frage gefällt ihr, was sie sieht. Höre ich da ein seliges und sehr leises Seufzen? Anscheinend sollte ich öfter Surfershorts tragen. Den Frauen scheint der Anblick zu gefallen.

Sie räuspert sich. „Wie ein Grünschnabel sehen Sie nicht aus", ist ihr trockener Kommentar, dem ein frecher Blick folgt.

Ein Lachen löst sich aus meiner Brust. Unglaublich. Ich habe tatsächlich Spaß an dieser Unterhaltung. In der Früh, am Flughafen, hätte ich nie für möglich gehalten, dass ich heute noch in Gelächter ausbrechen würde. Ich weiß gar nicht, wann ich zum letzten Mal außerhalb des Gerichtssaals Vergnügen empfunden habe. Meist überkommt mich nur Freude, wenn ich meine Arbeit erfolgreich erledige und den Prozess, den ich führe, gewinne. In solchen Momenten überkommt mich ein Glücksgefühl und ich empfinde etwas Ähnliches wie Dankbarkeit. Das hier, diese humorvolle Leichtigkeit, ist vollkommen neu. Es ist kein richtiges Glück, aber es fühlt sich gut an. Womöglich ist es doch Glück.

Ana hebt die Kiste mit den Flaschen vom Boden hoch. Sie will sich eindeutig auf den Weg machen. Wie schade.

„Wann sehen wir uns wieder, Ananasmädchen?" Es fällt mir schwer, sie gehen zu lassen, wo wir uns gerade so gut unterhalten haben. Anders als sie habe ich unendlich viel Zeit. Zeit und Langeweile.

„Ich bin montags und freitags im *Lailani Beach Hotel*." Sie zwinkert mir zu. „Selbstverständlich können Sie auch zur Plantage kommen und im hauseigenen Eiscafé unsere Köstlichkeiten probieren. Oder Sie besuchen eine unserer Führungen, die wir speziell für die Touristen veranstalten. Ganz wie es Ihnen beliebt."

Was für eine wunderbare Idee. Vor allem, weil ich eh nichts Besseres vorhabe. „Sollte ich zu dir auf die Plantage kommen", ich gehe automatisch zum Du über und grinse sie an, „möchte ich eine private Führung, Ana."

Die bezaubernde Frau vor mir schluckt und hält kurz den Atem an. Jetzt ist es an mir, zu zwinkern.

Kaum ist das Ananasmädchen gegangen, überkommt mich erneut eine Welle aus Langeweile. Mir ist unbegreiflich, was Menschen daran finden, nichts zu tun. In der Sonne zu liegen und sich bedienen zu lassen, nur aufzustehen, wenn die Blase drückt, das ist eintönig und ermüdend. In meinen Augen völlig reizlos. Gut möglich, dass ich eine Anleitung zum Urlaub machen brauche. Woher soll ich auch wissen, wie das geht? In der Regel ist meine Freizeit begrenzt, quasi nicht vorhanden.

Interesselos hole ich mein Smartphone hervor und bin dankbar, dass der Dieb es mir gelassen hat. Urlaub ist furchtbar, Urlaub ohne Handy ... unvorstellbar.

Vom Nichtstun angestachelt scrolle ich durch die Kontakte und beschließe, trotz der fünf Stunden Zeitunterschied zu Chicago, Chris anzurufen. Mein Freund Christopher T. Markham ist ebenfalls Anwalt. Wir haben uns auf der Uni kennengelernt, im gleichen Verbindungshaus gewohnt und sind nach dem Abschluss Freunde geblieben. Er ist mit seinen dreißig Jahren genauso alt wie ich und kennt meinen Vater schon seit Jahren. Chris ist für mich wie ein Bruder. Dass er nach dem Jurastudium nicht für die Kanzlei *Huxley und Partner* arbeiten wollte, hat meinen alten Herrn tief getroffen. Pierce Huxley sen. kann nicht mit Ablehnungen oder Niederlagen umgehen. Dessen ungeachtet würde er niemals zugeben, dass Chris' Zurückweisung ihn verletzt hat.

Es klingelt zweimal, bevor mein Freund das Gespräch annimmt. Das ist wenig verwunderlich, da er mit seinem Handy verwachsen ist und es nur selten aus der Hand legt.

„Pierce, Bro, warum rufst du mich um diese Uhrzeit an? Bist du noch im Büro? Es ist nach zehn, Alter. Das ist selbst für ein Arbeitstier wie dich spät."

„Ich bin nicht im Büro", antworte ich und lehne mich auf der Liege zurück. Die Temperaturen werden zum Ende des Tages erträglicher. Ein wahrer Segen. „Ich mache Urlaub."

Totale Stille.

„Chris?"

„Kurzes Update, bitte. Ich habe verstanden, dass du im Urlaub bist und überlege gerade, ob das ein Geheimcode für irgendwas sein könnte. Manchmal gehen Dinge an mir vorbei. Du musst entschuldigen. Mir fehlt der Zusammenhang."

Zufrieden, mit einem Lächeln auf den Lippen, sehe ich einer Wolke hinterher, die eben noch nicht dagewesen ist. „Du hast dich nicht verhört und einen Code gibt es auch nicht. Entspannung und Erholung sind Programm. So richtig ... seit heute."

Das nächste Geräusch klingt merkwürdig. Ich denke schon, dass Chris das Handy vor Überraschung aus der Hand gefallen ist, als mein Freund zu sprechen anfängt.

„Was heißt ... *so richtig?* Bist du abgereist? Hast du Chicago verlassen? Liegst du am Strand?" Mit jeder Frage redet er schneller.

„Yap. Der Kandidat hat die volle Punktzahl." Dreist gönne ich mir ein lautes und herzhaftes Lachen. Es ist ungemein befriedigend, meinen Freund aus dem Konzept zu bringen.

„Echt?"

„Ja. Habe ich doch gesagt." Zögernd sehe ich an mir herunter. „Im Moment trage ich bunte Surfershorts, liege in der Sonne und habe vor wenigen Minuten frisch gepressten Ananassaft von einer hübschen Frau geschenkt bekommen. Es ist wie im Traum."

„Das glaube ich dir nicht." Die Antwort kommt umgehend und im fassungslosen Tonfall. War ja klar.

Immer diese Ungläubigen. Selbstverständlich ist es kindisch und albern. Trotzdem setze ich mich aufrechter, schieße mit der Cocktailbar im Hintergrund ein

Selfie und schicke es Chris als Beweis. „Glaubst du mir jetzt? Ich bin in Honolulu und liege am Pool."

Kurz herrscht Stille in der Leitung.

„Du bist auf Hawaii?" Seine Stimme könnte nicht überraschter klingen.

„Bravo. Endlich hast du es verstanden." So langsam wird diese Unterhaltung lächerlich.

„Warum?" Dass Chris mich das fragt, zeigt, wie gut er mich kennt. Ein schwer beschäftigter Strafverteidiger wie ich würde nie ohne Grund verreisen.

„Unglücklicherweise weiß ich das auch nicht." Ich senke meine Stimme, obwohl niemand hier ist, der uns belauschen könnte. „Mein Vater hat mich heute Morgen mehr oder weniger aufgefordert, die Kanzlei für zwei Wochen zu verlassen. Er hat mir die freien Tage regelrecht aufgezwungen."

„Müsstest du nicht mit Montgomery und Cromwell an dem Denver-Fall sitzen? Letzte Woche wart ihr damit schwer beschäftigt."

„Schön wäre es. Aktuell liege ich untätig in der Sonne und weiß nichts mit mir anzufangen. Meine Kollegen kommen angeblich alleine klar. Ich soll mich, auf obersten Befehl, raushalten und nicht nachfragen."

„Armer Pierce", zieht mein Freund mich auf. „Magst du keine Shorts tragen?"

Auf die Stichelei gehe ich nicht ein. „Kannst du mir einen Gefallen tun?", frage ich stattdessen und bleibe ernst.

„Hast du die Sonnencreme vergessen, mein Hübscher? Soll ich dir welche schicken?" Prompt folgt ein Lachen.

„Kannst du für mich rauskriegen, was in der Kanzlei los ist? Mein Vater hat sicherlich einen Grund, warum er mich nicht in Chicago wissen will. Leider kann ich mir keinen Reim darauf machen."

Das Lachen verstummt. „Du hast recht." Chris klingt nachdenklich. „Merkwürdig ist das Verhalten deines Dads allemal. Vielleicht hat er einen Fall übernommen, von dem du nichts wissen sollst. Oder er kooperiert mit der Mafia und will dich raushalten."

Chris und seine blühende Fantasie.

„Das mit der Mafia ist sicherlich ein bisschen weit hergeholt, aber dass er etwas plant oder schon geplant hat, wovon ich nichts wissen soll, davon bin ich überzeugt." Je länger ich darüber nachdenke, desto sicherer bin ich mir.

„Gib mir ein paar Tage. Mal sehen, was ich erfahren kann", höre ich Chris laut nachdenken. „Ich könnte unangekündigt zu euch ins Büro gehen und dich suchen. Falls wir Glück haben und die Assistentin deines Vaters zum Flirten aufgelegt ist, bekomme ich möglicherweise etwas heraus."

Mich überkommt Sorge. „Bitte sei vorsichtig und diskret. Wir können die Folgen nicht absehen, solltest du unbewusst in ein Wespennest stechen. Es darf nicht so wirken, als hätte ich dich geschickt." Das könnte böse enden. Darüber möchte ich nicht nachdenken. Mein Vater biegt das Gesetz für seine Mandanten so weit wie möglich. Ob er gerade dabei ist, es zu übertreten? Wundern würde es mich nicht.

„Mach dir um mich keine Gedanken. Ich bin ein großer Junge. So etwas bekomme ich mit links hin." Chris klingt zuversichtlich. Er scheint meine Zweifel zu spüren. Der Gute ist wirklich ein Freund.

„Danke. Hast was gut bei mir.“

„Nicht dafür, Bro. Sobald ich etwas in Erfahrung gebracht habe, melde ich mich.“

Bevor ich *alles klar* sagen kann, hat er aufgelegt.

3

Ana

Am nächsten Tag treffe ich Bane vor meinem Büro, das ich gerade verlassen will. Wir haben beide Pflichten zu erledigen, obwohl Samstag ist. Mein Bruder ist klatschnass. Der Gute sieht aus, als hätte er sich bekleidet unter die Dusche gestellt. Mein Mundwinkel hebt sich, ohne dass ich es verhindern kann. Seine Miene verrät mir, dass er vom Regen überrascht wurde und keine Zeit hatte, rechtzeitig in Deckung zu gehen.

Sobald sich der Sommer dem Ende neigt, beginnt die Regenzeit auf Hawaii. Es wird ein paar Grad kühler und die Niederschläge nehmen zu. Meist regnet es kurz und heftig und danach ist es wieder schön. Da es im Sommer wie Winter warm ist, ist die Feuchtigkeit nur lästig und unangenehm, aber nicht kalt.

„Ein Wolkenbruch hat dich erwischt", stelle ich unnötigerweise fest und grinse breit, weil ich weiß, wie sehr mein Bruder dieses wechselhafte Wetter verabscheut.

„Was du nicht sagst." Er bleibt vor mir stehen und schüttelt sich. Seine Haare, die dringend nachgeschnitten werden müssten, fliegen ihm um den Kopf und lassen Wassertropfen auf mich herabregnen.

„Iiiiiieh, Baaaane." Eilig wische ich mir übers Gesicht. Das ist eindeutig die Strafe für mein fettes Grinsen. „Wie alt bist du eigentlich?"

Diese Show vom nassen Hund hat er als Kind abgezogen und mich damit unzählige Male in die Flucht geschlagen.

Eine letzte ruckartige Bewegung, dann hält er inne. In seinem Blick liegt ein freudiges Funkeln, das mich misstrauisch werden lässt. Warum ist er so gut drauf? Und das, obwohl ihn der verhasste Regen erwischt hat.

„Aloha, Ana." Er beugt sich vor und gibt mir einen Schmatz auf die Wange, dabei drückt er seinen Oberkörper gegen meinen. Das macht er extra, damit ich genauso durchnässt bin wie er. Große Brüder können wahnsinnig nervig sein. „Du wirst dich freuen. Heute Abend erwartet dich eine Überraschung", sagt er, bevor ich ihn von mir schieben kann.

Mein Argwohn nimmt zu. Banes Überraschungen sind meistens Mist. „Was für eine?"

„Keanu kommt zum Dinner." Mein Bruder gibt mir Freiraum. „Er freut sich darauf, dich endlich wiederzusehen."

„Mich?" Ich zeige mit dem Finger auf meine Brust, obwohl das unnötig ist. Meine Verblüffung muss mir anzusehen sein. „Wieso freut er sich darauf, mich zu sehen? Er ist doch *dein* Studienfreund."

„Das ist richtig. Aber er hat mir im Geheimen verraten, dass er auf Brautschau ist. Der Schwerenöter hat fest vor, dieses Jahr zu heiraten."

Ach, wirklich?

Mir bleibt kurzzeitig die Spucke weg. „Wer geht denn heutzutage noch auf Brautschau?" Ein schnaubendes Geräusch entflutscht mir. „Und was will er dann bei uns?"

Natürlich weiß ich, worauf Bane hinauswill, aber ich möchte es aus seinem Mund hören. Unter Umständen habe ich zu viel Fantasie.

Bitte lieber Gott, lass mich mit meiner Vermutung falschliegen.

„Er hat mich gefragt, ob du noch zu haben bist."

Donnerwetter! Einen Moment bin ich erschüttert und traue meinen Ohren nicht.

„Sind wir im Mittelalter? Willst du mich an den Meistbietenden verschachern? Profitiert die Plantage von einer Heirat mit Keanu Farrow?"

Meine Stimme hebt sich vor Entsetzen und Unglauben. Das kann Bane nicht ernsthaft in Erwägung ziehen. Ich bin seine kleine Schwester und kein lukrativer Teil des Geschäfts, den es höchstbietend zu verkaufen gilt. Der Gedanke tut weh.

„Ana. So ist das nicht." Aus Banes Gesicht ist jede Belustigung verschwunden. Ein paar Wassertropfen stehen ihm auf der zerfurchten Stirn. Er hat eindeutig mit einer anderen Reaktion von mir gerechnet.

Pech für ihn. Begeisterung empfinde ich bei einer solchen Ankündigung weiß Gott nicht. Da sollte mein Brüderchen mich besser kennen.

„Keanu will dieses Jahr heiraten, sagst du?" Nach einem kurzen Moment des Zögerns schüttele ich den Kopf. „Bane, wir haben bereits Oktober. Wie lange will er sich denn Zeit geben, seine Angebetete kennenzulernen? Das ist lächerlich, total verrückt! Wir leben im einundzwanzigsten Jahrhundert."

Auf Hawaii ist Heiraten fast so beliebt wie in Las Vegas. Doch nur weil es einfach ist, in den Bund der Ehe zu treten, muss es nicht überstürzt werden.

Mein Bruder antwortet nicht, aber ich kann sehen, dass ihm mein Einwand nicht gefällt. Seine Augenbrauen sind tief zusammengezogen und seine Lippen fest aufeinandergepresst. Keanu ist sein bester Freund und Studienbuddy. Sie absolvieren das Fernstudium gemeinsam und haben sich durch manche akademische Herausforderung gekämpft. Nächstes Jahr werden beide, wenn alles nach Plan verläuft, ihre Masterarbeit einreichen und den Abschluss erlangen. Keanu Farrow ist der Bruder, den Bane nie hatte. Bane musste sich von jeher mit einer nervigen kleinen Schwester begnügen, die ständig an seinem Rockzipfel hing, weil sie keine Mutter hatte und ihren Bruder für den Größten hielt.

Ich habe Verständnis für diese besondere Männerfreundschaft, die über beste Kumpel sein hinausgeht. Aber aus dem Grund muss ich Keanu noch lange nicht heiraten. Schließlich kenne ich ihn kaum. Die paar Male, die ich mit ihm und Bane unterwegs gewesen bin, lassen sich an einer Hand abzählen.

„Bane." Meine Stimme lasse ich weich klingen. Sogar meine Hand lege ich auf seinen Unterarm, in der Hoffnung, zu ihm durchzudringen.

Der Sturkopf vor mir schüttelt sie ab, bevor ich mehr sagen kann. „Sei einfach pünktlich bei Tisch und zieh dir mehr an als die schrecklich kurzen Jeansshorts, die du ständig trägst."

Was? Jetzt wird es mir zu bunt! Das ist ungerecht. Mehr als ein Seufzen fällt mir dazu nicht ein. Alles, was ich erwidern könnte, würde an diesem Egoisten abprallen. Besser, ich schweige vorerst. Ein jeder kann die Kleidung tragen, die er schön findet. Auch ich.

„Du bist fünfundzwanzig, Ana", setzt Bane noch einen drauf, „das ist ein gutes Alter." Er nickt, als müsste er sich das selbst bestätigen.

Wie bitte? Habe ich mich verhört? Ich verstehe nicht. Meine Beherrschung hängt am seidenen Faden. Länger zu schweigen, ist plötzlich unmöglich geworden.

„Wofür ist das ein gutes Alter?" Am liebsten würde ich mich irgendwo festhalten. Fassungslosigkeit lässt meinen Körper erzittern.

„Für alles." Kaum ausgesprochen, dreht er sich um und verschwindet hinter seiner Bürotür. Das Letzte, was ich höre, ist das Zuschlagen der Tür. Wow. Eine Geste sagt mehr als tausend Worte.

Mit der Hand taste ich nach der Wand und suche Halt. Das ist ein starkes Stück. Die Diskussion ist noch nicht zu Ende. Bane wird so schnell nicht aufgeben. Dafür kenne ich ihn zu gut. Was mich wohl in nächster Zeit erwarten wird?

Eine geschlagene Minute stehe ich da und weiß nicht, was ich denken soll.

Als ich zum Abendessen erscheine, trage ich ein buntes Sommerkleid, das mir unglaublich gut steht, weil der Stoff weich fällt und es eine schlanke Taille macht. Den ersten Gedanken, extra meine mit Löchern und Rissen verschönerten Shorts zu tragen, die Bane hasst wie die Pest, habe ich verworfen. Mein Bruder würde es als Kriegserklärung ansehen und den ganzen Abend sauer auf mich sein. Sein kindisches Verhalten würde nicht nur mir das Essen ruinieren, sondern auch allen anderen. Marie, unsere Köchin, die tagtäglich die leckersten Köstlichkeiten für uns zubereitet, hätte das nicht verdient. Sie rackert sich schon genug für uns ab.

Ich bin erwachsen und vernünftig, deshalb trage ich das Kleid. Bane ist der, der sich wie ein Idiot verhält.

„Hallo, alle zusammen", rufe ich in die Runde und betrete den Speisesaal. Wie es für mich üblich ist, bin ich zu spät. Aber nur zehn Minuten. Das ist fast nichts.

Der Raum ist mehr als ein Zimmer, in dem wir uns mindestens einmal am Tag zum Essen versammeln. Der Tisch, der in der Mitte steht, ist gut acht Meter lang und von zwei Bänken sowie je einem Stuhl an den Kopfenden umsäumt. Hier werden Partys gefeiert, Besprechungen mit Lieferanten geführt und die Arbeiter dürfen tagsüber herkommen, um sich Snacks oder Erfrischungen zu holen, die Marie den Tag über für alle, die wollen, bereithält. Es ist ein Ort der Zusammenkunft, an dem schon viel gelacht und gefeiert wurde. Sogar die Hochzeit unserer Eltern hat hier stattgefunden.

Stopp! Falsche Richtung. Über Hochzeiten möchte ich nicht nachdenken.

„Ana, komm rein. Keanu wartet bereits." Bane klopft auffordernd auf die Bank, auf der schon sein Freund Platz genommen hat. Mein Bruder thront auf seinem Stuhl am Kopfende des Tisches. Früher hat mein Vater von dort regiert. Aber seit Bane einundzwanzig ist, darf er diesen Platz bekleiden. Etwas, das er sehr zu schätzen weiß. Obwohl dieser Stuhl in keiner Weise pompös oder besonders ist, ist er quasi der Thron der Keoki-Plantage. Wer dort sitzt, ist der Boss. Ganz einfach. Mehr Erklärung braucht es nicht.

Da ich Streit vermeiden will, setze ich mich neben Keanu und schenke ihm sogar ein Lächeln. Hoffentlich versucht Bane nicht den ganzen Abend, mir subtile Hinweise zu geben. Dem entgegenzuwirken könnte anstrengend werden. Falls es zu schlimm wird, täusche ich eine Magenverstimmung vor und verschwinde. Das habe ich schon mehr als einmal getan, wenn ich irgendwo nicht sein wollte. Mir wird bereits ein nervöser Magen nachgesagt, was ich irgendwie lustig finde.

„Keanu", begrüße ich meinen Tischnachbarn erneut mit der nötigen Aufmerksamkeit. Ich bin eben wohlerzogen.

„Ana." Andächtig lässt er seinen indiskreten Blick über mich gleiten. „Du bist eine Augenweide. Das Kleid steht dir ausgezeichnet."

Schluckend und mit einem bitteren Geschmack im Mund überlege ich, ob es zu früh ist, die Magenverstimmung vorzutäuschen.

„Danke."

Leise seufzend falte ich die Hände in meinem Schoß und versuche, innere Ruhe zu finden. Mein Vater schenkt mir seine Aufmerksamkeit und sieht mich voller Mitgefühl an. Warum tut er das? Hat Bane ihm etwa von Keanus Heiratsabsichten mich betreffend erzählt? Das kann nicht sein. Ein Stein bildet sich in meinem Magen.

Wissen alle am Tisch Bescheid? Unvorstellbar! Mein Vater ist eingeweiht und heißt diesen Schwachsinn sogar gut? Das kann ich nicht glauben, das will ich nicht glauben. Meine Kehle fühlt sich plötzlich enger an und die Luft wird dünn. Was ist mit den Männern aus dieser Familie passiert? Sind sie verrückt geworden? Am liebsten würde ich aufstehen und gehen.

Bevor ich mich erheben oder rebellieren kann, serviert Marie meine Lieblingsvorspeise. Melonenspieße mit luftgetrocknetem Schinken und Parmesan. Was für eine Schande ... ich bin nicht sicher, ob ich einen Bissen herunterbekomme. Der Gesichtsausdruck meines Vaters hat mich vollkommen aus dem Konzept gebracht. Die Lage scheint ernster zu sein, als ich gedacht habe.

Mich kann niemand zwingen, jemanden zu heiraten, den ich nicht liebe, beruhige ich mich selbst. Das würde Bane niemals von mir verlangen. Und mein Vater ebenso wenig. Also muss ich mich meiner Familie nicht widersetzen. Sie würden mich zu nichts zwingen.

Nach dem inneren Monolog fühle ich mich minimal besser. Mein Atem geht gleichmäßig und das unangenehme Gefühl in meiner Kehle ist verschwunden. Zum Glück.

Wir genießen die Vorspeise und Bane unterhält sich mit Keanu. Mein Vater bleibt stumm. Er hat sogar aufgehört, mich anzusehen. Schweigend und mit der Situation überfordert, esse ich und wünsche mich weit weg. Was für eine merkwürdige Situation.

Unerwartet stupst Keanu mich an. „Was sagst du dazu?“

„Wozu?“ Natürlich habe ich nicht zugehört. Ich bin mit mir selbst beschäftigt.

Der Mann neben mir lächelt und ich kann nicht umhin, seine Attraktivität zu bemerken. Keanus Haare sind dunkel und kurz geschnitten, das männlich kantige Kinn ist glattrasiert und seine Haut ist makelloser, als sie bei einem Mann sein sollte. Er trägt ein kurzärmeliges Hemd offen über einem weißen T-Shirt. Seine Hose kann ich nicht sehen, da wir am Tisch sitzen. Aber bestimmt ist sie farblich auf das Hemd abgestimmt.

„Nach dem Essen einen Strandspaziergang zu machen“, beantwortet er mir meine Frage. Das Lächeln bleibt, wird sogar charmanter.

Jetzt geht es los. Der Startschuss ist abgefeuert.

„Nein.“

„Nein?“ Keanus Mundwinkel senken sich. Er wirkt überrascht, aber nicht beleidigt.

Mit rasendem Herzschlag durchforste ich mein Gehirn nach einer geeigneten Ausrede. „Das geht leider nicht. Es tut mir leid. Eine Freundin wartet auf mich.“ Räuspernd versuche ich Zeit zu schinden. Eine Idee muss her. „Äh … ich habe ihr versprochen, gleich nach dem Essen vorbeizuschauen. Äh … sie hat Liebeskummer.“

Während ich das Wort Liebeskummer ausspreche, werfe ich meinem Bruder einen bösen Blick zu. Er ist nicht der Einzige, der mit subtilen Hinweisen um sich werfen kann.

„Das ist schade.“ Keanus Miene verdunkelt sich. Er sieht erst mich und danach Bane an. Auf seiner gerunzelten Stirn steht mehr als ein Fragezeichen.

Zum Teufel! Was hat mein idiotischer Bruder ihm versprochen? Das Bedürfnis, laut zu schreien, wird übermächtig.

„Ich finde, Ana sollte sich um ihre Freundin kümmern. Liebeskummer kann tragisch enden.“ Es ist mein

Vater, der mir zur Hilfe eilt und damit allen eine Überraschung ungeahnter Größenordnung beschert. Seine Stimme klingt fest wie immer, wenn er ein Machtwort spricht.

Danke!

Am liebsten würde ich ihm um den Hals fallen. Ich liebe ihn von ganzem Herzen.

„Dad …? Was weißt du von Liebeskummer?“ Bane wirkt nicht nur verwundert über den Einwand, sondern auch angefressen. Mein Vater durchkreuzt seinen schönen Plan mit voller Absicht. Das ist für alle Anwesenden zu erkennen.

„Ich bin fünfundsechzig Jahre alt“, klärt Philipo Keoki seinen Sohn unnötigerweise auf. „Glaubst du allen Ernstes, ich weiß nicht, was Liebeskummer ist? Oder wie er sich anfühlt?“ Seine Stimme schwillt an.

Bane öffnet den Mund, aber er kommt nicht dazu, etwas zu sagen, weil mein Vater, auf den ich gerade unendlich stolz bin, ihn nicht zu Wort kommen lässt. „Ich bin älter und weiser als du. Stell mein Wissen nicht infrage.“

Punkt. Das Familienoberhaut hat gesprochen.

Der Freudentanz in meinem Kopf nimmt Fahrt auf und wird ausgelassener. Ein Glücksgefühl durchflutet mich.

Obwohl Bane den Stuhl am Kopfende besetzt, hat mein Vater den Thron gerade zurechtgerückt. Was für eine wunderbare Fügung. Das hätte kaum besser laufen können. Mein Dad ist der Beste.

Da die Stille nun rasend schnell unangenehm wird, ergreife ich das Wort, bevor es ein anderer tut. „Vielleicht beim nächsten Mal, Keanu.“ Höflichkeit muss sein. Mein Blick bleibt ernst, um keine Hoffnungen zu schüren. „Heute passt es leider nicht." Kaum habe ich das gesagt, widme ich mich wieder meiner Vorspeise. Der nächste Bissen schmeckt um Klassen besser.

Statt zu meiner Freundin, die natürlich nicht unter Liebeskummer leidet, fahre ich zum Strand. Dreißig Minuten mit dem Auto und schon bin ich an meinem Lieblingsplatz angekommen. Die Bucht liegt abseits der großen Hotels und wird nicht häufig von Touristen besucht. Um die Uhrzeit ist sie menschenleer. Hier kann ich ungestört und für mich sein. Ein Segen.

Ruckzuck ziehe ich die Sandalen aus, werfe sie auf den Beifahrersitz und steige aus. Für mich gibt es kein schöneres Gefühl, als den Sand zwischen den Zehen zu spüren. Nur ein paar Schritte über den asphaltierten Parkplatz und schon kribbelt es wohlig unter den Fußsohlen. Ich bin nicht esoterisch veranlagt, aber wenn jemand behaupten sollte, dass Barfußlaufen eine erdende Wirkung hat, würde ich sofort zustimmen. Es ist toll und sorgt sofort dafür, dass ich mich besser fühle.

Ich schlendere zum Wasser und sehe auf den Horizont. Der Anblick ist jedes Mal aufs Neue überwältigend. Der Mond lässt die Wasseroberfläche glitzern und die Sterne funkeln am klaren Himmel. Da kaum Wellengang ist, liegt der Ozean in vollkommener Ruhe vor mir. Das ist wunderschön.

Bei Tisch, als Bane sich unmöglich benommen hatte, wollte ich laut schreien. Aber jetzt? Die Autofahrt hat mich heruntergekühlt und den ersten Frust besänftigt.

Keine Ahnung, was Bane als Nächstes plant. Bestimmt wird er morgen zu mir ins Büro geschneit kommen und mich darüber in Kenntnis setzen. Er gehört nicht zu den Leuten, die frühzeitig aufgeben. Jammerschade, dass Dad nicht dabei sein wird, um erneut für mich in die Bresche zu springen.

Mein Kleid anhebend trete ich ins Wasser und lasse meine Waden von den sanften Wellen umschmeicheln. Das Meer ist warm und einladend. Einen Moment stehe ich einfach nur da, genieße die Umgebung und das Gefühl, allein und unbeobachtet zu sein.

Soll ich doch? Unerwartet überkommt mich das Bedürfnis, mir Luft zu verschaffen. Meine Wut ist längst verraucht, weshalb ich mich über mich selbst wundere. Außer Frust spüre ich nichts mehr. Warum eigentlich nicht?

Niemand ist hier, niemand kann mich hören. Im Kindsalter habe ich öfter aus vollem Halse geschrien, wenn ich für mich war. Nur so zum Spaß. Es ist wunderbar befreiend.

Meine Finger lassen den Stoff los. Der Rocksaum landet im Wasser, noch bevor ich die Arme ausbreiten kann. Tief einatmend lege ich den Kopf in den Nacken. Und dann, im nächsten Augenblick, schreie ich den Mond an. Laut und aus voller Kraft.

„Ahhhh …"

Stopp! Das war nichts.

Mit Mühe kratze ich einen letzten Rest Wut und Empörung zusammen und brülle sie ein weiteres Mal in die dunkle Nacht hinaus. „Ahhh … ah …"

Ach du liebes Bisschen, denke ich und breche ab. Das hört sich furchtbar an. Wie ein Tier, das kurz vor dem Verenden ist.

Seit wann bin ich im Schreien eine Niete?

Prompt fange ich an zu lachen. Es ist eine Überreaktion, weil sich der befreiende Effekt, den ich mir davon erhofft hatte, nicht einstellt. Womöglich muss ich mehr üben, um meine kindliche Leichtigkeit hervorzuholen. Aus voller Kraft und hemmungslos zu brüllen, ist gar nicht so einfach.

Deine Wut war eben schon verraucht, tröste ich mich. Vermutlich klappt es morgen besser, nachdem Bane mir die Leviten gelesen hat. Denn dass mir nicht gefällt, was ich von ihm zu hören bekommen werde, weiß ich schon jetzt.

4

Ana

Der Sonntagvormittag verstreicht, ohne dass Bane versucht, mit mir über das missglückte Abendessen zu sprechen. Auch wenn ich glaube, dass er mir absichtlich aus dem Weg geht, ahne ich, dass die Unterhaltung nur aufgeschoben und nicht aufgehoben ist. Irgendwann wird er mich in die Finger bekommen und dann … besser nicht drüber nachdenken.

Gut gelaunt trete ich in den Bereich, der den Touristen vorbehalten ist. Hier ist der Sammelpunkt für die Führung über die Plantage. Außerdem kommt man über den schmalen Fußweg zum Café und dem Merchandising-Shop der Keoki-Plantage. Wie es sich für ein angesagtes Unternehmen gehört, verkaufen wir T-Shirts und Caps mit unserem Ananaslogo darauf. Auch Schlüsselanhänger und sogar Topflappen haben wir im Sortiment. Ein absoluter Verkaufsschlager ist die Schneekugel. Verrückterweise lieben die Besucher eine Ananasstaude, die sich im Schneesturm wiegt. Keine Ahnung, warum die Leute das Bedürfnis verspüren, eine Schneekugel zu kaufen, wenn die Außentemperatur sie unaufhörlich zum Schwitzen bringt.

Uns kann es egal sein. Sofern die Produkte sich verkaufen, fragen wir nicht nach dem Warum. In dem Fall wird Nachschub bestellt.

Gerade will ich den Sammelpunkt für die tägliche Führung passieren, um mir im Café einen frisch gebrühten Americano zu holen, da fällt mir ein Besucher auf, der die anderen Touristen mit seiner Größe überragt. Es ist weniger der Mann oder sein Riesenmaß, das für Aufsehen sorgt, sondern mehr sein ausgefallenes Hemd, das jedem Betrachter auf die Augen schlägt. Es ist bunt und grell. Hinsehen ohne zu blinzeln ist unmöglich. Die Farben scheinen in den Augen zu vibrieren. Schrecklich.

Über Geschmack lässt sich bekanntlich streiten, dennoch habe ich in meinem Leben nie ein hässlicheres Hemd gesehen. Hier bekommt die Bezeichnung Hawaiihemd eine völlig neue Bedeutung. Bane würde bei dieser wilden Farbkreation blitzschnell das Weite suchen. Er mag ja nicht mal meine stylischen Shorts. Wahrscheinlich sollte ich mir ebenfalls so ein buntes Teil aus Polyester besorgen. Wer weiß, wozu das gut wäre ... eine Idee mit Potenzial.

Gedanklich bereits mit festen Kaufabsichten trete ich an den Hemdträger heran und tippe ihm auf die Schulter, um seine Aufmerksamkeit zu erlangen. Der Gedanke, mir auch so eine Geschmacksverirrung zu leisten, gefällt mir von Minute zu Minute besser. Das wird ein Spaß. Was es wohl kostet?

„Schickes Hemd“, sage ich, während er sich umdreht und es mir die Sprache verschlägt. Den Mann kenne ich. Es ist der Anzugträger aus dem *Lailani Beach Hotel*, den ich mit Eis bekleckert habe. Zufall oder Schicksal?

Mr. Huxley erkennt mich ebenfalls. Sein Lächeln wird breit und Grübchen, die ich bei unserer letzten Begegnung nicht bemerkt habe, blitzen auf. Er strahlt förmlich über das ganze Gesicht, als hätte er gefunden, wonach er Ausschau gehalten hat.

„Danke." Er zupft in keiner Weise verlegen an der Knopfleiste dieser Scheußlichkeit. „Ich finde es potthässlich. Hippe Stilrichtungen sind für gewöhnlich nicht mein Ding. Schön, dass es dir gefällt." Ein freches Funkeln blitzt in seinen Augen auf, weil er genau weiß, dass nur Farbenblinde ein solches Hemd toll finden können. „Leider habe ich die falschen Klamotten für einen Sommerurlaub eingepackt. Ich musste überstürzt abreisen und habe nicht nachgedacht", erklärt er und ärgert sich sichtbar über sich selbst. „Und da ich aktuell nicht mit Kreditkarte bezahlen kann, muss ich mit dem begrenzten Angebot aus dem Hotelshop vorliebnehmen."

„Sie lassen anschreiben", stelle ich fest, als wäre das nicht die feine Art. Die Neonfarben blenden mich, sodass ich den Blick für einen Moment hebe und ihm direkt in die Augen sehe. Seine Iris ist grau, wie es scheint, mit ein bisschen Blau versetzt. Ich kann keine eindeutige Farbe ausmachen.

„Richtig erkannt. Solange ich keinen Ersatz aus Chicago bekommen habe, muss ich mir anders über die Runden helfen." Seine Miene verzieht sich und fordert mich heraus. Der Mann vor mir scheut keine Konfrontation, das ist sicher.

„Sind Sie wegen einer Plantagen-Führung gekommen?"

Warum starre ich ihn so an? Wie peinlich.

„Ist das nicht offensichtlich?" Er zeigt auf das Schild, mit der Aufschrift *Sammelpunkt Führung*. „Die Einladung kam von dir. Schon vergessen?" Mein Gegenüber zwinkert, verführerisch und sexy, wie er es bei unserem Treffen am Pool getan hat.

Hitze steigt in mir hoch. Bestimmt ist mein Halsansatz längst rot angelaufen.

„Sie haben recht. *Du* hast recht", verbessere ich mich, weil er ja schon dort einfach zum Du übergegangen war. „Die Frage war blöd." Meine Hand legt sich auf meinen Hals, wo ich die hektischen Flecken vermute. „Ich bin Ana, aber das weißt du ja bereits." Oh je. Kopfschüttelnd versuche ich mich zu konzentrieren. Gar nicht so einfach. „Wie heißt du mit Vornamen?"

„Pierce."

„Hallo, Pierce." Mit ausgestrecktem Zeigefinger deute ich den Weg runter. „Hast du Lust auf einen Kaffee? Oder ein Eis? Im Café bieten wir ein Ananassorbet mit frischer Minze an. Etwas Leckereres hast du noch nie gegessen."

„Lädst du mich ein?" Meine noch neue Bekanntschaft zieht einen Einhundert-Dollar-Schein aus der Hosentasche. „Das ist mein letztes Bargeld. Davon muss ich die Führung bezahlen und die Busfahrt zurück zum Hotel."

Armer Pierce!

Einen Moment ringe ich mit mir und meiner Belustigung. „Keine Brieftasche, dafür einen Einhundert-Dollar-Schein in der Hosentasche." Sarkasmus war schon immer meine geheime Stärke. „Hast du das Scheinchen zufällig im Koffer gefunden?"

Er wirkt auf mich wie ein Tourist, dem so etwas passieren könnte.

„Woher weißt du das? Das Geld steckte im Seitenfach für die Socken."

Nicht zu fassen!

Ich gehe los und erwarte, dass er mir folgt. „Es war nur geraten", beantworte ich seine Frage und beglückwünsche mich zu meiner außergewöhnlichen Menschenkenntnis. „Du hast bestimmt ständig Einhundert-Dollar-Scheine herumliegen. Bist du reich? Womöglich ein Millionär?"

Ohne mich umzudrehen, steuere ich die Terrasse mit dazugehöriger Aussichtsplattform an und zeige auf einen Zweiertisch, der im Schatten liegt. Pierce wartet wohlerzogen, bis ich mich gesetzt habe und nimmt kurz drauf ebenfalls Platz.

„Hmm." Kaum sitzt er, kratzt er sich am Kinn, auf dem, anders als bei unserer letzten Begegnung, ein paar Bartstoppeln sprießen.

„Dass du überlegen musst, lässt mich vermuten, dass ich nicht völlig danebenliege." Schmunzelnd gebe ich der Kellnerin ein Zeichen. „Außerdem ist dir ein fünfzigtausend Dollar teurer Chrono... Chrono..."

„Chronograph", hilft er mir aus.

„Danke ... geklaut worden. Das ist ein möglicher Hinweis auf dein nicht gerade unbeträchtliches Vermögen."

Wenn ich die Uhr, die Bane mir vor Jahren geschenkt hat, noch hätte, würde ich jetzt daraufgucken. Bedauerlicherweise trage ich sie schon lange nicht mehr. Ohne Zweifel wollte Bane mir mit diesem Geschenk etwas sagen. Pünktlicher war ich durch ihr Tragen nie.

„Ich bin kein Millionär", klärt Pierce mich auf. Er spricht sachlich und fühlt sich offenbar von meiner Wissbegier nicht abgeschreckt. „Ich bin von Beruf Anwalt, Strafverteidiger, um genau zu sein. Die Kanzlei, für die ich tätig bin, gehört meinem Vater, der ebenfalls Strafverteidiger ist. Sie liegt im Zentrum von Chicago."

„Du bist in seine Fußstapfen getreten?", bohre ich nach.

Da er mir etwas über seinen Vater, der ihn für einen Grünschnabel hält, erzählt hat, bin ich neugierig. Er scheint so schwierig und außergewöhnlich zu sein wie meiner. Wobei Bane gerade deutlich störrischer ist als Dad. Was er sich gestern geleistet hat, ist schwer zu toppen.

„Irgendwie schon." Pierce zuckt mit den Schultern. „Aber ich wollte schon immer Anwalt werden und für Gerechtigkeit sorgen, deshalb fühle ich mich nicht unwohl in unserer Kanzlei. Mich hat niemand zum Jurastudium gezwungen. Ich liebe meine Arbeit."

Dina, die Kellnerin, kommt und wir bestellen beide einen Caffè Americano.

„Und du musst so rumlaufen, weil du unfähig bist, einen Koffer zu packen", wiederhole ich, was er mir erzählt hat. „Hast du keine Freundin oder Frau, die das für dich macht?"

Die Sätze sind raus, bevor ich darüber nachdenken kann. Ich beiße mir auf die Zunge, damit mir keine weiteren Fragen rausrutschen. Mein Mundwerk hat mich schon oft in Schwierigkeiten gebracht.

Pierce mustert mich. Er fixiert mich sogar mit einem Blick, den höchstwahrscheinlich nur knallharte Anwälte draufhaben. „Versuchst du auf subtile Art zu erfahren, ob ich Single bin?" Eine mir vertraute Neugier liegt in seiner Stimme.

Bevor ich antworte, betrachte ich seine Kleidung erneut. „Nein. Eigentlich nicht. Es ist mehr als offensichtlich, dass du Single bist." Vergnügt gluckse ich. „Wenn du dir aus der Not heraus ein solches Hemd kaufen musst, dann hast du den Koffer eindeutig allein gepackt. Du hast keine Freundin, die mitdenkt."

„Frechheit." Pierce schmunzelt, während er das sagt. „Was ist mit dir? Bist du Single?"

Huch – so schnell ist der Spieß umgedreht.

„Warum fragst du?", antworte ich mit einer Gegenfrage. „Lust auf einen Urlaubsflirt?"

Grundgütiger! Wo kommt dieser Unsinn her? Was ist nur los mit mir? Ich bin von mir selbst überrascht. Im Allgemeinen turtele ich nicht hemmungslos oder biete mich an. Und auf Touristen lasse ich mich erst recht nicht ein. So etwas führt zu nichts.

Unser Kaffee wird serviert und gewährt mir einen Aufschub. Gott sei Dank. Die nächsten Worte sollten wohlüberlegt sein. Wäre ich bereit für einen Flirt? Einfach ein paar Wochen Spaß haben und später sehen, was sich daraus entwickelt? Der Gedanke ist verlockend, die Gelegenheit günstig und der Mann, den ich für dieses Abenteuer ausgeguckt habe, umwerfend.

Ana, das ist deine Chance.

Pierce bleibt unbewegt und schweigsam, sogar als die Kellnerin längst verschwunden ist. Zu meinen Fragen äußert er sich nicht. Anscheinend will er erst eine Antwort von mir. Augenblicklich wird mir ganz anders. Diese stille Masche ist verdammt anziehend. Ist er sich seiner Wirkung auf mich bewusst?

„Ich bin Single. Aber ..."

„Hier steckst du. Ich suche dich schon seit einer Stunde!" Ungeahnt schlägt das Schicksal zu und macht mir einen Strich durch die Rechnung.

Bane materialisiert sich wie aus dem Nichts. Dass er mir ins Wort gefallen ist, scheint ihm nicht bewusst zu sein. Ebenso wenig, dass es unhöflich ist und mein nettes Beisammensein mit einem attraktiven Mann stört. Bei meinem Bruder bin ich mir nie sicher, ob er zufällig oder berechnend in solche Situationen platzt. Ich wette, er hat uns in voller Absicht unterbrochen und gestört.

„Hallo, Bane", begrüße ich die aufdringlichste Nervensäge der Welt. „Schön, dass du mich gefunden hast." Wie es eine solche Situation verlangt, klinge ich zuckersüß. „Darf ich dir Pierce vorstellen?"

Mit einer unauffälligen Kopfbewegung bitte ich meinen Tischnachbarn, mitzuspielen. Hoffentlich versteht er mich. „Pierce ist meine neue Bekanntschaft. Er macht Urlaub im *Lailani Beach Hotel* und ist gekommen, um mit mir den Tag zu verbringen. Ist das nicht toll? Hilfsbereit wie ich bin, habe ich ihm versprochen, ihm die Plantage zu zeigen."

Um meiner Show die nötige Würze zu verleihen, grinse ich meinen Bruder überheblich und hocherfreut an.

„Eventuell bleibt er zum Abendessen."

Geht doch! Den Wink hat mein Bruder verstanden. Ich erkenne es daran, wie die Augenbrauen sich zusammenziehen und sein Adamsapfel auf- und abhüpft. Er schluckt ein weiteres Mal und zwingt sich, langsam auszuatmen.

Achtung! Das Eis, auf dem ich mich bewege, ist dünn. Hoffentlich breche ich nicht ein.

„Ist das dein Ernst, Ana? Seit wann lassen wir uns mit Touristen ein?" Bane schenkt dem Mann an meinem Tisch keine Beachtung. Er ignoriert ihn. Wie rüpelhaft und unfreundlich. Mein Bruder benimmt sich unmöglich.

Bestürzt erstarre ich, weil das selbst für Bane, der oft impulsiv reagiert, einer Unverschämtheit gleichkommt. So übellaunig verhält er sich für gewöhnlich nicht, wenn Plantagenbesucher in der Nähe sind. Das ist schlecht fürs Geschäft.

Kaum wird mir das bewusst, überprüfe ich, ob Gäste unser Gespräch mitbekommen haben. Zum Glück ist das nicht der Fall. Wir sind nahezu allein auf der Terrasse. Die erste Führung muss bereits begonnen haben.

Pierce erhebt sich. Er ist eindeutig bereit, mit Bane in den Ring zu steigen. Obwohl ihn die Klamotten lächerlich aussehen lassen müssten, tun sie es nicht. Seine Ausstrahlung gleicht der im maßgeschneiderten Anzug. Ich bin von dieser Aura von Macht, die ihn ständig zu umgeben scheint, beeindruckt. Ein Gentleman ganz nach meinem Geschmack. Es ist nicht zu übersehen, dass er eine Meinung zu dem hat, was mein hochgeschätzter Bruder gerade vom Stapel gelassen hat.

Bleibe ich sitzen oder stehe ich auf, um mich notfalls zwischen die Alphamännchen schmeißen zu können?

Mit dem unbestimmten Gefühl, gleich eine Show geliefert zu bekommen, beschließe ich abzuwarten und die Vorstellung zu genießen. Eine Auseinandersetzung wie diese bekomme ich nicht alle Tage geboten.

„Ich befürchte, wann und mit wem Ana sich trifft, geht Sie nichts an. Sie ist alt genug, das allein entscheiden zu können."

Pierce spricht mit ruhiger Stimme, als würde er im Gerichtssaal eine Klageschrift verlesen. Dieses Verhalten ist wahnsinnig sexy und macht irgendwas mit meinem Inneren. Ich spüre plötzlich ein Kribbeln. Seine ruhige Anwaltsstimme liebe ich schon jetzt. Hoffentlich sagt er noch mehr.

Banes Halsschlagader fängt an zu pochen und auch seine Gesichtsfarbe tendiert leicht ins Rote.

„Ana ist meine Schwester", stellt er klar und hält kurz die Luft an. „Sie haben hier gar nichts zu melden. Vielleicht möchten Sie an einem anderen Tag wiederkommen und die Keoki-Plantage besuchen? Die erste Führung haben Sie bereits verpasst."

Mit jedem Wort ist Bane ein Stück vorgerückt. Er steht jetzt Nase an Nase mit Pierce.

Männer!

Bevor mein neuer Freund mit der tollen Stimme antworten kann, stehe ich auf und beende diesen Quatsch. Wir sind schließlich nicht im Kindergarten.

„Jungs …" Ich schiebe mich zwischen die Männer und lege ihnen je eine Hand auf die Brust. Pierce' Muskeln spüre ich deutlicher unter meiner Handfläche als die meines Bruders.

„Ich denke, wir sollten einen Gang runterschalten. Es ist zu warm und der Tag zu schön, um ihn jetzt schon zu ruinieren." Ich wende mich Bane zu. „Heute ist Sonntag. Lass mich meinen freien Tag genießen. Ich verspreche dir, dass ich gleich morgen um acht Uhr in deinem Büro bin. Dann können wir über alles reden,

was dir auf dem Herzen liegt. Sogar über Keanu und …
seine Absichten."

Mit ein wenig Kraftaufwand drücke ich meinen Bruder nach hinten. Hoffentlich versteht er meine wenig subtile Geste. Er ist hier überflüssig.

Pierce schweigt und verhält sich ruhig, wofür ich ihm dankbar bin. Mein Bruder würde sich nicht weiter reizen lassen. Mit seiner Laune steht es nicht zum Besten. Keine Ahnung, warum. Nur an mir und Pierce kann es nicht liegen. Vielleicht sollte er sich ebenfalls einen heißen Urlaubsflirt anlachen, um von der Arbeit abzuschalten. Den Teufel werde ich tun und ihm das in seinem jetzigen Zustand vorschlagen. Dafür ist mir mein Leben viel zu lieb.

„Nur damit das klar ist und keine Missverständnisse aufkommen … er ist *nicht* zum Abendessen eingeladen." Bane zeigt mit dem Finger auf Pierce, der sich keinen Millimeter bewegt hat. „Und du …", der Finger wandert in meine Richtung, „… bist morgen Früh pünktlich um acht in meinem Büro." Er schnaubt wie ein Walross, das an Asthma leidet. „Und Ana … pünktlich bedeutet pünktlich. Nicht zehn Minuten später."

Kaum dass er seine Forderungen ausgesprochen hat, dreht Bane sich um und stapft davon. Es scheint fast, als würde er eine Wolke aus Staub hinter sich herziehen. Verwundert sehe ich ihm nach.

„So aufgebracht habe ich ihn noch nie erlebt", entschuldige ich mich bei meinem Gast. „Irgendwas muss ihm zugesetzt haben."

Was das wohl gewesen sein könnte?

Anders als ich starrt Pierce dem Streithammel nicht hinterher. Er hat nur Augen für mich. Eigenartigerweise lächelt er zufrieden und unglaublich entspannt. Verrückt. Dabei ist gerade ein Orkan über uns hinweggefegt.

„Sollen wir los? Du wolltest mir die Plantage zeigen." Er bietet mir seine Hand an und ich greife danach. Wenn es sein Wunsch ist, die letzten Minuten zu ignorieren, schließe ich mich dem gerne an.

„Klar. Lass uns bei den Ananaspflanzen beginnen, die kurz vor der Ernte stehen. Lust auf eine Kostprobe?", frage ich und bemühe mich um einen leichten Tonfall. „Heute kannst du eine echte Keoki-Ananas probieren, wenn du magst."

Gemeinsam verlassen wir die Terrasse. In den nächsten Stunden versuche ich nicht mehr an den Wutausbruch meines Bruders zu denken.

5

Pierce

Als ich aus Anas Auto steige, muss ich mir eingestehen, dass ich selten einen so wunderbaren Tag wie diesen erlebt habe. Die Erkenntnis trifft mich unvorbereitet. Vielleicht finde ich Urlaub machen doch nicht so langweilig, wie ich zu Anfang befürchtet habe.

Ana hat darauf bestanden, mich zurück zum Hotel zu bringen. Da ich wenig erfahren im Busfahren bin, habe ich ihr Angebot gerne angenommen. Gut möglich, dass sie auf diesem Wege Zeit schinden und absichtlich das Abendessen mit ihrem Bruder versäumen wollte. Zwischen den beiden scheint einiges im Unklaren zu liegen. Ich bin Einzelkind und kenne das Gefühl Geschwister zu haben nicht. Mein Freund Christopher kommt einem Bruder am nächsten. Keine Ahnung, wie ich reagieren würde, wenn ich meine kleine Schwester mit einem fragwürdig gekleideten Typen wie mir beim sonntäglichen Kaffeeklatsch überraschen würde. Vermutlich ähnlich.

Kaum habe ich die Lobby betreten, werde ich von der Angestellten an der Rezeption angesprochen.

„Mr. Huxley …" Sie winkt mich näher. „Ich habe Nachrichten für Sie."

Interessant.

62

„Worum geht es?" Mich auf den Tresen stützend nehme ich den Zettel entgegen, den sie mir reicht.

„Ein Mr. Markham hat mehrfach versucht, Sie zu erreichen. Er bittet um Ihren Rückruf. Seine Nummer habe ich notiert."

Die Nummer ist mir unbekannt. Chris' Handynummer ist es nicht.

„Vielen Dank für Ihre Mühe." Breit lächelnd verabschiede ich mich, obwohl die Überschwänglichkeit nicht zu mir passt. Aber der Tag war schön und deshalb geschieht es einfach. Ich nehme mir vor, der Dame beim Auschecken ein großzügiges Trinkgeld zu geben.

In meiner Suite ziehe ich das Handy vom Ladekabel und rufe Chris an. Die Uhrzeit auf dem Radiowecker, der auf dem Nachttisch steht, verrät mir, dass mein Freund höchstwahrscheinlich bereits schläft und das Gespräch eigentlich bis morgen warten müsste. In Chicago ist es nach ein Uhr nachts. Dreimal lasse ich es klingeln, dann nimmt mein Freund das Gespräch wider Erwarten an.

„Pierce", begrüßt er mich verschlafen. Ein Gähnen folgt den Worten. „Du hast mich geweckt."

Kurz fühle ich mich schuldig. „Tut mir leid. Ich dachte, es wäre wichtig. Du hast versucht, mich zu erreichen."

Was erhoffe ich mir von diesem Anruf? Will ich überhaupt wissen, was Chris in Erfahrung gebracht hat? Mir ist ein wenig mulmig zumute. Immerhin geht es dabei um meinen Vater.

„Stimmt." Erneut ist ein Gähnen zu hören, diesmal lauter. „Es *ist* wichtig."

Eine weibliche Stimme unterbricht uns, indem sie Chris' Namen flüstert. Mein Freund stellt sie mit einem „Schlaf weiter, Baby" ruhig.

„Liegst du mit einer Frau im Bett?", frage ich unnötigerweise. Mein Entsetzen ist nicht gespielt.

„Yep." Wahrscheinlich lächelt der Charmebolzen am Ende der Leitung unverfroren wie immer. „Hat sich kurzfristig ergeben."

„Eine Frau oder zwei?", hake ich nach, um Chris zu ärgern.

„Gott, Pierce! Das war einmal. Danach ist nie wieder was mit den Zwillingen oder einem anderen Zweigespann gelaufen. Dreier sind nicht mein Ding."

Mein Lachen kommt spontan und klingt schadenfroh, weil die Zwillinge laut Chris' Beschreibung unersättlich waren. Sie hatten ihn in dieser Nacht völlig ausgelaugt.

„Hör auf, dich über mich lustig zu machen, sonst verrate ich dir nicht, was ich herausbekommen habe."

Sofort verstumme ich. „Erzähl."

„Also, Annalise hat gesagt …"

„Wer ist Annalise?", unterbreche ich ihn.

„Die persönliche Assistentin deines Vaters."

„Du kennst die Assistentin meines Vaters mit Vornamen?"

Eine Überraschung ist das nicht. Chris ist bei Frauen jeden Alters beliebt. Aber die Assistentin meines Vaters …

„Ja, Pierce. Und ich weiß sogar, dass sie verheiratet ist und drei erwachsene Kinder hat. Warum weißt du das nicht? Die Frau arbeitet seit einem Jahr für eure Kanzlei."

Eins zu null für meinen Freund. Womöglich sollte ich mich tatsächlich mehr für unsere Angestellten interessieren. Chris hat recht. Manchmal kann ich ein verdammter Egoist sein.

„Nun erzähl schon, was Annalise dir gesagt hat." Meine Ungeduld wächst. Bestimmt ist es wichtig.

„Nichts."

„Nichts?" Mit der freien Hand fahre ich mir durch die Haare und fluche leise. Soll das ein Witz sein? „Warum willst du dann, dass ich dich zurückrufe, obwohl du nichts in Erfahrung gebracht hast?"

Womöglich verdächtige ich meinen Vater zu Unrecht und mache mich für nichts und wieder nichts verrückt. Nur wegen eines fehlgeleiteten Bauchgefühls.

„Weil es merkwürdig ist, dass sie nichts weiß. Oder nichts sagt", korrigiert er sich. „Ich habe schon öfter mit Annalise gesprochen. Sie ist nett und hat immer einen selbstgebackenen Cookie für mich, wenn ich zu dir ins Büro komme. Sie ist ein Plappermaul und kann kaum etwas für sich behalten." Er hält kurz inne, um zu seufzen.

„Bei diesem Besuch war sie merkwürdig distanziert. Außerdem hat sie mir keinen Keks angeboten."

Ein enervierendes Stöhnen kommt mir über die Lippen. Will er mich verschaukeln?

„Weil die Assistentin meines Vaters dir den Keks verweigert hat, glaubst du, dass sie etwas verheimlicht?"

„Ja."

„Chris!"

„Vertrau mir. Da stimmt etwas nicht." Mein Freund verursacht Geräusche, als er aus dem Bett steigt und sich im nächsten Moment den Fuß anstößt. „Aua!"

Kurz herrscht Stille. „Deshalb habe ich mir ein Prepaid-Handy zugelegt", fährt er mit schmerzverzerrter Stimme fort. „Speichere die Nummer ab. Nur benutze nicht meinen Namen. Nenn mich ... 001 oder so."

Nicht in diesem Leben. „Du Spinner! Auf keinen Fall nenne ich dich 001."

„Ist mir egal, worunter du mich abspeicherst, aber ich denke, wir sollten vorsichtig sein. Ein Deckname ist das Mindeste, was wir uns zulegen sollten."

Wir brauchen Decknamen? Warum habe ich Chris überhaupt gebeten, mir zu helfen? Das Bedürfnis, mir an die Stirn zu schlagen, wird übermächtig. Mein Freund scheint sich wie der neue James Bond zu fühlen. Wie lächerlich. Und alles nur wegen eines fehlenden Kekses.

„Okay, ich speichere die Nummer und rufe dich demnächst nur noch darüber an." Wenn es ihn glücklich macht, dann soll es so sein. Der Wunsch, in dieser Sache vorsichtig zu agieren, kam schließlich von mir.

„Danke. Und ich werde sehen, ob ich an anderer Stelle Informationen bekommen kann. Annalise ist schließlich nicht die einzige Angestellte bei *Huxley und Partner*."

„Danke", wiederhole ich mich.

„Weißt du, was auch seltsam ist?" Chris' Stimme klingt nachdenklich.

„Nein."

„Heute ist Sonntag. Oder heute *war* Sonntag. Mittlerweile ist es bei mir schon Montagmorgen."

Mir ist sofort bewusst, was Chris damit sagen will.

„Ich verstehe. Annalise hätte gar nicht da sein sollen."

„Richtig. Dass die arbeitssüchtige Familie Huxley die Wochenenden durcharbeitet, ist allgemein bekannt, aber ihre Angestellten bleiben meist von dem Wahn verschont."

Am Fenster stehend nehme ich ein paar Sterne am Himmel wahr. „Es sei denn, es herrschen außergewöhnliche Umstände", denke ich laut.

„Meine Meinung kennst du. Dein Bauchgefühl liegt richtig. Irgendwas ist bei *Huxley und Partner* im Busch. Die Sache stinkt drei Meilen gegen den Wind."

Verdammt! Plötzlich schießt mir ein neuer Gedanke durch den Kopf. Bedächtig gehe ich vor der Fensterfront meines Zimmers auf und ab, um mich zu beruhigen. „Wie hast du deine Anwesenheit erklärt? An einem Sonntag!"

„Du hast mich geschickt, um ein paar Unterlagen zu holen", antwortet Chris wie aus der Pistole geschossen. „Ich fand die Ausrede genial. Niemand glaubt wirklich, dass du fähig bist, komplett abzuschalten und nur Urlaub zu machen. Alle Huxleys sind Workaholics. Dass du mich wegen Unterlagen durch die Kanzlei scheuchst, ist für jeden nachvollziehbar und nicht weit hergeholt."

„Gut." Ich laufe weiter und ignoriere Chris' anmaßende Bemerkung über meine Arbeitsmoral. „Haben Annalise oder mein Vater sich nicht gewundert? Sie mussten doch davon ausgehen, dass du denkst, das Büro sei geschlossen."

Wir müssen uns in Acht nehmen, sonst schöpft mein Vater schneller Verdacht, als mir lieb ist. Aufpassen ist oberstes Gebot.

„Ich bin nicht von gestern, Bro. Sobald ich gesehen habe, das Licht brennt, habe ich auf mich aufmerksam gemacht. Anschließend habe ich allen erzählt, du hättest mir deinen Schlüssel für Notfälle dagelassen. Sogar mit meinem Bund habe ich vor aller Augen geklimpert, damit keine Zweifel aufkommen, dass der Schlüssel von dir stammt.“

Langsam wird es kompliziert. Ich gönne mir einen langen Atemzug, bevor ich weiterspreche.

„Das war riskant. Mein Vater weiß, dass ich den Schlüssel für die Kanzlei für gewöhnlich nicht aus der Hand gebe.“

„Für gewöhnlich machst du auch keinen Urlaub.“ Chris klingt schnippisch, fast schon beleidigt.

„Stimmt auch wieder.“

Hoffen wir einfach das Beste. Für alles andere ist es eh zu spät.

„Warum hast du überhaupt versucht, an einem Sonntag ins Büro zu gelangen? Du hattest doch keinen Schlüssel.“

Leichtsinniger hätte er nicht handeln können. Am Montag wäre es weniger auffällig gewesen.

„Wie ich gerade gesagt habe. Ich habe Licht im Kanzleigebäude gesehen, als ich auf dem Weg zu Sweetie war. Die Gelegenheit war günstig. Außerdem war ich neugierig. In drei Büroräumen hat Licht gebrannt.“

Diese Unterhaltung wird immer schräger.

„Ist Sweetie die Frau, die neben dir liegt?“

„Ich bin aufgestanden, damit sie in Ruhe weiterschlafen kann. In den letzten Stunden habe ich sie ziemlich gefordert. Aber ja, mit Sweetie habe ich einen wundervollen Abend verbracht. Alles war rundum schön, bis du mich aus dem Schlaf gerissen hast."

„Tschuldigung."

„Nicht schlimm." Mein bester Freund stößt ein Seufzen aus. „Und jetzt? Was mache ich, wenn ich bei meinem nächsten Versuch etwas entdecke? Wenn ich belastende Beweise finde?" Es rauscht kurz in der Leitung. „Keine Ahnung, wie die aussehen könnten."

„Dann fliegst du nach Hawaii und bringst mir alle Unterlagen vorbei", sage ich sofort, ohne nachzudenken.

„Du spinnst. Ich soll nach Hawaii fliegen? Einfach so? Für Unterlagen, die ich dir auch mailen könnte? Das sind mindestens acht Flugstunden."

„Fast neun. Du vergisst, dass ich das auch gemacht habe. Es ist ganz einfach." Natürlich meine ich das nicht ernst. Trotzdem schmunzele ich, weil mir die Idee, dass Chris schon bald in Anzug und Krawatte bei mir im Hotel aufschlägt, ungemein gut gefällt. „Denk an deine Badehose und die Sonnenbrille. Die Temperaturen hier sind mörderisch", ziehe ich ihn weiter auf. Einmal gluckse ich noch, bevor ich das Gespräch beende und ihm und Sweetie eine gute Nacht wünsche.

Am nächsten Morgen liege ich am Hotelpool im Schatten und denke über das nach, was Chris in Erfahrung gebracht hat – oder besser – *nicht* in Erfahrung gebracht hat. Das wunderbare Gefühl, welches ich gestern auf der Ananas-Plantage im Beisein von Ana empfunden habe, hat sich in Luft aufgelöst. Sämtliche Freude und Entspannung sind verpufft. Einfach weg. Leider.

Die Trägheit hingegen ist wieder da.

Wie fremdgesteuert bin ich zurück in die vertraute Eintönigkeit gefallen. Zu meinem Elend habe ich keine Ahnung, wie ich an das Gefühl vom Vortag kommen soll. Entweder ich denke über meinen Vater und sein sonderbares Treiben nach, oder ich habe Langeweile. Frustrierender geht es nicht. Vor allem, weil ich erst seit achtzehn Minuten auf der Sonnenliege chille. Wie kann ein Mensch nach nur achtzehn Minuten Langeweile empfinden? Das ist verrückt. Ich bin nicht normal.

Gerade überlege ich mir, an der Poolbar, die vormittags Snacks und Obst und ab dem späten Nachmittag Cocktails anbietet, einen zweiten Frühstückskaffee zu besorgen, da fällt mir eine Person hinter dem Barhäuschen auf. Offensichtlich gönnt einer der Angestellten sich gerade eine außerplanmäßige Pause. Die Dienstkleidung des Hotels erkenne ich sofort: dunkle Hose, dazu ein weißes, kurzärmeliges Hemd und eine bordeauxrote Weste, die mit schwarzen Nähten abgesetzt ist. Leider kann ich das Gesicht der Person nicht erkennen.

Zigarettenpause, denke ich. Dem Personal ist es untersagt, auf dem Hotelgelände und vor den Gästen zu rauchen. Das habe ich gleich am ersten Tag mitbekommen, als eines der Zimmermädchen auf dem Flur erwischt und gemaßregelt wurde. Höchstwahrscheinlich genießt einer der Frühstückskellner gerade eine Morgenzigarette. Sie sei ihm gegönnt.

Wie gut, dass ich nicht rauche und daher keine Probleme mit Nikotinsucht habe. Gerade will ich mich abwenden, weil ich schon in meiner Jugend nicht zu den

Kindern gehört habe, die andere anschwärzen, da sehe ich Geldscheine aufblitzen. Eine beträchtliche Menge Bargeld wandert durch die Finger des Angestellten, der unvorsichtigerweise mehr von sich preisgibt, als er zweifellos will.

Mein inneres Radar für Ungesetzlichkeit und Zuwiderhandlung springt an und schlägt Alarm. Dass diese Dollars im scheinbar Verborgenen gezählt werden, lässt den Radarzeiger noch weiter ausschlagen.

Entweder da hat jemand eine ordentliche Stange Trinkgeld bekommen oder hier geschieht ein Unrecht. Ich tippe auf Letzteres. Weil ich eh nichts anderes zu tun habe, als die Wolken zu zählen, von denen es heute mehr als gestern gibt, stehe ich auf und schlendere zum Barbereich. Dabei lasse ich die flinken Finger nicht aus den Augen. Selten habe ich jemanden in dem Tempo Scheine sortieren sehen. Es sei denn, er arbeitete in einer Bank.

Zur Tarnung, und auch weil ich sowieso vorhatte, mir ein zweites Frühstück zu gönnen, bestelle ich bei dem Mann hinter dem Tresen einen Kaffee. Während ich auf die frisch gebrühte Köstlichkeit warte, mache ich einen Schritt um das etwa vier mal vier Meter große Barhäuschen herum und habe endlich freie Sicht.

Erkenntnis überkommt mich. Diesen Mann kenne ich – diesen Jungen. Ein richtiger Mann ist der selbstbewusste Bagagist, der Ana am ersten Tag so energisch verteidigt hat, nicht. Das Bürschchen ist vermutlich nicht mal volljährig. Bestimmt ist er noch in der Ausbildung. James-Dean ist sein Vorname, erinnere ich mich. Den Nachnamen habe ich vergessen. Er wird auf mich aufmerksam und steckt die beachtliche Summe in die hintere Gesäßtasche. Sein Gesichtsausdruck ist überrascht, fast schon panisch. Wir schweigen beide, starren uns an und denken uns unseren Teil.

Erfahren wie ich bin, warte ich ab und lasse meine Ausdruckskraft, Größe und Körperhaltung wirken. So mache ich es immer. Im Gerichtssaal, in der Kanzlei und auch sonst wo. Es hat etwas von einem Wettbewerb. Von einem Kräftemessen, das eigentlich keines ist. Allein die Stille, die mich in einem Moment wie diesem umgibt, hat etwas Beängstigendes.

Mein Gegenüber bleibt unbewegt und gibt nichts preis. Natürlich bin ich gut darin, tief zu bohren. Meist dauert es nicht lange, bis der Angestarrte wegsieht oder mich durch ein Seufzen erkennen lässt, dass er bereit ist, zu reden.

Diesmal dauert es länger als üblich. James-Dean erwidert mit gleicher Intensität. Fordert er mich heraus? Ernsthaft? Mich? Den knallharten Strafverteidiger? Sehr mutig. Ohne es zu wollen, empfinde ich einen Funken Respekt für diesen jugendlichen Wagemut, der fast schon an Dummheit grenzt.

Wenn ich nicht so erfahren im Umgang mit Straftätern wäre, würde mir die Bewegung mit der linken Hand entgehen, die er hinter seinem Rücken, nahezu unsichtbar, ausführt. Mir würde auch entgehen, dass ein Brett der Barrückwand sich leicht verschiebt und kurz darauf wieder an seinen Platz springt.

Wie unverfroren und respektlos ist das denn bitte schön?

Was zum Geier hat der Bengel getan? Vor meinen Augen! Das ist die Abzocke des Jahrhunderts. So viel Dreistigkeit hat mir gegenüber noch niemand an den Tag gelegt.

„Mr. Huxley, kann ich etwas für Sie tun? Brauchen Sie etwas?", fragt James-Dean mit einer Stimme, die mir jeden Wunsch erfüllen will.

Was für eine Überraschung. Er erinnert sich sogar an mich. Entweder er hat ein extrem gutes Gedächtnis oder es gehört zu seinem Job, sich sämtliche Namen der Hotelgäste zu merken.

Unmittelbar versuche ich an ihm vorbeizusehen, ich gehe sogar einen Schritt vor und blicke über seine Schulter. Was gibt es da zu entdecken? Irgendwas. Eine Kleinigkeit, die ihn verrät, muss es geben.

James-Dean tritt mit einer zuvorkommenden Geste zur Seite und lässt mich die Stelle besehen, auf der er gestanden hat. Da ist nichts. Nichts auf dem Boden und auch nichts an der Bretterrückwand der Bar. Ein loses Brett sehe ich ebenfalls nicht.

Kreuzdonnerwetter! Ich bin mir sicher, dass ich eine Bewegung gesehen habe. Irgendetwas hat er gemacht. Nur was?

„Suchen Sie etwas? Kann ich Ihnen helfen? Sind *wieder* Sachen verloren gegangen?"

Nicht nur eine unpassende Betonung, auch Schadenfreude entnehme ich dem letzten Satz. Was für eine Beleidigung! Mir sind Brieftasche und Uhr geklaut worden. Verloren habe ich nichts.

Ich schlucke die bittere Pille, weil mir nichts anderes übrigbleibt.

Dieses Bürschchen! Glaubt der Halbstarke, ich gestatte es, dass man sich über mich lustig macht? Obacht! Da legt er sich mit dem Falschen an.

Heute hat er vielleicht gewonnen und mich ausgetrickst, wenn ich auch nicht weiß, wie er das angestellt hat. Aber dieses Spiel ist noch nicht vorbei. Und da ich schon länger Spielchen spiele als er, werde ich gewinnen. Und sollte das geschehen, dann Gnade ihm Gott. Ich werde ihn so fertigmachen, dass er auf der ganzen Insel keinen Job mehr bekommt. Er wird erledigt sein. Aus und vorbei. Für alle Zeiten!

„Danke für das Angebot. Sie haben recht", sage ich mit einem aufgesetzten Lächeln und freundlicher Stimme. „Ich habe meine Sonnenbrille irgendwo liegenlassen und finde sie nicht." Meine Miene friert ein und mein Mund wird zu einem geraden Strich. „Ich sollte besser auf meine Wertsachen aufpassen. Sie bedeuten mir viel. Sehr viel."

Hoffentlich ist James-Dean in der Lage, meinen Tonfall einzuschätzen, wie ich den seinen. Mit den Worten habe ich gerade Anklage erhoben und ihm die Pistole auf die Brust gesetzt. Ich werde keine Ruhe geben, bis ich ihn zur Strecke gebracht habe.

„Ich muss zurück an die Arbeit." Der Satz kommt leicht stockend aus seinem Mund. Plötzlich scheint der spitzfindige Bagagist es eilig zu haben. Na bitte. Alles verstanden. Ein guter Anfang.

„Bitte, gehen Sie." Meine Handbewegung ist höflich und zuvorkommend. Ich mache ihm Platz, damit er an mir vorbeitreten kann. „Der Kaffee, den ich bestellt habe, dürfte mittlerweile fertig sein." Ich grinse. Jetzt wieder breit und herausfordernd. „Einen schönen Tag noch."

James-Dean antwortet nicht. Er geht einfach, ohne sich umzudrehen.

6

Ana

Ja ja, ich weiß. Ich sollte um acht Uhr in Banes Büro sein. Ich *wollte* um acht Uhr in Banes Büro sein. Aber es ist etwas dazwischengekommen. Mal wieder. Keine Ahnung, warum bei mir die Uhren anders laufen als bei dem Rest der Menschheit. Montags ist es meist besonders schlimm.

Da hilft nur ein Frontalangriff. Das hat mich die Erfahrung der letzten Jahre gelehrt. Augen zu und durch. Nur nicht aus dem Konzept bringen lassen, ist die Devise.

Leicht außer Atem stehe ich mit gut zweieinhalb Stunden Verspätung an Banes Bürotür und klopfe.

„Herein!", donnert es mir entgegen.

Jetzt schnell in die Gänge kommen. Eilig trete ich ein.

„Wo warst du? Ich war um acht Uhr hier, aber dein Büro war leer", fahre ich ihn an, als wäre er derjenige, der mich versetzt hat. „So überaus wichtig ist es dir, mich zu sprechen? Sehr enttäuschend."

In Bruchteilen von Sekunden überlege ich, ob ich die Unterlippe ein Stückchen vorschieben soll, lasse es aber bleiben. Besser nicht zu dick auftragen. Die Beleidigte kann ich später spielen. Der Trick besteht darin, sich Luft nach oben zu lassen.

„Setz dich!", ist Banes Kommentar, während er auf den Stuhl vor seinem Schreibtisch deutet. Dass er wortkarg ist und überhaupt nicht sauer zu sein scheint, ist kein gutes Zeichen. Warum brüllt er mich nicht an? Ich würde ihn anbrüllen, wenn er mich so lange warten ließe.

Mit einem unguten Gefühl tue ich, wie mir geheißen und falte sogar die Hände im Schoß, als wollte ich beten. Ich finde, gefaltete Hände lassen eine Person gleich ein wenig unschuldiger aussehen. Sie sind irgendwie heilig.

„Wir müssen uns unterhalten." Bane sieht mich streng an, erwähnt aber mit keiner Silbe meine Verspätung. „Ernsthaft."

Natürlich.

„Deswegen bin ich hier."

Gefahr gebannt! Mein Bruder scheint nicht böse zu sein. Offenbar hat er einen guten Montagmorgen. Was bin ich für ein Glückspilz.

„*Jetzt* bist du hier", klagt er mich an und wirkt nun doch angefressen. „Um acht Uhr warst du nicht hier." Mit strenger Miene fordert er mich auf, zu lügen. Missbilligung liegt in der Luft.

Doch kein Glückspilz.

Meine Seifenblase ist zerplatzt. Laut und deutlich.

Dumm gelaufen. Ich lüge nicht. Nur wenn es absolut nötig ist und niemandem schadet.

„Also schön", sage ich und stoße einen Seufzer aus. „Gleich nach dem Aufstehen habe ich an unser Meeting gedacht, es allerdings kurz darauf vergessen. Es gab ein Problem im Café. Die Registrierkasse funktionierte nicht und ich wurde gerufen, bevor ich gefrühstückt hatte.“

Da Bane wenig Geduld und noch weniger Geschick mit technischen Dingen hat, rufen die Angestellten meist nach mir, wenn etwas nicht funktioniert oder repariert werden muss.

„Falls es dich interessiert … nachdem ich die Kasse vom Strom genommen und wenig später eingeschaltet habe, lief alles wieder.“ Empört, weil er mir indirekt unterstellt, die Arbeit zu vernachlässigen, schnappe ich nach Luft. „Glaubst du, ich liege bis mittags im Bett und scheue ein Gespräch mit dir? Ich ackere täglich acht Stunden. Genau wie du. Nur weil ich nicht ständig im Büro über dem Rechner gebeugt sitze, heißt das nicht, dass ich mir ein schönes Leben mache und chillig in der Sonne liege.“ Aufgewühlt atme ich tief durch, um mich zu beruhigen.

„Entschuldigung.“ Bane meint, was er sagt. Sein Gesichtsausdruck spricht Bände. Er weiß, dass er mich ungerecht behandelt hat.

„Entschuldigung angenommen. Ich hätte mir die Show beim Reinkommen sparen und gleich beichten sollen, dass ich unseren Termin vergessen habe.“ Meine gefalteten Hände löse ich, dafür überkreuze ich die Beine. Die Lage hat sich entspannt. „Vergessen wir meine Verspätung. Was wolltest du mit mir besprechen? Vielleicht können wir die Angelegenheit mit Keanu aus der Welt schaffen, damit jeder von uns sein Leben weiterleben kann. Denn – nur zur Info – ich werde deinen Freund ganz sicher nicht heiraten.“

Bane nimmt seine Brille ab und reibt sich über die Augen. „Du sagst das, ohne ihn zu kennen. Unter Umständen verliebt ihr euch ineinander, wenn ihr etwas zusammen unternehmt. Keanu ist genau der Mann, den ich mir für meine Schwester wünschen würde. Es gibt keinen besseren." Seine Miene ist weich und hat etwas Flehendes, das auch in seiner Stimme liegt.

Wie kommt mein Bruder auf solche Gedanken? Wieso will er sich in mein Liebesleben einmischen? Das sind ganz neue Sitten. Ich lasse mich nicht beeinflussen. Von meinem Bruder schon gar nicht.

„Ich verstehe nicht, wo dieses Thema mit dem Heiraten herkommt. Warum drängst du mich? Mit meinen fünfundzwanzig Jahren kann ich mir Zeit lassen. Außerdem muss ich nicht heiraten. Egal wie alt ich bin", ergänze ich. „Eventuell will ich mich nie binden." Meine Hand schnellt hoch, als Bane etwas sagen will. „Das ist meine Entscheidung. Ich schreibe dir schließlich auch nicht vor, wen du zu daten oder zu ehelichen hast." Das ist totaler Quatsch. Schwachsinn hoch drei.

„Ana ..." Bane hört sich verzweifelt an. Er fährt sich durch die Haare und intensiviert seinen Blick, als würde er mich so umstimmen können. „Ich möchte Keanu helfen. Er ist mein bester Freund und sucht verzweifelt nach einer Frau. Ich glaube, ihr würdet euch mögen. Ihr kennt euch. Seit ich studiere, war er hin und wieder auf der Plantage. Du magst ihn."

Wie kann Bane das wissen, wenn ich selbst nicht weiß, ob ich Keanu mag. Banes Studienfreund ist mir völlig fremd.

Es ist zum Verzweifeln. Mein Bruder weigert sich zu verstehen.

Also schön, denke ich und reiße mich zusammen. Ein bisschen Mühe, beide Seiten zu verstehen, kann ich mir geben.

„Warum sucht er eine Frau? Bis Ende des Jahres“, füge ich hinzu, weil das merkwürdig ist. „Keiner heiratet überstürzt, ohne triftigen Grund.“ Da ist etwas faul. Das erkennt jeder.

„Ein bisschen seltsam ist das schon, da gebe ich dir Recht. Leider kenne ich den Grund nicht. Keanu ist außerordentlich verschwiegen, wenn es um Familienangelegenheiten geht. Das war er schon immer.“ Enttäuschung schwingt in seinen Worten mit. Bane wirkt gekränkt, versucht es aber vor mir zu verstecken. Ungewollt empfinde ich Mitleid. Er sucht in seinem Studienfreund den Bruder, den er nie hatte. Hoffentlich spielt Keanu Farrow nicht mit seinen Gefühlen.

„Braucht er eine Greencard? Ist er vielleicht gar nicht hier geboren?“, denke ich laut und spreche die erste Möglichkeit aus, die mir in den Sinn kommt.

„Nicht dass ich wüsste.“

„Streicht sein Vater ihn aus dem Testament, sollte er bis zum Ende des Jahres keine Frau finden?“ Ich lache, weil die Vermutung extrem weit hergeholt ist. Das wäre eine krasse Nummer. Aber hey … was wäre das Leben ohne Fantasie?

„Nein.“ Bane lehnt sich in seinem Stuhl zurück. „Keanu hat ein ausgezeichnetes Verhältnis zu seinen Eltern und seinem einzigen Bruder. Etwas in der Art kann es nicht sein. Das glaube ich nicht.“

„Was ist es dann? Wollt ihr zusammen Geschäfte machen?“ Mir ist bewusst, dass Keanus Familie ein großes Logistikunternehmen betreibt. Bane hat die Ananas,

Keanu könnte sie von Hawaii in die Welt hinaustransportieren. Das wäre für beide Seiten lukrativ. Vor allem, weil die Konkurrenz durch die Billiglohnländer, in denen mit geringerem finanziellem Aufwand geerntet werden kann, groß ist. Der Markt ist hart umkämpft. Es wäre eine Win-win-Situation für beide Seiten.

Bane sieht mich an, als wäre ich nicht von dieser Welt. „Selbstverständlich werden wir zusammen Geschäfte machen. Sobald wir unser Studium abgeschlossen und Keanu den Betrieb übernommen hat. Das planen wir, seit wir uns eingeschrieben haben. Aber das ist kein Grund, weswegen er dich heiraten müsste."

Einen Moment denke ich nach, dann gebe ich auf.

„In dem Fall habe ich keine Ahnung, was ihn antreiben könnte."

Eine schwere Stille liegt zwischen uns.

„Ich auch nicht. Tue mir einen Gefallen und rede mit Keanu", ersucht Bane mich im versöhnlichen Tonfall. „Frage ihn geradeheraus. Bitte ihn, dir das Warum zu erklären. Nicht bei einem Familienabendessen. Das war möglicherweise nicht meine beste Idee. Trefft euch am Strand, geht spazieren und unterhaltet euch. Ich vermute, dass Keanu keine Probleme hat, vor seiner zukünftigen Frau mit offen Karten zu spielen." Bane seufzt. „So einer ist er nicht. Seit ich ihn kenne, ist er ehrlich zu mir gewesen. Dass er nur mit dir und nicht mit mir darüber reden will, hindert mich nicht daran, ihm zu vertrauen."

Bei den Worten *zukünftige Frau* stellen sich mir die Nackenhaare auf.

Guter Kerl hin oder her. Mein Misstrauen bleibt. Wenn Keanu ein verdammter Heiliger ist, warum erzählt er meinem Bruder nicht, worum es bei dem Kuriosum geht?

Also schön. „Ich werde mit ihm reden“, gebe ich nach. Das mache ich für das Seelenheil meines Bruders. Für nichts anderes.

„Danke.“ Bane schenkt mir ein Zahnpastalächeln.

„Unter einer Bedingung.“

Mein Bruder stöhnt und packt seine Beißerchen wieder ein. „Welcher?“

„Du mischt dich nicht mehr in meine Urlaubsfreundschaften ein. Mit wem ich mich sonntags treffe und meine Zeit verbringe, geht dich nichts an. Das ist privat.“

Ein argwöhnischer Blick ist das Nächste, was ich von meinem Gegenüber zu sehen bekomme. „Du willst dich mit einem Touristen einlassen?“, folgt die passende Bemerkung auf dem Fuße.

Am liebsten würde ich mit der flachen Hand auf den Tisch schlagen und ein Machtwort sprechen. Mein Bruder ist eine verdammte Nervensäge. „Noch weiß ich nicht, was ich will. Dessen ungeachtet bin ich mir hundertprozentig sicher, dass es dich nichts angeht.“ Nach einem Räuspern fahre ich versöhnlicher fort. „Ich bin deine Schwester und du möchtest mich beschützen …“

„Du bist meine *einzige* Schwester“, unterbricht Bane mich.

„Stimmt. Deine einzige Schwester und jünger als du bin ich auch. Und trotzdem … falls ich einfach nur meinen Spaß haben will“, ich spüre, wie ich rot werde, weil ich an Pierce’ ansehnlichen Körper denke, „dann ist das mein gutes Recht. Daran gibt es nichts zu rütteln. Ich bin erwachsen.“

„Aber ...“

„Bane. Muss ich dich daran erinnern, dass du auch kein Kind von Traurigkeit bist? Es gab eine Zeit, da hast du dich darum gerissen, die sonntägliche Plantagenführung, die damals von einer Vielzahl attraktiver Touristinnen besucht wurde, zu übernehmen. Zweifelsohne wissen wir beide, dass du es nicht wegen der Bewegung an frischer Luft getan hast.“

Bane schweigt. Zum Glück hat sich sein Gesichtsausdruck verändert. Er wirkt geschlagen und müde.

„Ana ...“ Sogleich stockt er. „Du bist zu schnell groß geworden. Das ist nicht fair.“

„Ich bin kein Kind mehr.“

„Das weiß ich.“

„Ich kann meine Entscheidungen allein treffen.“

„Das weiß ich auch.“

„Dann lass mir meinen Spaß. Dafür verspreche ich dir, mit Keanu zu reden und die Sache zu klären.“

Mein Bruder zögert einen Moment. „Also schön. Mach, was du willst. Doch falls der Typ von gestern nächste Woche noch aktuell ist, will ich, dass du ihn zum Abendessen mitbringst. Es kann nicht schaden, wenn ich den Knaller überprüfe. Er scheint nicht zu der gut situierten Sorte Urlauber zu gehören. Das Hemd, das er getragen hat, hat höchstens zehn Dollar gekostet. Vielleicht ist er eine faule Nuss. Ich möchte nicht, dass er dich ausnimmt und sich von dir die ortstypischen Freizeitaktivitäten bezahlen lässt. Nur weil er hier ein paar freie Tage verbringt, muss er nicht zahlungskräftig sein. Er könnte die Reise gewonnen haben. Honolulu ist als Ziel bei Urlaubsgewinnspielen sehr beliebt."

Wenn Bane wüsste …

„Du machst dir zu viele Gedanken." Mit diesen Worten stehe ich auf und unterdrücke ein Lächeln.

„Wenn es um dich geht immer, Ana."

Was Pierce beruflich macht, geht meinen fürsorglichen Bruder nichts an. Genauso wenig, ob er vermögend ist oder nicht.

„Mach's gut, Brüderchen." Ein Luftküsschen, bevor ich aufstehe und sein Büro verlasse.

Wir werden sehen, wie sich die nächsten Tage entwickeln. Ich bin nicht bereit, irgendetwas davon zu planen. Spontan zu sein, ist mein neues Lebensmotto.

***

Als ich das *Lailani Beach Hotel* am Nachmittag mit der montäglichen Eisbestellung betrete, bin ich bester Stimmung. Ich bin sogar ein klitzekleines bisschen nervös. Was ich vorhabe, ist völlig neu. Es ist sozusagen mein erstes Mal.

Damit es nicht wieder Ärger gibt, benutze ich den Hintereingang. Unverzüglich gehe ich zur Küche und gebe meine Lieferung ab, damit sie schnell in die Kühlung kommt. Im Anschluss schlendere ich am Pool vorbei. Natürlich halte ich die Augen offen.

Was mache ich, wenn Pierce nicht am Pool liegt? Wenn er nicht mal im Hotel ist? Er könnte am Strand oder unterwegs sein, um sich die Insel anzusehen. Der Gedanke drückt meine Stimmung in den Keller. Da will ich einmal abenteuerlustig und draufgängerisch sein und schon werde ich frühzeitig ausgebremst. Wie blöd!

Locker bleiben. Noch ist nichts verloren, Ana. Du könntest auch an der Rezeption nach Mr. Huxley fragen.

Gut möglich, dass es ihm draußen zu warm ist oder die Luftfeuchtigkeit zu hoch. An das Klima auf Hawaii muss sich ein Fremder erst gewöhnen. Manche Menschen reagieren sensibel. Durchaus denkbar, dass der Anwalt ein empfindliches Pflänzchen ist.

Ich bleibe in der Nähe des Barhäuschens stehen und lasse meinen Blick über die Gäste schweifen. Kein eindrucksvoller Sixpack in Reichweite. Auch keine Badeshorts, die mir bekannt vorkommen. Pierce ist nicht da.

„Mist!", fluche ich laut und sehe auf die Geschenktüte in meiner Hand. So ein Pech. Dann gebe ich mein Mitbringsel eben an der Rezeption ab.

„Was ist Mist?", kommt die Frage scheinbar aus dem Nichts. Obwohl ich mich blitzschnell umdrehe, kann ich niemanden entdecken. Wer hat da gesprochen? Bin ich plemplem? Bilde ich mir Stimmen ein? Ausschau haltend gehe ich um das Häuschen herum und sehe Pierce an der Rückwand lehnen. Lässig hat er die Schulter gegen die Wand gestützt und die Fußgelenke überkreuzt. Er trägt Badeshorts ... und sonst nichts.

Da ist der eindrucksvolle Sixpack, den ich gesucht habe.

Mit wird heiß. Heißer, als es in der Sonne sowieso schon ist. Außerdem bekomme ich einen trockenen Mund. Zugegeben, gebräunt ist der attraktive Mr. Huxley nicht. Dafür besitzt er ein paar ansehnliche Muskeln. Die machen alles wett. Wirklich alles. Da er die Arme überkreuzt hält, habe ich freie Sicht auf seine Oberarmmuskeln. Wie oft er wohl ins Fitnessstudio geht? Bestimmt täglich. Nach der Arbeit oder davor? Werde ich das je erfahren?

Mir wird immer heißer. Ich muss aufhören zu denken. Am besten sofort. Bestimmt bin ich schon rot im Gesicht.

„Stalkst du mich?" Dass meine Frage von einem freudigen Unterton begleitet wird, fällt sicher auch ihm auf.

Pierce ist im Hotel. Juchhu! Und er steht vor mir. Zum Anfassen nah. Ich muss mich zusammenreißen, sonst leuchten mir rote Herzchen in den Augen.

„Dich nicht."

Das Objekt meiner Begierde löst sich von der Wand und kommt aus seinem Versteck. Kaum steht er vor mir, küsst er mich auf die Wange und streicht mir eine Haarsträhne hinter das Ohr. Mir werden augenblicklich die Knie weich, außerdem muss ich ein seliges Seufzen unterdrücken. Ein Wangenküsschen hat Pierce mir schon gestern gegeben, als ich ihn zurück zum Hotel gefahren habe. Quasi als Dankeschön.

Gestern ein Abschiedsküsschen. Heute ein Begrüßungsküsschen. Oh Gott! Wenn ein harmloses Küsschen mich so reagieren lässt, was geschieht erst bei einem Kuss auf den Mund? Allein der Gedanke macht etwas mit meinem Innern, das ich besser nicht analysiere. Zumindest nicht jetzt. Später, allein und für mich, kann ich denken, was ich will. Da gibt es keine Grenzen.

Pierce lacht und ich glaube, er hat meine Gedanken gelesen. Spielerisch boxe ich ihn in die Brust. Dass ich so in den Genuss komme, seine Haut anzufassen, ist ein zusätzlicher Pluspunkt.

„Hör auf zu lachen", fordere ich ihn auf und verstecke die Geschenktüte hinter meinem Rücken. Es wäre ungünstig, sollte sie ihm frühzeitig auffallen. „Warum hockst du hier im Verborgenen? Als Hotelgast hast du die Erlaubnis, die Poolliegen zu benutzen, um dich zu sonnen. Du musst dich nicht in den Ecken tummeln."

„Das weiß ich." Pierce greift nach meiner Hand und zieht mich in sein Versteck, wo wir vor fremden Blicken geschützt sind. Verrückterweise fühlt es sich irgendwie verboten an. Was hat er vor? Plant er, mich zu küssen? Auf den Mund? *Bitte ja!*

„Ich beobachte", holt Pierce mich aus meinen Träumen. „Dieser durchgeknallte Bagagist ist ein Schlitzohr."

Was?

„James-Dean ist nett", verteidige ich meinen Freund und schiebe den Gedanken an eine wilde Knutscherei beiseite. Pierce hat offenbar andere Absichten.

„Der Junge ist in dich verliebt. Das sieht ein Blinder." Mein neuer Kumpel im Versteckspielen stößt ein Schnauben aus.

„Ich weiß." Verlegen senke ich den Blick, als könnte ich etwas dafür. „Den Job im *Lailani Beach Hotel* habe ich ihm besorgt. Erst hat er neben der Schule stundenweise als Aushilfe gejobbt und seit diesem Jahr macht er hier eine Ausbildung. Er ist mir dankbar. Die Familie hat wenig Geld zum Leben und ist auf Hilfe angewiesen. Mrs. Makaio ist unglaublich stolz auf ihren Sohn. Ich bin froh, dass ich mit einer Vermittlung helfen konnte und James-Dean sich in einem ordentlichen

Umfeld bewegt." Einen kurzen Lacher kann ich nicht zurückhalten. „Mrs. Makaio ist alleinerziehende Mutter von drei Kindern und ein eingefleischter James Dean Fan. Du müsstest ihr Wohnzimmer sehen. Wo andere Menschen Fotos ihrer Familie zur Schau stellen, hängt Mrs. Makaio Bilder und Filmplakate von ihrem Jugendidol auf." Ein Schütteln erfasst mich. „Das ist gruselig."

Pierce lauscht gespannt und aufmerksam, während ich ihm von James-Deans' Familiensituation berichte. Was er denkt, kann ich nicht sagen. Er hat diese undurchschaubare Anwaltsmiene aufgesetzt.

„Der Junge ist gerissener, als alle denken." Pierce' Stimme ist trügerisch sanft. „Glaub mir."

Gleichzeitig zu lachen und den Kopf zu schütteln, ist schwierig.

„James-Dean ist harmlos", winke ich ab. „Er ist ein netter Junge. Du solltest ihm nicht nachspionieren. Du wirst nur den guten Kerl in ihm entdecken. Mit dem Geld, was er hier verdient, unterstützt er seine Mutter und seine jüngeren Geschwister. Seit letztem Jahr geht es Mrs. Makaio gesundheitlich schlechter. Sie leidet unter Arthritis. Die Funktionstüchtigkeit ihrer Gelenke ist stark eingeschränkt."

Huch! Schockstarre!

Im Handumdrehen werde ich mit meiner Kehrseite gegen die Rückwand des Barhäuschens gedrückt. Pierce Gesicht ist meinem nah, seine Hände stützen sich rechts und links neben meinen Kopf. Außerdem starrt er mich an. Im Augenblick ist seine Miene glasklar zu durchschauen. Ein Funkeln und etwas anderes, das möglicherweise Lust sein könnte, ist zu erkennen.

Will er mehr?

Bitte, küss mich!

„Ana?"

„Ja?"

„Wenn dein Mund sich schnell bewegt, möchte ich dich küssen." Seine Stimme klingt rau, aber kontrolliert.

„Entschuldige. Ich rede oft zu schnell. Zu laut übrigens auch."

Da mich seine Nähe erschaudern lässt, versuche ich wegzusehen. Zu dumm. Bevor mir das gelingt, hat Pierce nach meinem Kinn gegriffen. Sanft hält er meinen Kopf an Ort und Stelle. Ein Mundwinkel zuckt und auch die linke Augenbraue hat sich ein wenig nach oben gezogen.

„Darf ich dich küssen, Ananasmädchen?"

Grundgütiger!

Eine Welle aus Sympathie überrollt mich. Ich finde es unglaublich sexy, dass er mich fragt. Und dazu den kindischen Kosenamen benutzt. Bisher hat mich noch kein Mann gefragt, ob er mich küssen darf. Es ist immer irgendwie passiert.

Das nächste Räuspern fühlt sich komisch an, weil Pierce mein Kinn fixiert und mich in meiner Bewegung einschränkt.

„Ja."

Sekunden später spüre ich seine Lippen auf meinen. Sie streichen weich und unglaublich vorsichtig über meine. Ich nehme seinen Atem und wenig später seine Zunge wahr, die sanft gegen meine Unterlippe stößt. Im nächsten Moment öffne ich den Mund und Pierce lässt mein Kinn los, um mich richtig zu küssen. Seine Hand legt sich in meinen Nacken und ich hebe den Kopf, um es ihm leichter zu machen. Ohne zu zögern lasse ich mich gehen und nehme alles, was er mir anbietet. Er ist ein geschickter, und wie es scheint, erfahrener Küsser. Dass seine Finger über meine Haut und anschließend über meinen Hals streichen, lässt mich zusätzlich erschaudern. Das Kribbeln in mir nimmt zu, es vermehrt sich und befällt auch andere Körperstellen.

Gerade denke ich, dass meine Knie einknicken, da greift er an meine Taille und zieht mich näher. Mit einem leisen, aber genüsslichen Laut löst er sich, sanft, und mit einem Küsschen auf jeden Mundwinkel.

Wie wunderbar. Ich bin verloren, gefesselt von einer Leidenschaft, die mich völlig unerwartet erfasst hat. Mit einer solchen Hingabe wurde ich noch nie geküsst.

Ich will mehr.

7

Ana

„Geht es dir gut?" Pierce lässt seinen Blick über mein Gesicht schweifen, mustert mich und ist die Gelassenheit in Person.

„Ja", antworte ich grinsend, weil es mir wirklich gutgeht. Ausgezeichnet sogar. „Warum hast du aufgehört?"

Mit dem Finger fahre ich an seinem Hals entlang. Er bekommt eine Gänsehaut, obwohl wir in der Sonne stehen. Auch seine Atmung beschleunigt sich minimal. Das ist cool. Dafür bin ich verantwortlich.

Pierce stößt ein Schnauben aus und fängt meinen Finger ein. Fest umschließt er ihn mit seiner Hand.

„Weil das, auch wenn wir hier relativ geschützt vor unliebsamen Blicken sind, eine Pool-Area ist, liebste Ana. Küssen wir uns länger, bekomme ich ein Problem, das keine Badeshorts bedecken könnte."

Zack! Und schon habe ich ein Problem. Zu gerne würde ich auf besagte Badeshorts schauen. Leider geht das nicht, weil Pierce zu nah steht. Zwischen uns passt kein Blatt.

„Was versteckst du vor mir?", fragt er neugierig, ohne Anstalten zu machen, mir etwas Raum zu geben. Meinen Finger lässt der Schuft auch nicht los.

„Das ist dir aufgefallen?"

„Natürlich." Er gibt mir einen schnellen Kuss, als
könnte er sich nicht davon abhalten. „Was ist in der
Tüte hinter deinem Rücken?"

„Ein Geschenk."

Mit einem breiten Grinsen befreie ich meinen Finger
aus seiner Hand. Im nächsten Augenblick schiebe ich
ihn ein Stück von mir weg. Selbstverständlich werfe
ich einen schnellen Blick auf seine Shorts. Er scheint
sich unter Kontrolle zu haben.

„Du hast ein Geschenk für mich?" Pierce wirkt er-
staunt, fast ein wenig sprachlos.

„Ja. Ist das schwer vorstellbar?" Ich reiche ihm die
bunte Papiertüte, die nicht größer ist als eine Pralinen-
schachtel. „Hast du noch nie ein Geschenk bekommen?
Du tust, als wüsstest du nicht, was das ist."

Pierce nimmt meine Gabe und hält sie hoch. Andächtig mustert er sie. „Du wirst lachen, aber es ist Jahre her,
dass mir jemand etwas anderes als Wein und Gut-
scheine geschenkt hat." Er schüttelt den Kopf, als
könnte er es selbst nicht glauben. „Im Kleinkindalter
habe ich zum letzten Mal etwas bekommen, das in Geschenkpapier eingewickelt war."

„Das ist kein Geschenkpapier." Meine Augen rollen,
bevor ich den Kopf schüttele. „Es ist lediglich eine far-
benfrohe Tüte. Wenig spektakulär", erkläre ich und zucke mit den Schultern. „Sie stammt aus unserem Souvenirshop."

Wenn er mein Mitbringsel noch lange anstarrt und es
als wichtig einstuft, wird er enttäuscht sein. „Es ist nur
eine Kleinigkeit", versuche ich seine Erwartungen zu
dämpfen.

Pierce' Miene verfinstert sich. Er scheint sauer. „Mach mein erstes Geschenk seit Jahren nicht schlecht. Ich will es genießen."

„Du bist verrückt." Ich deute auf die Tüte, die mit Seidenpapier ausgefüllt ist, damit der Beschenkte nicht sofort sieht, was drinsteckt.

Pierce ignoriert mich und fängt an, das Seidenpapier zu entfernen. Anscheinend gehörte er früher nicht zu den Kindern, die Geschenkpapier einfach zerrissen haben. Er lässt sich Zeit. Es ist schön. Ich könnte ihm Stunden dabei zuschauen. Die kindische Freude füllt ihn komplett aus. Er wirkt geradezu verzückt.

Als er die Überraschung aus der Tüte zieht, bin ich mir plötzlich nicht mehr sicher, ob mein Geschenk ihm gefällt. Es war eher als Witz gedacht. Ich konnte schließlich nicht ahnen, dass er nie Geschenke bekommt und völlig darauf abfährt.

Seine Miene besteht aus einem einzigen breiten Grinsen, kaum dass er die dunkelblaue Krawatte mit dem Ananasprint erkennt.

„Eine Krawatte. Du schenkst mir eine Krawatte." Es klingt nicht wie eine Frage, eher wie eine Feststellung. „Und da sind sogar kleine Ananas drauf."

„Ja." Ich räuspere mich und fühle mich verlegen. „Es gibt sie im Souvenirshop auf der Plantage und ich dachte ..."

Was dachte ich?

„Ich weiß nicht, was ich dachte. Du bist Anwalt. Du hast wahrscheinlich tausende hochwertige Krawatten im Schrank. Jede einzelne ein Vermögen wert. Es ist als lustige Geste gedacht. Ein Spaß ...", erkläre ich und wünsche mir, ich wäre nicht auf die Idee gekommen, ihm etwas zu schenken. Aber ich brauchte einen Grund, ihn aufsuchen zu können. Unvorbereitet an der Rezeption nach ihm zu fragen, wäre zu offensichtlich gewesen. Ich bin schließlich nicht auf der Suche nach einem Urlaubsflirt. Nicht wirklich ... doch sollte sich zufällig etwas ergeben ...

„Sie ist toll." Pierce hält die Ananaskrawatte hoch, als wäre sie ein Preis, den er hochverdient gewonnen hat.

„Diese ist mit keiner deiner üblichen Krawatten vergleichbar. Sie hat nur achtfünfundneunzig gekostet und stammt nicht von einem Herrenausstatter."

Pierce legt sie sorgsam zusammen und steckt sie zurück in die Tüte. Er wirkt irgendwie beseelt. „Das wird meine Glückskrawatte", sagt er und ignoriert meine Worte.

Ist das ein Witz?

Mir gefällt die Idee.

„Du willst sie wirklich tragen?" Damit habe ich nicht gerechnet. Ob er abergläubisch ist?

„Natürlich. Was denkst du denn? Du hast sie mir schließlich geschenkt." Er rückt näher und gibt mir erneut einen Kuss. Kurz und schnell, damit wir nicht in Versuchung geraten. „Bei der nächsten Verhandlung, die ich führe, bei dem nächsten Plädoyer, das ich halte, trage ich diese Krawatte. Versprochen."

Da bin ich von den Socken. Ich weiß nicht, was ich sagen oder denken soll. *Cool!*

„Die Geschworenen werden dich auslachen", ist das Einzige, was mir einfällt. Dass ich mich geschmeichelt fühle, behalte ich für mich.

Pierce zwinkert und sieht verdammt sexy aus. „Oder sie finden mich sympathisch, weil ich als einer der bestbezahltesten Strafverteidiger von Chicago eine Acht-Dollar-fünfundneunzig-Krawatte trage."

„Könnte auch sein." Ich lache und kann mich kaum halten, weil mir eine weitere Idee kommt. „Du solltest in Erwägung ziehen, das Hemd aus dem Hotelshop zu tragen. Natürlich in Kombination mit der Krawatte. Dann frisst dir jeder Geschworene aus der Hand."

Die Bemerkung bringt mir ein Klaps auf den Po ein.

„Vorsicht. Nicht frech werden, Ananasmädchen." Pierce legt mir einen Arm um die Schultern und geht mit mir um das Häuschen herum. Er zieht mich einfach mit sich. „Hast du Zeit, etwas mit mir zu trinken? Heute lade ich *dich* ein. Du kannst nicht Nein sagen."

Will ich auch gar nicht.

„Ich habe Zeit. Sogar den Rest des Tages, wenn du mich solange ertragen kannst."

Pierce

Wie gut, dass Ana mit mir den Nachmittag verbringen will. Ich bin ein verdammter Glückspilz. Nach dem langweiligen Vormittag, an dem ich nichts getan habe, außer Unmengen an Kaffee zu schlürfen und James-Dean zu beobachten, ist das eine willkommene Abwechslung.

„Gehen wir rüber in den Schatten?" Ich deute in Richtung Pool. „Dort steht meine Liege. Wir können uns die Drinks bringen lassen."

Ohne auf eine Antwort zu warten, gebe ich dem Kellner an der Bar ein Zeichen, zu uns zu kommen.

„Du fühlst dich schon wie zu Hause." Ana lächelt und ich stelle fest, dass mir ihr Lächeln gefällt. Sogar sehr.

„Eigentlich nicht. Der Service ist natürlich außerordentlich gut, keine Frage, aber ansonsten stört es mich, keine Aufgabe zu haben. Ich arbeite für gewöhnlich fünfzig bis sechzig Stunden die Woche." Meine Schultern zucken kurz. „Falls wir einen schwierigen Fall haben auch mehr."

„Es scheint fast, als würdest du lieber arbeiten, als hier zu sein." Ana setzt sich auf die Liege, die gleich neben meiner steht und blickt mich mit Unverständnis an.

„Stimmt. Ich befinde mich sozusagen im Zwangsurlaub." Ich strecke mich lang auf meiner Liege aus und fordere Ana mit einer Handbewegung auf, es sich ebenfalls bequem zu machen. „Mein Vater hat mich gebeten, die Kanzlei für zwei Wochen zu verlassen. Nur deswegen bin ich hier. Das ist der einzige Grund."

„Hmm." Die wunderhübsche Frau an meiner Seite verschränkt die Hände auf ihrem Bauch und sieht in den Himmel. „Wenn du fünfzig Stunden und mehr die Woche schuftest, kann ich verstehen, dass er sich Sorgen um dich und deine Gesundheit macht. Du könntest frühzeitig an einem Herzinfarkt sterben. Schon mal drüber nachgedacht? Wie alt bist du eigentlich?"

Über die Bemerkung muss ich lachen. „Wie alt bist du?", frage ich zurück.

„Fünfundzwanzig."

Ich nicke, weil das meiner Vermutung entspricht. „Ich bin letzten Monat dreißig geworden, halte mich fit und ernähre mich gesund. Obendrein gehe ich regelmäßig zum Check-up. So schnell gibt mein Herz nicht auf. Außerdem liebe ich meinen Job. Er schenkt mir Erfüllung." Mit einem Seufzen tue ich es Ana gleich und sehe in den Himmel. „Mein Vater hat andere Gründe, mich wegzuschicken."

Die Worte sind raus, bevor ich sie zurückhalten kann. Das wollte ich nicht erzählen.

„Interessant." Ana dreht den Kopf in meine Richtung. „Weißt du, welche?"

„Nein. Aber ich kriege es heraus."

Bevor Ana dazu etwas sagen kann, tritt der Kellner, der für die Pool-Area zuständig ist, an unsere Liegen. Der Bereich um uns herum ist gut gefüllt. Heute Morgen war ich fast alleine, aber jetzt sind offenbar einige Hotelgäste von ihren Ausflügen zurückgekehrt.

„Mr. Huxley, kann ich Ihnen etwas zu trinken bringen?", werde ich gefragt. Der Typ hat eindeutig einen Stock verschluckt.

„Ja, bitte. Wir hätten gerne … Ana, was möchtest du trinken?" Ich wende mich meinem Gast zu, als der Kellner sich umständlich räuspert.

„Ms. Keoki", begrüßt er Ana, die sich flugs aufsetzt und anfängt, mit dem Saum ihres T-Shirts zu spielen.

„Hallo, Kai." Es ist nicht verwunderlich, dass sie einen Teil der Angestellten mit Vornamen kennt. Sie beliefert das Hotel schließlich zweimal die Woche.

Kai nickt ihr verhalten zu. „Sie sollten gehen, bevor sich herumspricht, dass Sie am Pool in der Sonne liegen. Mit Ihrem unangemessenen Benehmen haben Sie bereits letzte Woche für Aufsehen gesorgt. Mr. Okalani wird Ihre Anwesenheit im Gästebereich nicht gutheißen."

Wie bitte? Ich traue meinen Ohren nicht, bin wie vor den Kopf geschlagen. Hat dieser übereifrige Kellner gerade Ana gebeten, zu verschwinden? Das kann nicht sein.

Von Entsetzen übermannt, versuche ich mich zu sammeln, bevor ich diese Ungeheuerlichkeit kommentiere. Ana wirkt verlegen, weicht meinem Blick aus und ist sogar leicht rot im Gesicht.

„Du hast recht, Kai. Hierzubleiben ist keine gute Idee. Ich nehme den Gästen ihren Platz weg. Besser, ich gehe. Wir wissen beide, dass Mr. Okalani nur eine geringe Toleranzschwelle hat."

Kaum ausgesprochen, nimmt die Röte in ihrem Gesicht zu. „Es tut mir leid", entschuldigt sie sich bei mir. „Wenn du möchtest, können wir gemeinsam zum Strand gehen oder wir treffen uns im Laufe der Woche außerhalb des Hotels."

Schwachsinn! Ganz sicher nicht.

Dass dieser Kai noch da ist und uns zuhört, scheint Ana zu verunsichern. Eben hat sie nicht so steif und verklemmt dahergeredet.

Bleib cool, Pierce!

Ich bemühe mich, ruhig zu atmen und nicht überstürzt die Fassung zu verlieren. In dem Moment, wo Ana aufsteht, greife ich nach ihrer Hand.

„Bleib sitzen!" Dass es wie ein Befehl klingt, ist mir völlig schnuppe. Ich bin bereit, auf die Barrikaden zu gehen.

Im nächsten Augenblick wende ich mich dem lieben Kai zu und freue mich sogar, dass endlich Schwung in den eher belanglosen Tag kommt.

„Ich bin Gast dieses Hotels“, fange ich an zu erklären, „und Ms. Keoki ist eine Freundin von mir. Sie bleibt genau hier neben mir und eine der Sonnenliegen wird sie ebenfalls benutzen.“

„Pierce.“ Ana zieht an ihrer Hand, aber ich lasse sie nicht los. Auf keinen Fall. Ich habe gerade erst angefangen zu diskutieren. Ein Streit kommt gerade recht.

„Es tut mir leid“, sagt Kai und streckt mir tatsächlich die Brust entgegen, „die Pool-Area ist ausschließlich den Hotelgästen vorbehalten. Gäste unserer Gäste haben keinen Zutritt.“ Der Neunmalkluge macht eine Geste in Richtung der besetzten Liegen. „Sie sehen selbst, was nachmittags für ein Betrieb herrscht. Unsere Kapazitäten sind begrenzt.“

Da Ana sich nicht setzt, stehe ich auf. Ich ziehe sie an mich und trete gleichzeitig einen Schritt vor.

„Legen Sie es darauf an, mich zu verärgern?“ Meine Stimme klingt nicht aufgebracht oder sauer. Sie hört sich angsteinflößend und herausfordernd an. Diesen besonderen Tonfall spare ich mir meist für den Gerichtssaal auf. Heute kommt er am Pool zum Einsatz. Öfter mal was Neues.

„Pierce ...“ Ana windet sich, aber ich halte sie fest. Das ist ein Kampf, den ich zu gewinnen gedenke. Diese Lächerlichkeit ist reine Schikane.

Kai ist offenbar nicht lebensmüde, denn er tritt einen Schritt zurück. „Ich sage nur, wie es ist.“ Er klingt schon kleinlauter. „Mr. Okalani wird das nicht gefallen. Er duldet keine Angestellten am Pool. Und da Miss Keoki zu unseren Lieferanten gehört, hat sie hier nichts zu suchen.“

Gütiger Himmel! Der Kerl muss lebensmüde sein. Warum ist es ihm so wichtig, dass Ana verschwindet? Was hat er davon? Bekommt er einen Bonus für jeden, den er aus der Hotelanlage scheucht?

Bevor ich Ana wehtue, lockere ich meinen Griff und schiebe sie hinter mich. Sie stößt einen frustrierten Laut aus und schlägt mir auf den Rücken. Zumindest glaube ich, ihre Faust zu spüren. Ich bin zu sehr auf den Idioten vor mir fixiert, um es zu analysieren.

„Holen Sie Mr. Okalani. Sofort! Wir klären das jetzt und hier."

Meine Worte fliegen ihm wie scharfe Messer um die Ohren. Kai wird blass. Sein Adamsapfel bewegt sich und seine Finger schließen sich fester um das leere Tablett, das er in den Händen hält. Damit hat er wohl nicht gerechnet.

„Pierce ..." Ana tippt mir auf den Rücken, aber ich lasse Kai nicht aus den Augen und ignoriere ihre Versuche, auf sich aufmerksam zu machen.

Der Kellner ist immer noch in Schockstarre verfallen.

„Machen Sie schnell, bevor ich die Geduld verliere. Ich bin Anwalt und könnte das Hotel auf Schadenersatz verklagen. Sie versauen mir einen kostbaren Urlaubstag. Und da ich nur selten Urlaub mache, bedeutet mir das viel."

Dass ich Strafverteidiger bin und von Schadenersatzforderungen keine Ahnung habe, tut nichts zur Sache. Klappern gehört zum Handwerk.

Kai wird noch blasser, sogar ein bisschen Grün mischt sich in sein Gesicht. „Äh ..."

Muss ich nachlegen? Ich mache den Mund auf, komme aber nicht dazu.

„Versuchst du fauler Hund, dich aufzuspielen? Weniger Gäste am Pool bedeuten weniger Arbeit." Es ist James-Dean, der das sagt und sich neben mich stellt, als bräuchte ich Hilfe. Die brauche ich nicht. „Ich denke, du solltest hinter deine Bar krabbeln und Ana einen Cocktail auf Kosten des Hauses mixen." Er deutet auf mich. „Und für ihn kannst du gleich einen mitmachen."

Wie gütig.

„James-Dean, das ist nicht nötig", sagt Ana und klinkt zugetaner als mir lieb ist. Sie soll *mir* dankbar sein, nicht ihm. Verdammt. Was läuft hier falsch?

Ist dieser Jüngling immer zur Stelle, sobald Ana in Not gerät? Er muss schrecklich verschossen in sie sein. Zu dumm, dass ich Anas Gesellschaft genießen möchte – allein. James-Dean kann sich warm anziehen. Ich bin nicht bereit, meine neue Errungenschaft zu teilen.

„Du hast die Wahl ..." Ich lasse Kai vom Haken, obwohl es mir schwerfällt. Wenngleich ich damit gedroht habe, möchte ich mich nur ungern mit dem Hotelmanager auseinandersetzen, während James-Dean meinem Ananasmädchen schöne Augen macht. Der Gedanke schmeckt mir nicht. Kai soll gehen. Und James-Dean auch. Ich wende mich direkt an den Kellner, trete sogar ein Stück auf ihn zu, damit ich über ihm aufrage.

„Gehen und Cocktail mixen oder deinen Job riskieren?" Mit dem Fuß tippe ich auf den Boden. Eine subtile Geste, die unmissverständlich ist.

Die Antwort kommt schnell. „Was kann ich Ihnen bringen?" Die Worte werden zwischen einem Zähneknirschen ausgesprochen.

„Du hast die richtige Entscheidung getroffen“, lobe ich ihn und wende mich ab. „Zwei süße Cocktails mit viel Obst und wenig Alkohol.“

Kai zieht mit rauchenden Fahnen von dannen. Das wäre erledigt.

Ana unterhält sich leise mit dem stets hilfsbereiten Bagagisten. Höchste Zeit, dass ich mich einmische.

Ich stelle mich dazu und belausche ihr Gespräch ganz offen. James-Dean hat Ana irgendwas von seiner Mutter erzählt, so viel habe ich aus den wenigen Worten herausgehört.

„Ich sollte zurück an die Arbeit gehen“, sagt James-Dean zu Ana, sieht dabei aber mich an. Seiner argwöhnischen Miene nach zu urteilen, weiß er nicht, was er von mir halten soll. Dass er mir nicht traut, ist offensichtlich.

Seine Skrupel sind nachzuvollziehen. Am Freitag wollte ich Ana wegen Taschendiebstahl zur Rechenschaft ziehen und heute möchte ich Cocktails mit ihr trinken. Das muss er erst mal verdauen. Verwirrend ist das allemal. Dabei gehöre ich nicht zu den Frauenverstehern dieser Welt.

„Melde dich bei mir, wenn deine Mutter etwas benötigt. Nächste Woche bin ich in der Nähe, dann bringe ich euch frischen Ananassaft vorbei.“ Ana legt ihm eine Hand auf den Unterarm und tätschelt ihn. Prompt fühle ich etwas, das sich wie Eifersucht anfühlt. Was ist nur los mit mir?

„Mach ich.“ James-Dean tippt sich an die Stirn und sieht mich ein letztes Mal an. „Bis bald.“

Ich schweige, verabschiede mich nicht.

Weg ist er. Und nun? Wir stehen ein bisschen verloren herum. Die Stimmung ist im Eimer. Das Chillen in der Pool-Area hat gerade seinen Reiz verloren.

Ich greife nach Anas Hand. „Sollen wir am Strand spazieren gehen? Die Cocktails können wir später trinken." Meinen Körper drücke ich gegen ihren, um ihr näher zu sein. „Ich bin neugierig. Du könntest mir von deinen Pflichten und Arbeiten auf der Keoki-Plantage erzählen. Eventuell finden wir sogar ein ungestörtes Plätzchen, wo wir knutschen können." Das Letzte muss ich einfach sagen. Der Wunsch, da weiterzumachen, wo wir eben aufgehört haben, ist groß. Ein niedliches Kichern ist zu hören. „Du klingst wie ein Teenager."

„Stimmt." Ana entspannt sich spürbar. „Ich fühle mich auch wie einer. Das muss an dir und der Überdosis Freizeit liegen. Eine sehr wirkungsvolle Kombination."

$$8$$

Ana

Schade. Der Montag ist viel zu schnell verstrichen. Nachdem ich mit Pierce den Rest des Nachmittags am Strand verbracht habe, sind wir essen gegangen. Die ganze Zeit über haben wir uns unterhalten. Ich habe ihm von mir und meiner Familie erzählt und er hat mit mir über die Kanzlei und seine Arbeit in Chicago geredet. Wir haben sogar unsere Handynummern ausgetauscht, um in den nächsten Tagen in Verbindung bleiben zu können. Es war nicht eine Sekunde lang ermüdend oder eintönig. Und das, obwohl ich von der juristischen Tätigkeit, für die Pierce sich so begeistern kann, keine Ahnung habe.

Hoffentlich klärt sich das sonderbare Verhalten seines Vaters. Probleme mit einem Familienmitglied sind nie einfach und belasten alle Beteiligten. Ich weiß das, weil Bane ständig den großen Bruder raushängen lässt.

Aber jetzt gerade denke ich nicht an Pierce' oder Banes Probleme, sondern an meine eigenen. Ich stehe vor dem Bürozugang der *FarrowLogistics Inc.* und überlege, wie ich die Unterhaltung mit Keanu am besten einleiten könnte. Dass ich meinem Bruder versprochen habe, dieses Gespräch zu führen, war eine vorschnelle Entscheidung, die ich bereue. Bestimmt hätte ich mich auch anders aus der Misere ziehen können. Wenn ich nicht ein klitzekleines Bisschen neugierig wäre, würde ich kneifen. Was mag wohl der Grund für Keanus überstürzte Heiratsabsicht sein?

Los Ana! Augen zu und durch.

Einen tiefen Atemzug später betrete ich das Gebäude und werde nach einigem Suchen und Fragen zu Keanus Büro geführt.

Banes Freund ist sichtlich verwundert, als seine Assistentin mich ankündigt und ich wenig später vor seinem Schreibtisch stehe. Tatatataa! Da bin ich!

„Ana, was führt dich her? Hat Bane dich geschickt? Habe ich etwas verpasst?" Keanu deutet auf den Stuhl vor seinem Schreibtisch. Seine Kleidung ähnelt der von Bane, wenn er den Tag über im Büro verbringt: dunkler Anzug, Krawatte und dazu die passenden schwarzen Businessschuhe. Ziemlich langweilig. Bürokleidung eben.

„Nicht direkt. Ich bin gekommen, damit wir reden können." Hoffentlich tue ich das Richtige. Mit Zweifeln im Bauch setze ich mich und schlage die Beine übereinander. Die Klimaanlage läuft auf Hochtouren, sodass ich sofort eine Gänsehaut bekomme. Vielleicht hätte ich etwas anderes als meine üblichen Shorts und Flip-Flops wählen sollen. Ich hasse Büroräume, die auf Kühlschranktemperatur runtergekühlt werden.

Wie fange ich das Gespräch am besten an? Falle ich mit der Tür ins Haus oder taste ich mich langsam heran?

„Bane sagt, du willst bis Ende des Jahres heiraten." Also schön, dann die Tür. Ich rede wie üblich schneller als ich denke.

Keanu wirkt von meiner Frage nicht übermäßig überrascht. Er sieht mich an und nickt gelassener als ich für möglich gehalten hätte.

„Ja. Wärest du interessiert?", fragt er geradeheraus zurück.

Ich muss schmunzeln, weil mir das irgendwie gefällt. Es ist kein Grund, um Ja zu sagen – weiß Gott nicht –, aber es gefällt mir. Endlich mal kein Mann, der um den heißen Brei herumredet.

„Nein", kommt meine Antwort genau so ehrlich wie seine Frage. „Ich möchte dich *nicht* heiraten." Ein wenig Betonung an der richtigen Stelle kann nicht schaden.

Keanu nickt erneut, als hätte er damit gerechnet. „Okay. Dann bin ich schachmatt gesetzt." Er sieht verzweifelt aus und ich fühle mich, als hätte ich einen Welpen getreten.

Himmel!

„Warum willst du unbedingt heiraten, wenn du nicht mal eine Freundin hast?" Mit beiden Händen reibe ich mir über die Oberschenkel, um sie zu wärmen. Ich fühle mich unwohl und das liegt nicht nur an der Klimaanlage. Was ist das für eine merkwürdige Situation, in der ich mich da befinde?

„Es ist kompliziert." Keanu sieht zur Decke, als hoffe er, da die Lösung zu finden.

Ich rolle mit den Augen. „Ach wirklich? Das dachte ich mir."

„Mein Bruder plant eine Doppelhochzeit", platzt mein Gegenüber im nächsten Augenblick heraus. „Und da ich ihm versprochen habe, gemeinsam mit ihm am selben Tag in den Bund der Ehe zu treten, hat er alles in die Wege geleitet. Mir blieb keine Zeit, Einspruch zu erheben. Ich heirate an Heiligabend."

Oh! Das Gesagte muss ich erst mal sacken lassen.

„Denkt er denn, dass du eine Freundin hast und sie dich auch heiraten will?" Ich komme nicht ganz mit. Es fühlt sich an, als fehle mir ein Puzzleteil.

„Ja."

„Warum denkt er das?", frage ich, da Keanu sich nicht von selbst erklärt. Ihm ist die Lust zu sprechen offensichtlich vergangen.

„Wie ich schon sagte, das ist kompliziert. Mein Bruder lebt nicht auf Hawaii. Er ist schon vor zehn Jahren nach Japan gezogen. Dort vertritt er die *FarrowLogistics Inc.* und managt die Kooperation mit unseren Logistikpartnern in Yokohama. Die Familie seiner zukünftigen Frau lebt streng nach den alten Bräuchen und Sitten ihres Landes. Aiko, die Freundin meines Bruders, würde ihr Gesicht verlieren, wenn ich diese Doppelhochzeit drei Monate vor Termin absagen würde. Das wäre eine Katastrophe." Keanu beugt sich vor, stützt die Ellenbogen auf die Tischplatte und vergräbt das Gesicht in den Handflächen. „Aiko ist Fernsehmoderatorin und die Co-Produzentin einer Morningshow. Unsere Doppelhochzeit soll als Sondersendung im Fernsehen übertragen werden. Live!"

„Oh …"

Diesmal spreche ich es aus. Mir fehlen die Worte. Das ist übel. Ich möchte nicht in seiner Haut stecken.

„Genau", nuschelt Keanu in seine Hände. „Kannst du dir das vorstellen? Heiligabend unterm Christbaum zu heiraten, sichtbar für Millionen von Fernsehzuschauern? Es könnte kaum grausamer kommen. Ein wahres

Highlight." Letzteres sagt er mit Sarkasmus in der Stimme.

„Gott behüte. Ich glaube, nur der Tod ist verhängnisvoller", witzele ich und verziehe das Gesicht. „Du hast mein Mitgefühl. Aber wie konntest du deinem Bruder ein solches Versprechen geben? Eine Doppelhochzeit. Das ist Wahnsinn."

Keanu ist wahrlich nicht zu beneiden. Wie dumm kann ein Mann sein? Und warum hat er Bane nicht in sein Problem eingeweiht? Unter Umständen hätte mein Bruder ihm einen Rat geben können.

Offenbar sauer auf sich selbst, hebt der bald Verheiratete den Kopf und verdreht die Augen. „Ich dachte, mein Bruder würde nie heiraten. Niemals. Er ist von jeher ein Draufgänger, der es nie lange bei einer Frau ausgehalten hat. Um ihn zu ärgern, habe ich ihm von Tsunami vorgeschwärmt und den Vorschlag mit der Doppelhochzeit gemacht. Es sollte ein Spaß sein. Nur ein Spaß!"

Schon wieder komme ich nicht mit. „Wer ist Tsunami?"

„Meine angebliche Freundin. Wir sind seit drei Jahren fest zusammen. Sie ist lebensfroh, ein bisschen wild und mein Ein und Alles. Ihr Bruder besitzt eine Ananasplantage und studiert mit mir *Undecided Business* im letzten Jahr."

Eine Schockwelle rollt über mich hinweg. „NEIN!"

Wie von der Tarantel gestochen, springe ich auf und werfe dabei den Stuhl um, auf dem ich gesessen habe. Schnaubend stürme ich zum Fenster und wieder zurück. Wenn ich nicht aufpasse, brennt in wenigen Augenblicken eine Sicherung durch – zehn Sicherungen. Nein, einhundert Sicherungen.

„Du hast mich zu deiner Fake-Freundin gemacht?", frage ich ungehalten und auf 180. „Und das schon vor drei Jahren?" Nicht zu fassen! „Ohne mir oder meinem Bruder etwas davon zu erzählen? Wie bescheuert ist das denn bitte?" Höchstwahrscheinlich ist das der Grund, warum er seinen Freund nicht in seine Probleme einweihen will. Bane hätte sicher kein Verständnis für diesen Mist, vor allem, wenn es dabei um seine kleine Schwester geht. Keanu kennt ihn und weiß ihn einzuschätzen. Und trotzdem soll ich ihn heiraten …

Ich zweifele gerade an Keanus Zurechnungsfähigkeit. Was für ein Freak. Wer macht so was? Hat der seinen Realitätssinn verloren?

Der Mann, den ich in Grund und Boden starre, zuckt mit den Schultern, als wäre das unwichtig. „Du hast eine gute Vorlage abgegeben. Ich musste Lui und Aiko schließlich irgendwas erzählen. In den letzten Monaten haben die beiden immer öfter nach dir gefragt. Stell dir vor, sie wollten uns sogar besuchen kommen."

Ach du grüne Neune. Der mir völlig unbekannte Bruder in Japan fragt nach mir. Das ist verrückt. Ich muss mich setzen.

„Ich bin *nicht* deine Freundin", stelle ich klar und richte den umgefallenen Stuhl auf.

„Ich weiß."

„Und ich heirate dich ganz sicher *nicht*, weil du deinem Bruder in einem Anfall von Übermut und Leichtsinn eine Doppelhochzeit versprochen hast!"

In Rage baue ich mich vor seinem Schreibtisch auf. Gerade habe ich beschlossen, lieber stehen zu bleiben. Besser, ich sehe auf Keanu herab, wenn ich meine Ansichten klarstelle.

„Auch das habe ich mittlerweile verstanden." Keanus Blick verändert sich. Seine Wut nimmt zu. Wie passend. Ich bin ebenfalls angesäuert.

„Wie schön, dass du nicht völlig den Verstand verloren hast und denkst, du könntest mich irgendwie überreden. Das kannst du nämlich nicht."

Wo bin ich da nur reingeraten? Nur Männer schaffen es, ein solches Schlamassel anzurichten.

Stille.

Einen Moment schweigen wir einvernehmlich.

Ich schlucke und schüttele den Kopf. „So wie ich das sehe, hast du nur eine Möglichkeit, der Doppelhochzeit zu entkommen, wenn du nicht eine ganze Familie samt Sitten und Bräuchen zerstören willst."

„Und die wäre?" Ich höre Hoffnung in Keanus Stimme.

„Dein Bruder sagt die Hochzeit von sich aus ab."

***

„Keanu Farrow ist verrückt geworden. Vollkommen verrückt", beschwere ich mich, während ich in Banes Büro stürme. Ich bin immer noch völlig durcheinander und kann an nichts anderes denken, seit ich das Bürogebäude der *FarrowLogistics Inc.* verlassen habe. Auf der Autofahrt zurück zur Plantage hätte ich beinahe einen Unfall gebaut, weil meine Gedanken nicht stillstehen wollten.

Was für ein heilloses Durcheinander.

Ich bin eine Fake-Freundin, denke ich zum gefühlt hundertsten Mal in der letzten halben Stunde. Das ist idiotisch. Das ist irrsinnig. Das ist … ahhh!

„Warum ist er verrückt geworden?", fragt Bane mit einem Seufzen, als wäre ich eine nervige kleine Schwester, die ihm mal wieder auf den Keks geht. Unverschämtheit! Keanu ist schließlich sein Freund und nicht meiner. Außerdem hat er nicht den blassesten Schimmer, was sein ach so guter Kumpel angestellt hat.

Ich lasse mich mit einem wenig eleganten Plumps auf den Stuhl vor seinem Schreibtisch sinken. „Würdest du mich als Tsunami bezeichnen?"

Bane sieht von seinen Unterlagen, in die er sich längst wieder vertieft hat, hoch und grinst breiter denn je. „Auf jeden Fall", sagte er und schiebt die Brille auf den Kopf.

„Bane!"

„Ana", kommt es im gleichen Tonfall zurück. „Du hast manchmal wirklich eine gewisse Ähnlichkeit mit einem Tsunami. Wenn du drauflos plapperst, erbebt die Erde und dein Zuhörer wird förmlich von einer Welle aus Worten überflutet." Er legt den Stift weg und schraubt sein überhebliches Grinsen herunter. „Wolltest du mir nicht gerade erklären, warum Keanu verrückt geworden ist? Ich gehe davon aus, dass es etwas mit seinen Heiratsabsichten zu tun hat."

„Richtig, stimmt. Genau, ja."

Tief Luft holen und dann bricht es aus mir heraus – tsunamimäßig. Ich erzähle Bane die Kurzfassung von der Doppelhochzeit, die an Heilighabend live im Fernsehen übertragen werden soll. Ich lasse nichts aus und beschönige auch nichts. Als ich atemlos zum Ende komme, sieht er mich mit geweiteten Augen an und bringt kein Wort heraus. Im genauen Gegenteil zu mir.

Eine Hilfe ist er in dem Zustand nicht gerade. Hat es ihm die Sprache verschlagen? Hallo?

„Wow", ist sein knapper Kommentar wenig später.

Ein Wort ist seine Antwort? Echt jetzt?

„Wenn du mich bittest, ihn zu daten und es mir zu überlegen, dann Gnade dir Gott, Bane."

Ich stehe auf und hebe die Hand, als wollte ich ihm eine Kopfnuss verpassen. Dabei schießen Blitze aus meinen Augen. Spürbar verlassen sie meinen Körper und treffen ihn.

„Ich habe dir versprochen, mit Keanu zu reden. Das ist geschehen. Bitte schön." Symbolisch übergebe ich ihm den Staffelstab. „Ab jetzt bist du für seine Seelsorge verantwortlich. An dieser Stelle bin ich raus. Bye-bye und tschüss."

War ich eben auf 180, habe ich gerade auf 220 beschleunigt. Ob ich meine innere Mitte jemals wiederfinden werde? Aktuell ist das schwer vorstellbar. Völlig von der Rolle will ich gerade zur Tür hinauseilen, da hält Bane mich auf.

„Warte."

Mit einem Seufzen bleibe ich stehen. „Was denn noch?"

„Danke."

Notgedrungen, weil ich reagieren muss, wende ich mich ihm zu und nicke. „Schön, dass ich helfen und Licht ins Dunkle bringen konnte. Aber jetzt habe ich keine Zeit mehr. Du kannst ab hier übernehmen. Ich muss mich um meine aktuelle Männerbekanntschaft kümmern.“

Obwohl ich tatsächlich vorhabe, Pierce anzurufen, sobald ich das Büro verlassen habe, sage ich Letzteres nur, um Bane zu ärgern.

„Bis dann, großer Bruder. Wir sehen uns heute Abend beim Essen.“

9

Ana

Pierce freut sich über meinen Anruf und ist zu gerne bereit, mich auf meiner Dienstags-Hotel-Tour zu begleiten. Er scheint mal wieder unter der schweren Krankheit Langeweile zu leiden. Im Gegenzug für seine Gesellschaft habe ich versprochen, ihm einen Teil von Honolulu zu zeigen. Der Diamant Head liegt auf dem Weg und ich kenne einen Aussichtspunkt, der einen atemberaubenden Blick bietet und nicht in jedem Reiseführer angepriesen wird. Es ist eine Win-win-Situation für beide Seiten.

„Hast du schon was von der Polizei gehört? Haben sie deine Brieftasche und die Uhr mittlerweile gefunden?", frage ich und werfe Pierce, der auf dem Beifahrersitz neben mir Platz genommen hat, einen Blick zu. Wir sind seit wenigen Minuten unterwegs. Er trägt heute ein schlichtes weißes T-Shirt und blaue Surfershorts, die ihm bis fast zu den Knien reichen und damit länger sind als die, die er beim letzten Mal getragen hat. Mit dem Look passt er sich der vorherrschenden Kleidung auf der Insel an. Für Klamotten aus mehr Stoff ist es zu warm, selbst im Oktober.

„Nein. Aber mir wurde gesagt, ich solle mir keine Hoffnung machen, mein Zeug wiederzubekommen. Ta-

schendiebstahl gehört anscheinend zur Tagesord-
nung." Pierce betrachtet die vorbeiziehende Landschaft, während er das sagt.

„Das tut mir leid. Touristen sind eben ein leichtes Ziel.
Und Honolulu ist voll davon. Das ist die grausame Realität."

„Ist nicht wichtig." Er sieht mich an und schenkt mir
ein Lächeln. „Morgen, spätestens übermorgen, bekomme ich eine Kreditkarte aus der Kanzlei. Meine Assistentin hat sich noch am Freitag um einen Ersatz ge-
kümmert. Sobald sie da ist, ist alles wie gehabt."

„Aber die Uhr?" Ich drehe den Kopf, um seine Reaktion nicht zu verpassen. Vielleicht hat sie ihm viel bedeutet. Das schmucke Stück war immerhin fünfzigtausend Dollar wert. Nicht gerade eine Kleinigkeit.

„Ich kaufe mir eine neue." Mein Fahrgast schenkt mir
einen gelassenen Gesichtsausdruck, als wäre der Verlust ohne Belang. Dann war ihm die Uhr nicht wichtig.
So was aber auch!

„Frechheit. Du hast mir einen blauen Fleck von der
Größe Hawaiis zugefügt, wegen des bescheuerten – ach
so wertvollen – Dings", beschwere ich mich und nehme
die nächste Kurve schneller als nötig. „Und jetzt kaufst
du dir einfach eine neue?" Nicht zu fassen.

Pierce greift nach dem Griff an der Tür und hält sich
fest, um der Fliehkraft entgegenzuwirken. „Du hast
schuldig ausgesehen."

Wie bitte? Das ist die Höhe!

„Ich? Schuldig?" Mein Fuß bleibt auf dem Gas. „Das
kann nicht sein. Was für eine Unverschämtheit! Ich
sehe nicht mal schuldig aus, wenn ich es bin."

„Ana. Ich mache Witze", versucht er mich mit einem verschmitzten Lächeln zu beschwichtigen. „Das war ein Scherz. Ich wusste von vornherein, dass du nicht die Person bist, die mich beklaut hat. Na ja, vielleicht nicht von vornherein", korrigiert er sich, „aber als ich gesehen habe, wie du dein Eis umklammertest, um zu verhindern, dass es runterfällt, da wusste ich es."

Bullshit. Was hat das mit dem Eis zu tun?

„Ungeheuerlicher geht es kaum. Warum hast du dich so aufgespielt? Du hast meinen Zeitplan an dem Tag in Grund und Boden gestampft."

Pierce Miene wird weich. „Ich war sauer, weil ich von jetzt auf gleich zu diesem Urlaub verdonnert worden war. Du warst die Erste, die mir in die Schusslinie geraten ist. Es tut mir leid, dass ich meinen Zorn an dir ausgelassen habe. Das war nicht richtig. Verzeihst du mir?", fleht er. „Ich möchte es wiedergutmachen."

Gütiger Himmel!

Wie kann ich bei diesen Worten und dem gewinnenden Lächeln widerstehen? Kurz ringe ich mit mir selbst.

Mist. Mein Posten ist hoffnungslos verloren. Wenn er in dem Tonfall spricht, kann keine Frau lange widerstehen. Ich muss mich zwingen, weiter auf die Straße vor mir zu starren. Eine andere Chance habe ich nicht.

„Ich werde es mir überlegen." Bewusst reibe ich über die Stelle an meinem Arm, die immer noch leicht bläulich ist und hoffe, Pierce sieht das. Er darf sich ruhig ein bisschen schlecht fühlen.

„Ana, ich wollte dir nicht wehtun." Plötzlich klingt er niedergeschlagen. „Ich wollte dir niemals schaden, nicht das kleinste Bisschen. Ob du schuldig gewesen wärst oder nicht. Das hätte nicht passieren dürfen." Er seufzt. „Bitte verzeih mir. So verhalte ich mich für gewöhnlich nicht."

Ich kann ihm nicht länger böse sein, wenn er in butterweichem Tonfall mit mir redet. Vor allem, weil er mir nicht absichtlich geschadet hat. Nachtragend bin ich nicht. War ich nie. Außerdem habe ich übertrieben, der Fleck ist nicht so groß wie Hawaii.

Also schön. Mit dem Ausatmen reduziere ich das Tempo, weil wir an der nächsten Ecke abbiegen müssen. „Du hast mich überzeugt. Ich vergebe dir. Schwamm drüber. Dafür habe ich etwas gut", füge ich hinzu, bevor er sich bedanken kann. Wer weiß, wozu das nützlich ist. Eine Frau, die so oft in Schwierigkeiten gerät wie ich, kann nie genug Gefälligkeiten in Reserve haben.

„Danke", kommt die Zustimmung vom Beifahrersitz. Erleichterung ist rauszuhören.

„Bitte gerne", antworte ich und fahre den Wagen auf den Parkplatz vor dem Hotel. „Möchtest du mit reinkommen oder im Auto warten?" Ich grinse und spüre den Schalk im Nacken. „Wenn ich nicht zufällig in einen gut gekleideten Griesgram laufe, der mich festhält und mich des Taschendiebstahls bezichtigt, bin ich in fünf Minuten zurück. Geht ganz schnell."

Pierce schüttelt den Kopf und öffnet die Tür. „Die Lieferung trage ich rein", sagt er, sobald wir ausgestiegen sind. „Wir sollten besser nichts riskieren." Er zwinkert und wirkt ungemein sexy. „Wenn ich dabei bin, um auf dich aufzupassen, passiert bestimmt nichts dergleichen."

„Ich kann auf mich selbst aufpassen." Meine Empörung ist deutlich herauszuhören.

„Das weiß ich." Pierce nimmt den Karton, auf den ich zeige, aus dem Lieferwagen. „Aber heute habe ich die Ehre, auf dich zu achten und dir Arbeit abzunehmen. Bitte lass mir die Freude. Es gehört zum Teil meiner Entschuldigung."

Warum stimmen mich die Worte zufrieden? Ich bin eine selbstständige Frau und brauche keinen Beschützer. Wobei ... der Lieferwagen ist voller Eis und Saft. Wenn Pierce sich anbietet, seine Muskeln spielen zu lassen, werde ich nicht Nein sagen. Vielleicht bekomme ich ihn sogar dazu, sein T-Shirt auszuziehen. Ein verzückender Gedanke.

Der Rest des Nachmittags vergeht wie im Fluge. Mit Pierce Seite an Seite zu arbeiten, macht unglaublichen Spaß. Kaum vorstellbar, dass er sonst den lieben langen Tag im Büro verbringt und Aktenberge wälzt. Er ist geschickt, übereifrig, hilfsbereit und hübsch anzusehen. Ein Komplettpaket.

Meine freiwillige Hilfskraft sieht so zufrieden aus wie ich mich fühle, stelle ich nach der letzten Auslieferung fest. Erschöpft und völlig durchgeschwitzt, aber zufrieden.

„Ich glaube, du hast einen Sonnenbrand auf der Nase."

Kaum ausgesprochen, reibt er sich über den Nasenrücken. „Du könntest recht haben." Er klappt die Sonnenblende runter und besieht sein Gesicht im Spiegel.

„Eitel bist du auch", stelle ich kichernd fest. Warum verwundert mich das? Pierce ist Anwalt und muss stets auf sein Äußeres achten. Das Bild von einem Strafverteidiger im dreiteiligen Anzug mit sonnenverbrannter Nase ist bestimmt höchst selten. Fast ein bisschen lächerlich. Gut dass er gerade nicht arbeiten und keinen Anzug tragen muss.

„Vermutlich hast du recht." Er klappt die Blende hoch und riecht an sich. „Dass ich verschwitzt und staubig bin, stört mich mehr als der Sonnenbrand. Wie hältst du diese Hitze tagtäglich aus?"

Ich beschleunige und biege auf die Schnellstraße ab. „Die Hitze ist nicht das Problem, eher die hohe Luftfeuchtigkeit. Die Kleidung fühlt sich selbst am Körper klamm und irgendwie feucht an."

„Stimmt. Wo du mich drauf hinweist, merke ich es auch." Er zupft am T-Shirt.

„Du würdest dich dran gewöhnen, wie alle hier, wenn du länger auf Hawaii bliebest."

Ich rechne mit einer Antwort, aber es kommt keine. Pierce sieht auf die Straße und spielt den Schweigsamen. Über was denkt er nach? Will er seinen Urlaub möglicherweise verlängern? Im Stillen hoffe ich es. Zwei Wochen sind definitiv zu wenig, um sich besser kennenzulernen. Dass ich ihn mag, steht nach dem heutigen Tag fest.

„Hat dir der Nachmittag gefallen?", frage ich, weil ich die Befürchtung habe, dass nur ich Spaß hatte und ihn falsch eingeschätzt habe.

„Oh ja. Sehr sogar." Pierce starrt weiterhin auf die Straße. „Ich bin von mir selbst überrascht. Nie im Leben hätte ich gedacht, dass Eis ausliefern und durch die atemberaubende Landschaft zu fahren erfüllend sein könnten."

„Du vergisst, dass du mit *mir* unterwegs bist." Ich lache, weil ich einfach nicht anders kann. „In meiner Gesellschaft musst du einfach Freude empfinden. Das ist Pflicht."

Der letzte Satz entlockt Pierce ein Mundwinkelzucken. „Wenn du es sagst, wird es wohl stimmen."

„Das Beste habe ich mir für den Schluss aufgehoben."

„Ach ja?"

Ich höre Neugier heraus. „Yep. Jetzt bekommst du eine wirklich spektakuläre Landschaft zu sehen. Wir sind gleich da. Unser Timing könnte nicht besser sein. Die Sonne wird in wenigen Augenblicken untergehen."

Zehn Minuten später stelle ich den Wagen an den Straßenrand und weise Pierce an, mir zu folgen. „Wir müssen noch ein kleines Stück zu Fuß gehen, aber der Weg lohnt sich. Komm." Ich greife nach seiner Hand und ziehe ihn mit.

„Ich vertraue dir."

„Das kannst du auch. Gleich wirst du auf einer Klippe stehen, die gerne für Filmklassiker genutzt wird. Im Frühjahr und Sommer werden hier oft Hollywoodstreifen gedreht. Die Aussicht ist spektakulär und absolut umwerfend. Du hast von dort das Gefühl, dass du einmal um die Welt sehen kannst. Blaues, klares Wasser, grün bewachsene Felsen, Berge und in der Ferne der Diamant Head."

„Du machst es spannend."

Noch fünfzig Meter, dann halte ich inne. „Bereit?"

„Ja."

Ich führe Pierce um die nächste Ecke und trete so nah mit ihm an die Felskante, wie es sicher ist. Seine Finger lasse ich nicht los. Mit der freien Hand deute ich auf den Horizont. „Mr. Huxley, darf ich vorstellen, der Pazifik. In die Richtung liegt Big Island. Wenn du noch ein paar Tage Urlaub übrig hast, solltest du hinfliegen. Dort ist es fast so wunderschön wie hier.“

„Ana ...“ Pierce sieht nach rechts, anschließend nach links und zurück nach rechts. Es hat den Anschein, dass er sich nicht sattsehen kann. Verständlich, die Aussicht ist überwältigend.

„Ich weiß.“ Mein Lächeln entsteht automatisch. „So geht es jedem, der zum ersten Mal hier steht und von der Natur und ihrer Schönheit eingefangen wird. In manchen Fällen lässt sie einen nie mehr los.“

„Es ist toll. Nein ... es ist unbeschreiblich – atemberaubend.“ Seine Stimme klingt ehrfürchtig, wie es dieser Ort von seinem Betrachter verlangt.

„Warte, bis die Sonne untergeht. Dann wird es noch eindrucksvoller. Es müsste in ein paar Minuten so weit sein.“

Pierce löst unsere Hände und zieht mich vor sich. Mein Rücken lehnt an seiner Brust und seine Arme umschlingen mich, halten mich fest. Ich spüre sein Kinn auf meinem Kopf und fühle mich rundum wohl. Perfekt.

„Lass uns einfach hier stehen und den Anblick genießen.“

Ich habe nichts dagegen und freue mich, dass mein Begleiter diesen geheimen Platz offenbar so mag wie ich.

In den nächsten Minuten schweigen wir und sehen aufs Meer hinaus. Pierce streicht mit seinen Fingern über meinen Arm, während wir zusehen, wie der Himmel von einer Farbe zur nächsten wechselt. Bis schlussendlich die Sonne untergeht. Ende.

Ich mag mich nicht bewegen, so idyllisch ist der Moment. Pierce scheint es ähnlich zu gehen. Es wirkt, als wolle er mich nie wieder loslassen.

„Danke für den wundervollen Tag, Ananasmädchen." Er dreht mich in seinen Armen um, sodass ich ihm in die Augen sehen kann. Zumindest so viel, wie die Dunkelheit zulässt. „Es fehlt lediglich ein Kuss, um ihn perfekt zu machen."

Bevor ich zustimmen kann, liegen seine Lippen auf meinen. Ich stoße einen leisen, sehnsüchtigen Laut aus und lasse mich fallen. In den Kuss und in Pierce' Arme. Es gibt nichts Schöneres.

Pierce

Zurück im Hotel bin ich voll von den Eindrücken des Tages. Natürlich war der Trip über die Insel erlebnisreich und die Landschaft wunderschön. Aber ich denke, ohne Ana, die nahezu in einer Tour geredet hat, hätte es nur halb so viel Spaß gemacht. Ich mag den kleinen Wirbelwind mit den kurzen zerrissenen Shorts, der mir am ersten Tag in die Arme gelaufen ist, ungemein.

Für gewöhnlich bin ich, was Frauen- oder Bettgeschichten angeht, äußerst exzentrisch. Eine ernsthafte Beziehung habe ich noch nicht geführt. Gewiss konnte ich Erfahrungen sammeln. Ich bin schließlich keine Zwanzig mehr. Meist wusste ich von Beginn an, dass es keine Verbindung auf Dauer sein würde. Oft bewunderte die aktuelle Freundin mein Geld, mein Ansehen als gut bezahlter Anwalt oder meinen Körper. Der Sex hat mich befriedigt, aber nicht erfüllt. Ob Sex mit Ana Keoki mich erfüllen würde? Allein der Gedanke sorgt dafür, dass sich etwas in meiner Hose regt.

Stopp!

Schnell rufe ich mich zur Ordnung. Ana ist kein Urlaubsflirt für schweißtreibenden Matratzensport und anschließendes Bye-Bye. Dafür ist sie zu gut. Sie verdient mehr. Außerdem würde ihr Bruder mich zu Brei schlagen, sollte er von diesen Hirngespinsten Wind bekommen. Zu Recht.

Küssen ist okay, beschließe ich, weil es eh schon zu spät ist und ich nach der zweimaligen Kostprobe nicht mehr damit aufhören will. Ana zu küssen, ist wie eine Sucht, die mich gerade erst überkommen hat.

Gegen Küssen kann keiner etwas haben. Auch nicht ihr Bruder, rede ich mir ein, weil ich vorhabe, Ana noch ziemlich oft zu küssen.

Mit den Gedanken bei der Frau, die mich unglaublich fasziniert, betrete ich die Hotellobby. Auf ein spätes Abendessen kann ich verzichten, da Ana genug Proviant für uns beide mithatte. Ich will nur noch auf mein Zimmer und duschen. Meine Klamotten fühlen sich an wie eine zweite Haut. Eine klebrige zweite Haut, die streng riecht.

„Hallo Pierce."

Zum Teufel!

Täusche ich mich? Erstarrt bleibe ich stehen. Die Stimme kenne ich. Sprachlos drehe ich mich zur Sitzecke im Lobbybereich. Mein Gehör funktioniert einwandfrei. Ich täusche mich nicht.

„Chris? Was machst du hier?" Ich klinge so bestürzt, wie ich mich fühle. Mein bester Freund und Anwaltskollege ist auf O'ahu. Damit habe ich nun wirklich nicht gerechnet. Was für eine Überraschung. Erschüttert versuche ich zu reagieren. Es klappt nicht.

„Du hast gesagt, ich soll herkommen und dir die Beweise bringen, wenn ich welche finde."

Der Mistkerl sagt das mit einem Grinsen, das so breit ist wie die Strandpromenade am Waikiki Beach.

„Hier bin ich." Er breitet die Arme aus, was ihn dämlich aussehen lässt. Überdrehter Kerl. Als wenn ich mich in seine Arme werfen würde. Niemals. Wir umarmen uns nicht. Auf Schulterklopfer verzichten wir ebenfalls.

„Du bist nach Hawaii geflogen?" Meine Fassung habe ich noch nicht vollständig zurückgewonnen. Die Aufforderung, mich zu besuchen, war nicht ernst gemeint. Es sollte ein Spaß sein.

„Ja, Bro." Chris schüttelt den Kopf, als zweifele er an meiner Intelligenz. „Ganz alleine. Ich habe mir ein Flugticket gekauft und bin hergeflogen."

Endlich kann ich meine steifen Glieder bewegen. Ich lasse mich auf einen der Lobbysessel fallen und lehne mich zurück. Sogar die Augen schließe ich.

„Warum denke ich, dass das kein gutes Zeichen ist?" Ein ungutes Gefühl überkommt mich und verursacht prompte Bauchschmerzen.

„Wenn du davon ausgehst, dass ich mit einem Stapel geheimer Akten gekommen bin und wir gemeinsam die bösen Schurken zur Strecke bringen, dann muss ich dich enttäuschen. Dein Vater ist extrem vorsichtig. Viel habe ich nicht in Erfahrung gebracht."

Meine Augenlider heben sich. Im nächsten Moment setze ich mich aufrechter. „Trotzdem bist du hier?"

Chris' Miene wirkt glücklich und zufrieden.

„Warum hast du nicht einfach angerufen, um mir das mitzuteilen?" Muss ich das verstehen? Ich glaube nicht.

Mein Freund zuckt mit den Schultern. „Ich dachte, ich probiere das Konzept Urlaub auch mal aus." Er lacht und deutet auf die Surfershorts, die ich mir extra für den Ausflug mit Ana gekauft habe. „Schick. Sehr schick. Die bringen deine Waden hervorragend zur Geltung."

„Chris!"

„Was? Glaubst du, du bist der Einzige, der noch überschüssige Urlaubstage hat? Auch ich war im letzten Jahr lediglich auf Geschäftsreise. Ausgespannt und in der Sonne gechillt habe ich ewig nicht."

Er schlägt die Beine übereinander und dann wird mir bewusst, dass mein Freund einen Anzug trägt. Der Anblick ist so vertraut, dass es mich im ersten Moment nicht überrascht hat. Besonders lange kann er noch nicht hier sein. Sonst hätte er sich das Ding längst vom Leib gerissen. Abends sind die Temperaturen minimal erträglicher. Daran muss es liegen.

„Wann bist du gelandet? Und woher wusstest du, in welchem Hotel ich wohne?" Ich kann nicht anders, als Fragen zu stellen.

Seine Aktion überrascht mich.

„Ich bin vor drei Stunden angekommen“, leiert er die Worte herunter, als müsse er mir Bericht erstatten, „und habe bereits im Hotelrestaurant zu Abend gegessen. Es war sehr lecker. Zum Nachtisch gab es ein ausgezeichnetes Sorbet. Das solltest du probieren, bevor du abreist.“

„Ach ja?“ Mein Schmunzeln, als Chris das Eis erwähnt, ist breiter denn je. Ana würde sich über das Kompliment freuen.

„Und das Hotel …“

Ich unterbreche ihn. „Lass mich raten. Annalise hat es dir verraten.“

„Stimmt. Sie ist besorgt, weil du in den letzten Jahren zu viel gearbeitet hast und möchte, dass du deinen Urlaub in vollen Zügen genießt.“ Chris’ Miene wirkt aufsässiger. „Mir wünscht sie ebenfalls ein paar schöne Tage in der Sonne. Ich soll dich schön grüßen. Du darfst unter keinen Umständen nach Chicago zurückkommen. Das hat sie erneut betont.“

„Danke.“ Ich weiß nicht, was ich sagen soll. Dass ausgerechnet jetzt der Sonnenbrand auf meinem Nasenrücken wie blöd zu jucken anfängt, nervt. Eine Dusche und ein kühlendes Gel für meine gerötete Haut wären ein Traum.

Chris rümpft die Nase. „Weißt du eigentlich, dass du schlecht riechst?“

War ja klar! Der Kommentar musste kommen.

Ich lache und fühle mich wunderbar befreit. So dreckig wie heute war ich zuletzt als Kind.

„Ja.“ Ich stehe auf und lockere die Oberschenkel. Bestimmt habe ich morgen Muskelkater. Diese fiesen Krämpfe schleichen sich schon an. „Und deswegen gehe ich jetzt duschen. Du kannst mitkommen oder dich anderweitig vergnügen. Falls du dich für Letzteres entscheidest, sehen wir uns zum Frühstück."

Chris steht ebenfalls auf. „Ich passe." Er hält sich übertrieben theatralisch die Nase zu. „Waschen musst du dich alleine, Kumpel. Ich liebe dich wie einen Bruder, aber gemeinsam unter die Dusche springen, ist nicht mein Ding."

Gott sei Dank. Wie schön, dass die Unterhaltung über das Wenige, das Chris über meinen Vater herausgefunden hat, aufgeschoben ist. Ich bin erledigt und zu nichts mehr zu gebrauchen.

„Dann morgen um acht beim Frühstück. Viel Spaß an der Bar."

10

Pierce

Als ich mit geringfügiger Verspätung den Frühstückssaal betrete, ist Chris bereits da. Er sitzt vor einem gut gefüllten Teller mit Rührei und gibt Milch in seinen Kaffee. Anders als gestern trägt er keinen Anzug, sondern ein sportliches T-Shirt. Ob seine Hose lang oder kurz ist, kann ich nicht sagen. Ich habe mich der Bequemlichkeit halber erneut für die Surfershorts entschieden. Wenn das so weitergeht, brauche ich bald einen Zehnerpack. Sollte mein Urlaub sich aus unerwarteten Gründen verlängern, werde ich auf jeden Fall für Nachschub sorgen müssen.

„Guten Morgen", begrüße ich meinen Freund und lasse mich auf den Stuhl ihm gegenüber fallen. „Gut geschlafen?"

„Wie ein Baby." Sein Grinsen ist breit. „Dir auch einen wunderschönen guten Morgen, Pierce."

Chris gehört zu den Gute-Laune-Menschen. Aber diese Glückseligkeit ist eher ungewöhnlich. Das kann unmöglich allein am Kaffee liegen.

Argwöhnisch mustere ich seine Miene und komme wenig später zu einem Schluss. „Du siehst aus, als hättest du gestern Sex gehabt. Jemanden an der Bar aufgerissen?" Um keine Reaktion zu verpassen, wende ich mich ihm zu.

127

Chris rührt seinen Kaffee um und schweigt. Danach legt er den Löffel beiseite und trinkt in aller Seelenruhe, als würde er einen besonderen Wein probieren. Das macht er extra.

„Warte. Schweig. Ich will nicht wissen, mit wem du in die Kiste gesprungen bist, nach nicht mal sechs Stunden auf der Insel."

Mein Freund stellt die Tasse ab und lacht. „Eifersüchtig? Mit wie vielen Frauen hast du geschlafen, seit du hier bist? Seit Freitag machst du Urlaub und heute ist ... Mittwoch." Er mustert mich abschätzend und ein wenig zu überheblich für meinen Geschmack. „Urlaub, vor allem Strandurlaub, ist dazu gemacht, Frauen aufzureißen und zu flirten, was das Zeug hält."

Chris will mich schon vor dem ersten Kaffee auf die Palme bringen. Das ist sicher.

„Sex ist nicht alles." Ich mag den Spruch nicht, aber gerade passt er.

„Ach, wirklich? Bisher war dir Sex wichtig."

Ich gieße mir einen Kaffee ein. Die Thermoskanne steht zum Glück auf dem Tisch. Wenn ich in diesem Gespräch die Oberhand gewinnen will, brauche ich Koffein.

„Nicht dass das wichtig wäre, aber ich bin gleich am Freitag mit einem äußerst süßen Mädchen zusammengestoßen. Und gestern hat sie mir einen Teil von O'ahu gezeigt. Wir waren den halben Tag unterwegs."

Chris wirkt überrascht. „Deswegen warst du so schmutzig und verschwitzt, als ich dich in der Lobby abgefangen habe. War es ein Sightseeing der besonderen Art?" Er hebt eine Augenbraue und wartet auf Antwort. Seine Gedanken sind eindeutig nicht jugendfrei.

Ich trinke einen Schluck schwarzen, heißen Kaffees. Köstlich. „Genau. Es war wunderbar. Und mehr bekommst du von mir nicht zu hören. Ana ist meine Errungenschaft. Suche dir ein eigenes Mädchen. Die Insel ist voll von hübschen Frauen.“

Chris lehnt sich zurück und vergrößert den Abstand zwischen uns. „Kein Grund, grob zu werden. Ich kenne deine Ana schließlich nicht.“

Einen Moment lang schweigen wir und genießen jeder unser Frühstück. Plötzlich zieht Chris einen Brief aus der Hosentasche und reicht ihn mir. „Für dich. Den soll ich dir von deiner Assistentin geben.“

„Was ist das?“, frage ich und sehe in den Umschlag.

„Eine Firmenkreditkarte. Deine Assistentin sagt, dir wäre deine Karte geklaut worden. Da sie wusste, dass ich auf dem Weg zu dir bin, hat sie mir Ersatz mitgegeben. So ist es einfacher als mit dem Expressdienst der Bank.“

„Stimmt.“ Das kleine Kärtchen bekommt mehr Aufmerksamkeit als nötig. „Verrückt. Ich merke erst, wie oft ich das verdammte Ding brauche, seit es nicht mehr da ist.“

„Apropos *nicht da*. Meine ist auch weg. Meine ganze Brieftasche ist verschwunden. Gestern Abend an der Bar hatte ich sie noch, aber später … ich bin nicht sicher … ich war angetrunken, als ich ins Bett gefallen bin. Entweder ich habe meine Brieftasche auf dem Weg ins Zimmer verloren oder sie ist mir im Hotel geklaut worden.“

Ich stutze und empfinde Genugtuung. Warum soll Chris mehr Glück haben als ich?

„Warst du schon bei der Polizei? Die Dienststelle ist gleich die Straße runter.“

Schadenfreude schleicht sich in den letzten Satz. Selbst mit Mühe könnte ich es nicht verhindern.

„Nein. Aber danke für das Angebot. Ich denke, ich verzichte auf eine Anzeige. Sämtliche Karten sind bereits gesperrt. Den Anruf habe ich schon vor dem Frühstück getätigt.“ Chris zögert und täuscht ein Husten vor. „Außerdem wusste ich ja, dass du von deiner Assistentin die Firmenkreditkarte bekommst. Ich fühle mich in den nächsten Tagen einfach von der Kanzlei *Huxley und Partner* eingeladen.“ Mit diesen Worten greift er nach seinem gebutterten Croissant und schiebt es sich in den Mund.

Okay. Mir soll es recht sein. Ich habe kein Problem damit, für meinen Freund zu zahlen.

„Möchtest du mir erzählen, was deine Spionage in unserer Kanzlei ergeben hat? Wenn ich dir in den nächsten Tagen die Drinks spendieren soll, ist es das Mindeste, mich mit Informationen zu versorgen.“

Chris schluckt und wischt sich anschließend mit der Serviette den Mund ab. Sein Blick wird augenblicklich ernst, die Zeit für Späßchen ist vorbei.

„Sagt dir der Name *InteresTepp* etwas?“

Ich überlege kurz. „Nie gehört.“

„Es gab vor Jahren einen Skandal, weil das Chemieunternehmen widerrechtlich Chemikalien ins Meer geleitet hat. Die Sache war äußerst unschön und ist nur durch einen Zufall und einen aufmerksamen Bürger ans Licht gekommen.“

„Was hat das mit der Kanzlei *Huxley und Partner* zu tun?“

„Sei nicht ungeduldig und lass mich zu Ende erzählen.“

Also schön. Dann beherrsche ich mich und lasse Chris aussprechen.

„Am Montagmorgen war ich in eurer Kanzlei und habe mit deiner Assistentin sowie mit Annalise gesprochen. Mit Erfolg.“

Dieser Charmeur. Wie macht Chris das nur? Die Frauen laufen ihm scharenweise hinterher und verraten ihm ihre Geheimnisse und tief verborgenen Wünsche. Es ist, als ob er bei der weiblichen Bevölkerung ständig die richtigen Knöpfe drückt. Er braucht ihnen nur in die Augen zu sehen ... und zack. Schon liegen sie ihm zu Füßen.

„Hörst du mir noch zu?“ Chris hebt die Hand und winkt.

„Ja. Entschuldige. Was haben unsere Mitarbeiterinnen dir verraten, nachdem du ihnen schöne Augen gemacht hast?“ Letzteres kommt mir mit dem nötigen Sarkasmus über die Lippen.

„Dein Vater vertritt den leitenden Geschäftsführer von *InteresTepp* in einem laufenden Verfahren. Worum es im Einzelnen geht, konnte ich nicht in Erfahrung bringen. Das ist Verschlusssache, nicht mal Annalise weiß Genaueres. Aber wenn du meine Meinung hören willst, geht es erneut um einen Skandal. Meine Recherche im Internet hat mir verraten, dass es bei *InteresTepp* in den letzten Wochen und Monaten Unfälle und Vergiftungen mit Todesfolge gegeben hat.“ Chris greift nach seiner Kaffeetasse und trinkt einen Schluck.

Ich bin dankbar, dass er mir Zeit gibt, dass Gesagte sacken zu lassen.

„Hm.“

„Genau. Das habe ich auch gedacht.“

„Es könnte nichts sein, oder ... etwas Ungewöhnliches, bei dem mein Vater die Fäden in der Hand hält.“

„Traust du deinem Vater etwas Ungesetzliches zu?“, fragt mein Freund und senkt die Stimme. „Ich kenne deinen alten Herrn nicht gut genug, um ihn dahingehend einschätzen zu können.“

„Die Frage ist schwer zu beantworten.“ Ich stoße einen tiefen Seufzer aus. „Im Grunde ist nichts unmöglich. Mein Vater ist gerade mal fünfundfünfzig. Er hat die Karriereleiter in den letzten Jahren im Eilschritt erklommen. Wenn ich ihn früher für ehrgeizig gehalten habe, dann hängt er heute nahezu fanatisch an seinem Erfolg und der damit einhergehenden Publicity. Ein Freispruch für einen bedeutungsvollen Mandanten aus dem öffentlichen Leben, der zuvor von allen Seiten für schuldig gehalten wurde, später aber als ungerecht behandeltes Unschuldslamm dasteht, könnte ihm den letzten Schub geben, den er braucht, um in der Presse hochgelobt zu werden. *Pierce Huxley sen., Befreier der Unschuldigen*, könnte die Überschrift in der Tagespresse lauten. Ein Sieg würde der Kanzlei und speziell meinem Vater eine Tür zu einer anderen Welt öffnen. So, wie ich ihn einschätze, würde er sich im Blitzlichtgewitter sonnen und später nur noch Mandanten und Fälle mit hohem Potenzial auf mehr Publicity annehmen.“

Chris räuspert sich. „Du meinst, falls es den Preis *Anwalt des Jahres* geben würde, würde dein Vater so lange am Gesetz schrauben und doktern, bis er die Auszeichnung gewonnen hat? Ungesunder Ehrgeiz voran?“

„Definitiv. Wenn er dafür die Vertuschung von ein wenig Umweltverschmutzung in Kauf nehmen müsste, würde er das ohne mit der Wimper zu zucken tun.“

Leider.

Es ist traurig, dass mein Vater sich in den letzten Jahren nicht zu seinem Besseren verändert hat. Ich weiß nicht im Einzelnen, woran es liegt. Seit Marie Elisabeth Huxley tot ist, hat er den Fokus verloren. Meine Mutter war immer der ruhende Pol in unserer Familie. Ich bin zur Welt gekommen, da waren meine Eltern noch nicht verheiratet. Marie Elisabeth war jahrelang seine Assistentin und beste Freundin, bevor er sie geheiratet und zu seiner Frau gemacht hat. Vor fünf Jahren ist meine Mutter an einer aggressiven Form von Bauchspeicheldrüsenkrebs gestorben. Sie hatte gerade mal zwei Monate von der Diagnose bis zum Tod. Es ging alles furchtbar schnell und war für jeden aus der Familie ein Schock. Für meinen Vater mehr als für mich. Er ist seit ihrem Tod nicht mehr derselbe.

Marie Elisabeth Huxley würde keine Form der Umweltverschmutzung gutheißen. Keine noch so kleine. Hat mein Vater das vergessen? Oder liegt Chris mit seiner Vermutung falsch und Pierce Huxley sen. ist unschuldig?

„Zerbrich dir nicht den Kopf.“ Chris stupst mich unter dem Tisch mit dem Fuß an. „Du wirst es nicht erfahren, indem du hier sitzt und darüber nachdenkst. Ich habe keine Beweise für irgendwas gefunden. Meine Vermutungen könnten aus der Luft gegriffen sein. Grübeln bringt dich nicht weiter.“

„Wie oft hat deine Intuition dich im Stich gelassen?“

Chris verzieht das Gesicht, als hätte er Schmerzen. „Eher selten." Er greift nach der Papierserviette, die neben seinem Teller liegt und zerknüllt sie.

„Ich werde meinen Vater direkt ansprechen. Wir sind uns schon zu lange aus dem Weg gegangen und haben ernsthafte Gespräche vermieden. Es ist an der Zeit, das nachzuholen."

„Hoffentlich tust du das Richtige."

„Es ist mein Vater, über den wir reden", empöre ich mich.

„Ich weiß. Aber du hast selbst gesagt, dass er unberechenbar handelt und bereit ist, das Gesetz zu biegen, möglicherweise sogar zu übertreten. Hauptsache, sein Ansehen in der Öffentlichkeit wächst."

Mein Freund hat recht und ich weiß das. Trotzdem ist es schwer, sich den eigenen Vater als Schurken der Geschichte vorzustellen. Das Bild hakt in meinem Kopf. Es ist fehlerhaft.

„Wir werden sehen."

Nach dem Gespräch ist mir der Appetit auf Croissants und Rührei vergangen. „Ich werde einen Tag nachdenken, bevor ich meinen Vater zur Rede stelle. Jetzt gehe ich zum Strand. Wir sehen uns später."

Mit den Worten lasse ich Chris im Frühstücksrestaurant zurück. Seinen mitfühlenden Blick kann ich nicht ertragen. Mir schwirrt der Kopf. Ein wenig Zeit für mich kommt genau richtig.

Ich nehme die Abkürzung durch den Poolbereich und will am Barhäuschen vorbei zum Strand gehen, da fällt mir ein Mann auf. Ein Hotelangestellter, um genau zu sein. Ich erkenne ihn an dem kurzärmeligen Hemd und der bordeauxroten Weste. Er steht an die Rückwand gelehnt und fühlt sich unbeobachtet. Das weiß ich, weil ich ihn beim Geldzählen erwische. Zum zweiten Mal.

Verflucht ...!

James-Dean!

Anas Freund und guter Kumpel hat erneut einen Haufen Dollarscheine in der Hand und ein fettes Grinsen im Gesicht. Der sympathische Bagagist, der, da bin ich sicher, neben der Arbeit die Hotelgäste beklaut. Na warte! Heute gibt es kein Entkommen.

Ich schleiche mich an und hoffe zu erkennen, wie er das Brett in der Rückwand der Bar zur Seite schiebt. Beim letzten Mal ging alles so schnell, dass ich den Mechanismus nicht hinterfragen konnte.

Lange warten muss ich nicht. Kaum hat James-Dean die Hand ausgestreckt und das plötzlich lose Brett gekippt, da trete ich aus dem Schatten.

„Wie viel ist es diesmal? Reicht es für ein bisschen Extraspaß am Wochenende?" Weil ich nicht von gestern bin, schiebe ich meinen Fuß vor. Mit Leichtigkeit blockiere ich die Lücke, damit das Brett nicht zurück an seinen Platz rutschen kann, sobald es losgelassen wird. Heute ist das Glück auf meiner Seite.

„Mr. ... Mr. Huxley."

„Meinen Namen hast du offensichtlich nicht vergessen." Ich trete vor und nehme ihm die Scheine aus der Hand. Meinen Fuß lasse ich, wo er ist. Aus dem Augenwinkel kann ich etwas Braunes und etwas Schwarzes zwischen der Wandverkleidung des Barhäuschens aufblitzen sehen. Möglicherweise Brieftaschen. Und deutlich mehr als eine. Keine schlechte Beute. Wie viel der Junge wohl damit verdient?

„Es ist nicht, wie Sie denken.“

Lustig.

„Wie denke ich denn?“ Mein Blick fixiert den Hotelangestellten. Er hat sichtlich die Hosen voll. Die Coolness vom letzten Mal ist verschwunden.

„Also schön“, sagt James-Dean und seufzt. „Wenn Sie denken, dass ich ein Taschendieb bin, haben Sie recht. Aber ich tue nichts wirklich Schlimmes. Ich nehme lediglich das Bargeld. Die Karten, Führscheine und andere wichtige Sachen rühre ich nicht an. Außerdem sorge ich dafür, dass die Betroffenen ihr Eigentum zurückbekommen.“

Interessant. Aber nicht ganz die Wahrheit. Mir hat er zusätzlich die Uhr geklaut. Ich verzichte darauf, ihn auf den Widerspruch in seiner Behauptung aufmerksam zu machen. Zuerst will ich mehr erfahren.

„Wie geht das vonstatten?“

James-Dean zögert einen Moment, dann rückt er mit der Sprache heraus. „Da ich die Führerscheine samt Adressen habe, schicke ich die Geldbörsen an die Heimatadressen der Gäste und gebe mich als Finder aus.“

Ungewollt bin ich beeindruckt. „Schlau eingefädelt. Bekommst du einen Finderlohn?“

Ich zähle das Geld und bin überrascht, wie viele Hunderter und Fünfziger die beklaute Person mit sich herumgetragen hat.

Der Junge grinst, als wäre er stolz auf seine Geschäftsidee. „Fast immer“, bestätigt er und betont jedes Wort.

Als ihm bewusst wird, was er gesagt hat, fällt sein Grinsen in sich zusammen. Dumm gelaufen. Die Falle hat zugeschnappt.

„Du sahnst zweimal ab und stehst später als Held da? Wie schön für dich. Wenn es auch unehrlich bleibt. Dass du dein Diebesgut zurückgibst, ändert nichts an der Tatsache."

„Selbstverständlich ist mir das bewusst." James-Dean blickt zu Boden. „Leben auf O'ahu ist teuer, das Geld ist knapp. Ich brauche zwei Jobs, damit wir über die Runden kommen."

„Deine Mutter … sie leidet unter Arthritis?" Mehr frage ich nicht, weil ich ihn nicht in Verlegenheit bringen will. Für eine Familie zu sorgen, kann zu einer Herausforderung werden. Dafür habe ich Verständnis.

„Ja. Sie kann momentan nicht arbeiten. Deshalb muss ich mein Einkommen zum Haushalt beisteuern."

Einen kurzen Moment schweigen wir beide. Wie muss ich mich verhalten? Was ist richtig? Hundertprozentig sicher bin ich nicht. In einer solchen Lage war ich noch nie. Von Kindererziehung habe ich ebenfalls keinen Plan.

„Ich möchte meine Uhr zurück." Ein guter Anfang.

„Natürlich." James-Dean fällt hilfsbereit vor mir auf die Knie und holt meinen Chronographen aus seinem Versteck. Er liegt ganz unten.

„Bitte schön. Alles unversehrt. Kein einziger Kratzer ist am Gehäuse. Ich hätte die Uhr zusammen mit Ihrer Brieftasche zurückgegeben."

„Das will ich hoffen."

Ich gebe ihm das Geld wieder und lege mir die Uhr ums Handgelenk. Eigentlich sollte der Anblick vertraut sein, mich glücklich stimmen. Aber auf meiner bereits leicht gebräunten Haut sieht das teure Schmuckstück fremd aus. Dass es nicht im Entferntesten zu den Surfershorts passt, macht es nicht besser. Zwei Welten prallen aufeinander. Arbeit und Freizeit.

Mit einem Verdacht im Hinterkopf zeige ich auf die Hunderter. „Aus welcher Brieftasche stammt das Geld?“, frage ich und beschließe, die Uhr in Zukunft auf dem Zimmer zu lassen. Vielleicht sperre ich sie sogar in den Hotelsafe. Sicher ist sicher.

Der Langfinger reicht mir die schwarze Brieftasche eines edlen Designers. Als ich die Marke erkenne, weiß ich Bescheid. Chris ist der Dummkopf, der mit einem Bündel Einhundert-Dollar-Scheine in den Urlaub fliegt und sich sein Geld bei der erstbesten Gelegenheit klauen lässt. Der Vorwurf hinkt, weil es mir ähnlich ergangen ist. Aber egal ...

„Gib sie mir. Ich werde sie meinem Freund Christopher T. Markham zurückgeben. Sie gehört ihm.“

Anders als erwartet zieht James-Dean sein Diebesgut zurück und drückt es sich gegen die Brust, bereit, mit seinem Leben darum zu kämpfen.

„Woher weiß ich, dass es stimmt, was Sie sagen? Womöglich wollen Sie die Kreditkarten benutzen.“

Echt jetzt?

„Die sind längst gesperrt“, kläre ich den Wicht vor mir auf.

„Ich trage eine Verantwortung und werde sie selbst zurückgeben“, kommt die Belehrung postwendend. „Dafür brauche ich Ihre Hilfe nicht.“

Meine Sicht auf die Dinge gerät in Schieflage. Es ist unbegreiflich, was ich mir anhören muss.

„James-Dean ...“, fange ich an und werde sofort unterbrochen.

„Wollen Sie mich bei der Polizei melden? Nur zu. Machen Sie das ruhig. Ich werde mich verteidigen." Er hebt eine Faust, als wolle er mir drohen. „Sie können mir nichts nachweisen. Wenn ich will, kann ich ruckzuck alles verschwinden lassen." Schnaubend zeigt er auf die Lücke in der Rückwand, die mit Brieftaschen vollgestopft ist. „Es gibt tausend neue Verstecke, die ich mir suchen kann."

Meine Fassungslosigkeit steigt ins Unermessliche. Feige ist dieser übermotivierte Plünderer nun wirklich nicht.

„Nein, ich will dich nicht bei der Polizei melden", versuche ich ihn zu beruhigen. Hier ist Geschick gefragt. Es wäre verheerend, sollte er seine Drohung wahrmachen. Niemand hätte etwas davon, wenn den Leuten ihre Wertsachen verwehrt blieben.

„Aber?"

Der Junge hat ein *Aber* herausgehört. Das ist gut.

„Aber ich werde es Ana Keoki erzählen, falls ich nicht sofort die verflixte Brieftasche bekomme. Dein Geheimnis soll unter uns bleiben? Dann musst du sie mir geben."

Überraschung gelungen. Damit hat er nicht gerechnet. Gerissen wie ich bin, habe ich den wunden Punkt getroffen. In James-Deans Kopf arbeitet es. Ich kann es an seinem Gesichtsausdruck ablesen.

„Na gut." Er wirft mir Chris' Brieftasche zu. Ich fange sie und vergesse absichtlich, um die Hunderter zu bitten. Chris wird es egal sein. Es ist seine Strafe, weil er leichtsinnigerweise Unmengen Bargeld mit sich herumgeschleppt hat.

„Jetzt meine." Genugtuung erfüllt mich. „Wenn du die Uhr hast, hast du auch die Brieftasche."

Wenig später halte ich sie in den Fingern. Ein Erfolg auf ganzer Linie. So wie jetzt fühle ich mich in der Regel nur, wenn ich einen bedeutenden Tag im Gericht hatte.

„Und nun?" Der Gemaßregelte hat das Brett zurück an seinen Platz geschoben und wartet auf Anweisungen, ganz der brave Junge. Wie gut, dass ich es besser weiß.

„Dein Geheimnis ist bei mir sicher", beruhige ich ihn, hebe aber die Hand, um dem nächsten Satz mehr Nachdruck zu verleihen. „Hör gut zu: Du stiehlst nichts mehr und sorgst dafür, dass die Gäste ihre Wertsachen zurückbekommen. Den möglichen Finderlohn kannst du behalten." Mein Arm sinkt nach unten, den Blickkontakt halte ich. „Für die Zukunft lasse ich mir etwas einfallen. Mit Diebesgut seinen Lebensunterhalt zu finanzieren, geht auf Dauer nicht gut. Das holt dich irgendwann ein."

Mein neuer Verbündeter in der Sache schweigt. Wahrscheinlich plant er bereits die nächsten Schachzüge, sobald ich abgereist bin.

„Ich muss zurück an die Arbeit", ist sein einziger Kommentar.

Da alles gesagt ist, gebe ich den Weg frei. „Wir sprechen uns noch."

Mit einem Tippen an die Stirn verabschiedet James-Dean sich.

11

Ana

Soll ich warten, bis ich für die nächste Lieferung ins *Lailani Beach Hotel* muss oder kann ich mich schon früher bei Pierce melden? Möglicherweise schon heute? Der Gedanke löst ein freudiges Kribbeln aus. Wir haben nichts ausgemacht, als ich ihn gestern Abend vorm Hotel abgesetzt habe. Ein dummer Fehler, wie ich gerade feststelle. Ich will nicht, dass er denkt, ich werfe mich ihm an den Hals. Eine Klette bin ich nicht. Jedenfalls nicht oft. Nur, wenn es wirklich wichtig ist.

Pierce ist mir wichtig. Ich mag ihn und habe die Befürchtung, dass sein Urlaub schneller beendet sein könnte, als mir lieb ist. Vierzehn Tage sind kurz. Verdammte Zwickmühle. Für gewöhnlich springe ich nicht bei der ersten Verabredung mit dem Kerl ins Bett. Aber der Sinn und Zweck eines Urlaubflirts ist es schließlich, sich frühzeitig näherzukommen und ... zu genießen. Wenn ich nicht aufpasse, reist Pierce ab und ich erfahre nicht, ob er eine Granate im Bett ist. Das wäre schade und würde mir höchstwahrscheinlich ein paar schlaflose Nächte bescheren. Verpasste Chancen und so.

Einmal im Leben wagemutig sein und sich in ein kleines, aber feines Abenteuer stürzen. Was für ein verlockender Gedanke.

Den Tag über habe ich keine Zeit, aber vielleicht hat Pierce Lust, heute Abend mit mir zu essen. Ich könnte ihn zur Plantage einladen. Bane hat schließlich von sich aus vorgeschlagen, dass ich den Mann, den er für einen armen Schlucker hält, mitbringe. Womöglich ist heute der richtige Zeitpunkt. Wenn ich Bane vorher ins Gebet nehme und ihn bitte, mich nicht zu blamieren, könnte ich es wagen. Mein Bruder reagiert hin und wieder etwas überfürsorglich. Doch ein gegebenes Versprechen hält er. Zur Sicherheit sollte ich mit unserem Vater sprechen. Besser, er ist eingeweiht und rechnet damit, dass ich eine neue Bekanntschaft mitbringe.

Das ist ein guter Plan. Die Idee gefällt mir von Minute zu Minute besser, weshalb ich mein Handy aus der Tasche fische und Pierce anrufe. Meine Handflächen sind feucht und mein Mund ist trocken. Hoffentlich sagt er nicht ab oder ignoriert meinen Anruf. Ich möchte ihn so gern wiedersehen. Es ist verrückt, wie unaufschiebbar es sich anfühlt.

Pünktlich um sieben fährt Pierce mit einem Leihwagen, den er sich für den Rest seines Urlaubs geliehen hat, auf den Parkplatz vor unserem Haus. Am Telefon hat er mir erzählt, dass er seine Brieftasche vollständig zurückbekommen hat. Lediglich das Bargeld hat der Dieb an sich genommen. Ich freue mich für meinen auserkorenen Flirtpartner, dem Geld nicht wichtig zu sein scheint. Endlich kann er seinen Urlaub genießen.

„Hey", begrüße ich ihn und trete neben die Fahrertür, kaum dass er ausgestiegen ist. Er trägt einen seiner maßgeschneiderten Anwaltsanzüge und sieht umwerfend aus. Dass er sich die Krawatte aus unserem Souvenirshop umgebunden hat, entgeht mir nicht. Sie steht ihm ausgezeichnet. Wie alles, was Pierce zu tragen beschließt. Ihn kann nichts entstellen. Noch nicht mal dieses scheußliche Hemd von neulich. Was habe ich für ein Glück, diesen wunderbaren Mann kennengelernt zu haben.

„Hey, Ana", ertönt seine freundliche Stimme, Sekunden bevor ich ihm ein Küsschen auf die Wange gebe. Offenbar bin ich ein wenig ungeduldig.

Reiß dich zusammen Ana, du musst nicht schon vor dem Haus über ihn herfallen. Das ist peinlich.

Pierce umarmt mich und drückt sich an mich.

„Hey", sage ich und erwidere seinen Gruß leicht verspätet.

„Werden wir beobachtet oder kann ich dich richtig küssen?", flüstert er dicht an meinem Ohr. Ich höre ein Lächeln heraus.

Es ist schön zu sehen, dass er offenbar so ungeduldig ist wie ich. Das freut mich.

„Du kannst mich küssen." Mit der Zunge fahre ich mir über die Unterlippe. „Wenn Bane uns heimlich zusehen sollte, hat er Pech gehabt. Seine Einmischung ist nicht erwünscht."

Pierce lockert die Umarmung und wenig später spüre ich seinen Mund auf meinem. Gott ja. Das fühlt sich unglaublich und absolut atemberaubend an. Bitte mehr! Der Geruch nach teurem Aftershave steigt mir in die Nase und vernebelt mir zusätzlich die Sinne. *Ja, ja, ja,* wiederhole ich mich in Gedanken. Mir werden die Knie weich, als Pierce den Kopf leicht schräglegt und an meiner Unterlippe knabbert.

Ich möchte mehr. Mehr Pierce. Meinen Kopf überstrecke ich, in der Hoffnung, dass er sich an meinem Hals hinunterküsst. Ein derartiges Verhalten sollte mir peinlich sein. Aber das ist es nicht. Ich habe ein Anrecht auf Spaß und eine Freundschaft mit Vorzügen. Wenn ich vor der Einladung zum Essen noch unsicher war, ob ich mit einem Urlaubsflirt ins Bett steigen möchte, sind in diesem Augenblick alle Zweifel vom Tisch. Ich möchte Spaß haben. Mit Pierce.

JA! Und noch mal JA!

Unerwartet geht die Außenbeleuchtung an. Im Handumdrehen stehen wir im Rampenlicht. Bühne frei. Die Vorstellung beginnt in wenigen Minuten. Drei Einhundert-Watt-Birnen erleuchten den Bereich, in dessen Mitte wir stehen und uns küssen. Wenn das kein Bild für eine erste Szene ist …

Pierce löste sich. „Ich glaube, dein Bruder hat uns beobachtet.“

„Oder der Bewegungsmelder ist angesprungen“, antworte ich, weil ich Reifengeräusche vernehme. „Da kommt ein Auto.“

Der Kies knirscht. „Ich habe keine Ahnung, wer das sein könnte. Um die Uhrzeit bekommen wir in der Regel keinen Besuch.“

Pierce entlässt mich aus seiner Umarmung, greift aber nach meiner Hand, als wolle er Zusammenhalt demonstrieren. Danach schließt er die Autotür. In dieser Zeit hat der Wagen, der am Eingang zur Auffahrt den Bewegungsmelder ausgelöst hat, unser Haupthaus erreicht.

NEIN!

Ich kenne das Fahrzeug und die Logistik-Werbung auf der Seite.

Das kann nicht sein! Der Fahrer parkt den Wagen gleich neben unserem. Mir fallen fast die Augen aus dem Kopf.

Keanu Farrow!

Der Freund meines Bruders sitzt am Steuer und grinst mich an, während er den Motor abstellt. Was zur Hölle … das kann nicht sein!

Ein Irrtum. Oder ein Albtraum.

Meine Gedanken überschlagen sich. Ist dieser Besuch auf dem Mist meines Bruders gewachsen? Oder hat Keanu sich selbst zum Essen eingeladen? Hat er mich womöglich noch nicht aufgegeben? Ich dachte, ich wäre bei dem Gespräch in seinem Büro mehr als deutlich gewesen. Verdammt!

„Ist dir schlecht?", fragt Pierce, während er mein Gesicht mustert. Bestimmt bin ich ziemlich blass um die Nase.

„Ein bisschen." Das ist die Wahrheit. Ein „Farrowschrecken" hat mich schachmatt gesetzt. Schnell ziehe ich meinen Gast vom Auto weg.

„Hallo, Tsunami", begrüßt Keanu mich mit einem Zwinkern, kaum dass er ausgestiegen ist.

NEIN! Ich schnappe nach Luft, sehe rot. Das ist die Höhe! Wut züngelt in mir hoch und lässt meine Hände zittern. Ich versuche das unter Kontrolle zu bekommen und ihm nicht augenblicklich an die Gurgel zu gehen. Was soll der Name, in Kombination mit dem Zwinkern, bedeuten? Will er mich immer noch heiraten? Ach du grüne Neune!

Mit Mühe reiße ich mich zusammen und explodiere nicht auf dem Fuße. Gelassen zu bleiben ist sicher die klügere Wahl.

Sehr gut, Ana. Weiter so. Du kannst stolz auf dich sein.

„Farrow", sage ich, kann aber nicht verhindern, dass ich kurzatmig klinge.

Mehr als seinen Nachnamen bekomme ich nicht über die Lippen. Den Schock habe ich trotzdem noch nicht überwunden. Verstört und erstarrt zugleich klammere ich mich an Pierce' Hand, der natürlich nicht versteht, warum ich so reagiere.

„Ich bin Keanu Farrow, Anas Verlobter und wer sind Sie?", lässt dieser unverschämte Mistkerl die Bombe platzen und reicht Pierce seine Hand.

Wie bitte?

Meine Ohren müssen mir einen Streich spielen. Diese Kaltschnäuzigkeit ist nicht zum Aushalten.

Eine Ohnmacht ist nah. Mein Mund klappt auf und wieder zu. Danach stoße ich einen Laut aus, der einem Luftschnappen ähnelt. Das kann Keanu nicht ernst meinen. Der Drang, zu explodieren, nimmt ungeahnte Ausmaße an.

„Ich bin Pierce Gifford Huxley jun. und mache Urlaub auf Hawaii." Er greift nach der dargebotenen Hand und schüttelt sie. Seine Miene ist ausdruckslos. Kein Gedanke dringt nach außen. „Ana hat mich heute Abend zum Essen eingeladen, damit ich ihre Familie kennenlerne."

Wenn der Mann an meiner Seite überrascht ist, dann lässt er sich nichts anmerken. Er hat seine Anwaltsmiene aufgesetzt und lächelt dahinter sogar. Bravo. Am liebsten würde ich ihm auf die Schulter klopfen. Weiter so! Ein solches Verhalten ist genau richtig. Perfekte Reaktion von Pierce. Sobald wir allein sind, werde ich ihm alles erklären. Von wegen Verlobter!

Die Behauptung ist an Unverschämtheit kaum zu überbieten. Keanu muss einen Knall haben. Ein solches Benehmen kann mein Bruder nicht gutheißen. Keanu nimmt sich zu viel raus. Er soll verschwinden. Am liebsten sofort.

„Du bist nicht mein Verlobter", fahre ich den Armleuchter an, als ich endlich wieder fähig bin zu sprechen. Meine Erstarrung habe ich abgeschüttelt. „Warum erzählst du so einen Mist?"

Keanu grinst unmissverständlich. „Nicht aufregen, kleine Ana. Das war ein Spaß. Ich wollte sehen, wie du reagierst."

Wer es glaubt, wird selig. Was für eine schamlose Lüge. Das war *kein* Spaß. Seine Mimik sagt etwas anderes. Er hat sich keinen Witz erlaubt. Keanu Farrow hat das Vorhaben, mich zu ehelichen, nicht vollends aufgegeben. Dass er mich Tsunami genannt hat, kommt einer Kampfansage gleich.

Zur Hölle! Was muss ich noch tun, damit er mich in Ruhe lässt?

Du könntest ihm den Tsunami machen.

Die spontane Idee stimmt mich sofort fröhlicher.

„Sollen wir reingehen?", unterbricht Pierce meine Gedanken, die zu gerne Fahrt aufnehmen würden. Argwöhnisch mustert er mich. „Dein Bruder wartet sicher schon."

Ich nicke und gehe zum Eingang, Pierce an meiner Seite, Keanu im Rücken. Das wird ein heiteres Abendessen. Ganz bestimmt. Hoffentlich weiß Bane, wie er sich als Gastgeber zu benehmen hat.

Mein Bruder erwartet uns an der Tür und wirkt überrascht, Keanu hinter uns zu entdecken. Na wenigstens etwas. Seinem Gesichtsausdruck nach zu urteilen, ist er nicht verantwortlich für die Anwesenheit seines Studienkumpels. Ein Segen. Dann brauche ich ihn nicht an Ort und Stelle zur Schnecke zu machen.

„Keanu wollte dich kurz sprechen und dann gleich wieder gehen", sage ich zu meinem Bruder, bevor er uns begrüßen kann. Ich werfe ihm einen Sorg-dafür-dass-er-verschwindet-Blick zu und bleibe stehen, damit Keanu an uns vorbeigehen kann.

Je eher er uns den Grund für seinen unangemeldeten Besuch verrät, desto schneller ist er wieder weg. So hoffe ich. Ich durchschaue ihn nicht und das macht mich ein klein wenig nervös.

„Ich hatte gehofft, ich könnte zum Essen bleiben. Mein Tag war nervenaufreibend, außerdem baumelt mir der Magen zwischen den Füßen, weil ich bisher nur gefrühstückt habe."

Aus offensichtlichem Grund meidet er meinen Blick und konzentriert sich ausschließlich auf meinen Bruder. Sehr schlau.

„Wir müssen bis Freitag für *Global Business & Strategy* ein Skript einreichen und ich habe keinen Schimmer, was ich schreiben soll. Ich brauche deinen Rat, Bane. Wie ich dich kenne, hast du die verlangten dreitausend Wörter längst geschrieben und für die Abgabe korrigiert."

Da mein Bruder ein Streber der Extraklasse ist, gehe ich davon aus, dass Keanu recht hat. Schade aber auch.

„Komm rein." Bane winkt seinen Freund nach vorn. „Ich helfe dir gerne beim Skript. Und natürlich kannst du auch mit uns essen." Ich bekomme einen strengen Blick zugeworfen. „Mein Vater hat mir gerade eine Nachricht geschrieben, dass er unterwegs ist und erst später zurück sein wird. Wir sollen nicht auf ihn warten. Es ist also gerade ein Platz am Tisch frei geworden."

Ade, du entspannte Stimmung. Mein Puffer für den Abend wird nicht da sein. Schlechter hätte das kaum laufen können. Drei Alphamännchen neben mir am Tisch. Ob sich da alle auf das Menü konzentrieren können, wird abzuwarten bleiben.

Den Gedanken abschüttelnd hoffe ich das Beste. Etwas anderes bleibt mir sowieso nicht übrig.

„Ich wusste, dass ich mich auf dich verlassen kann, Bro." Keanu klopft meinem Bruder auf die Schulter, geht durch die Tür und anschließend zum Esszimmer. Da er schon oft bei uns war, kennt er sich aus.

„Pierce, das ist mein Bruder Bane. Bane, das ist Pierce Gifford Huxley jun., Strafverteidiger aus Chicago. Ihr habt euch bereits letzten Sonntag kennengelernt. Er war zu einer Führung hier."

Mein Bruder muss erst noch einige Gedankengänge zurechtrücken. Ich erkenne es an seinem verwunderten Blick und seinem Mund, der plötzlich leicht aufsteht. Er ist von Pierce' Aufmachung überrascht. Mit einem maßgeschneiderten Anzug hat mein Brüderchen bei einem Hawaii-Urlauber nicht gerechnet. Es sieht fast so aus, als wünsche er sich ebenfalls, einen zu tragen. Bane hat sich heute für einen lässigen Lock entschieden, helle Jeans und blaues Poloshirt. Womöglich hat er gedacht, für einen Mann im einfachen Hawaiihemd braucht er keinen Aufwand zu betreiben. Weit gefehlt.

Stille Wasser sind tief, Brüderchen.

„Vielen Dank für die Einladung." Pierce rückt den Anzug am Ärmel zurecht. Mir entgeht nicht, dass er seine vermisste Uhr trägt. Wie schön.

„Du hast nicht nur deine Brieftasche, sondern auch den Chrono...graphen zurückbekommen", platzt es stockend aus mir heraus. Meine überschwängliche Freude ist offensichtlich. Das Ding ist schließlich ein kleines Vermögen wert.

„Ja." Pierce lächelt verschmitzt. „Er ist an der Rezeption abgegeben worden. Möglicherweise habe ich ihn doch verloren und dich zu Unrecht beschuldigt." Der Schuft klingt kein bisschen reumütig.

„Das hast du." Ich stoße ihn in die Seite, weil ich mittlerweile darüber lachen kann. „Können wir jetzt endlich reingehen?" Mein Blick wandert zu meinem Bruder, der unseren Austausch interessiert beobachtet. Seine erstaunte Miene ist fast ein wenig komisch. „Ich habe Hunger."

Der erste Gang des Menüs füllt sich mehr oder weniger mit belangloser Kommunikation. Keanu redet mit Bane über die Hausaufgabe, die er einreichen muss, und Pierce erzählt mir von seinem Freund, der nach Honolulu gekommen ist, um ein paar freie Tage mit ihm zu verbringen. Ich spüre, dass da etwas zwischen den Zeilen steht und habe plötzlich Sorge, dass Pierce für den Rest seines Urlaubs anderweitig beschäftigt sein könnte. Bestimmt hat das Ungesagte mit dem überraschenden Besuch seines Freundes zu tun. Wer kommt spontan und völlig ungeplant für ein paar Tage nach Hawaii? Dazu muss es eine Geschichte geben. Pierce hatte schließlich auch eine.

Ich nehme mir vor, ihn danach zu fragen, sobald wir allein sind. Wenn er ab morgen lieber mit seinem Besuch den Strand unsicher machen möchte, bin ich unter Umständen überflüssig. Fünftes Rad am Wagen und so. Besser, wir reden von Anfang an Klartext. Eine Zurückweisung würde mich treffen – ich mag Pierce und würde gerne meinen ersten richtigen Flirt mit ihm starten – aber ich möchte seine ungeteilte Aufmerksamkeit. Das ist meine Bedingung, sollte ich mich in dieses Liebesabenteuer stürzen, von dem ich nicht weiß, wo es enden wird, wenn Pierce nächste Woche nach Chicago zurückfliegt.

Schlagartig bin ich nervös. Hoffentlich ist diese Liaison nicht Geschichte, bevor sie angefangen hat.

Nein Ana. Wenn Pierce kein Interesse mehr an dir hätte, hätte er heute Abend nicht so bereitwillig zugesagt. Dann wäre er jetzt bei seinem Freund im Hotel.

„Wie findest du die Idee?", fragt Keanu und deutet mit der Gabel auf mich, als wolle er mich aufspießen. Oder meine Aufmerksamkeit erregen. Eins von beidem.

„Was halte ich wovon?" Mein Ton klingt angriffslustig. Leider habe ich in den letzten Minuten nicht auf das Gespräch am Tisch geachtet. Mal wieder. Zuzuhören scheint mir schwerzufallen, sobald Keanu mit am Tisch sitzt. Dass ich keine Lust habe, auch nur ein Wort mit diesem Mann zu wechseln, macht es nicht besser. Mein Ärger ist nicht verraucht, ich bin stinksauer.

„Ich glaube, das passt nicht in unseren Zeitplan", antwortet Pierce an meiner Stelle und stupst mich unterm Tisch mit dem Oberschenkel an. „Ana und ich haben etwas vor."

Wirklich?

„Wir haben etwas vor?" Kaum ausgesprochen, merke ich, dass das nicht die klügste Antwort war. „Oh ... ja stimmt", versuche ich zu retten, was zu retten ist, „wir haben etwas vor."

Ohne es verhindern zu können, werde ich rot. Dumm gelaufen. An unseren geheimen Zeichen müssen wir noch arbeiten.

Pierce' Mundwinkel zucken, aber sonst ist er die Gelassenheit in Person. Wenigstens einer von uns.

„Hmm." Missbilligung liegt in der Luft. Keanu ist schließlich nicht dumm und hat sehr wohl verstanden. „Daran ist nichts zu ändern?" Es klingt mehr nach einer Frage, als nach einer Feststellung.

„Nein." Es ist Pierce, der die Antwort mit Genugtuung und ungewöhnlich scharf ausstößt. Selbst ich spüre plötzlich die Aura der Macht, die ihn umgibt. „Keine Planänderung möglich." Das Tauziehen um mich hat begonnen. Diese Erfahrung ist neu. Bisher haben noch keine Männer um mich gekämpft.

Ich wende mich meinem Bruder zu, der ungewöhnlich still ist und sich – anders als erwartet – heraushält. Was wohl in seinem Kopf vorgeht? Bestimmt analysiert er die Tatsache, dass Pierce einen maßgeschneiderten Anzug trägt und sich als Strafverteidiger vorgestellt hat. Es wird dauern, bis Bane die Realität angenommen hat.

„Auch gut. In dem Fall gehen wir ein andermal in den neuen Club." Keanu sagt das übertrieben fröhlich. „Sobald Mr. Huxley seinen Urlaub beendet hat, wird Ana mehr Zeit erübrigen können. Die Cocktails dort sollen ausgezeichnet sein."

Gott schenke mir Geduld … und Nerven aus Stahl. Womit habe ich das verdient?

Was für eine Unverschämtheit! Kann dieser Spinner mich nicht in Ruhe lassen? Gerade will ich aufstehen und meine Meinung zu dem Thema kundtun, da legt Pierce seine Hand auf meinen Oberschenkel und zwingt mich, sitzen zu bleiben.

Keanu hat mit der Pistole auf ihn gezielt und nun ist er wieder dran. Was für ein albernes Spiel.

„Rechne nicht alsbald damit." Pierce lässt seine Macht anschwellen. „Ich überlege, meinen Urlaub zu verlängern." Den Worten folgt ein Lächeln, das ich als gemein einstufen würde. „Die Natur auf O'ahu ist atemberaubend schön. Es gibt noch viele Plätze, die Ana mir zeigen könnte."

„Echt? Du verlängerst deinen Urlaub? Das wäre toll."

Sofort vergesse ich Keanus Dreistigkeit und fange an zu strahlen. Hoffentlich ist es die Wahrheit und keine Masche, um diesem Mistkerl eins auszuwischen.

Bane räuspert sich. Richtig, mein Bruder sitzt mit am Tisch. So still, wie er sich verhält, könnte er glatt vergessen werden.

„Ich denke, du solltest am Skript für *Global Business &* *Strategy* arbeiten und nicht in einen Club gehen. Du hast nur noch zwei Tage bis zur Abgabe", weist er seinen Freund zurecht.

Bravo! Bravo! Bravo!

Am liebsten würde ich aufstehen und in die Hände klatschen. Der Kommentar hat Applaus verdient. Mein Bruder ist der Beste! Ich liebe ihn. War das sein Okay für mein Abenteuer? Hat er nichts dagegen, dass ich mich mit Pierce treffe? Ich würde ihn zu gerne befragen. Ein Verhör gleich am Tisch wäre fantastisch.

Später, bremse ich mich rechtzeitig.

Keanu sieht meinen Bruder an und wirkt von den Worten überrascht. Anscheinend hat er nicht damit gerechnet, dass Bane sich gegen ihn stellt. Pech gehabt. Ich habe den besten Bruder der Welt.

12

Ana

Eine Stunde später ist das merkwürdigste Abendessen, das ich je erlebt habe, zu Ende. Keanu hat sich nach Banes Kommentar zurückgehalten. Mein Bruder hat stattdessen Pierce einem Verhör unterzogen. Auf einmal wollte er alles über die Arbeit als Strafverteidiger und das Leben in Chicago wissen. Es war interessant, Pierce zuzuhören, aber Banes Absichten hinter der Befragung waren in meinen Augen zu durchschaubar. Er wollte herausbekommen, mit welcher Sorte Mann seine Schwester sich einlassen will. Und weil er nur die kurze Zeit zwischen Hauptgang und Nachtisch hatte, fühlte es sich wie eine Befragung an.

In dem Moment, wo ich mit Pierce an die frische Luft trete, kann ich nicht anders – ich muss tief durchatmen. Die Idee, Pierce zum Essen einzuladen, entpuppte sich im Nachhinein als echte Herausforderung. Gut, dass sie jetzt gemeistert ist. Viel länger hätte ich es nicht ausgehalten. Meine Nackenmuskulatur ist steif und verspannt. Außerdem fühle ich mich, als wäre ich einen Marathon gelaufen.

„Alles gut?", erkundigt Pierce sich besorgt. Ihn scheint das sonderbare Abendessen samt Befragung völlig kaltzulassen. Er ist ohne Zweifel ein Anwalt mit Durchhaltevermögen. Noch ein Grund, ihn zu mögen und mit ihm zusammen sein zu wollen. Er wäre das passende Gegenstück zur meiner ausgelassenen und spontanen Art.

„Ja, alles gut. Ich habe lediglich eine Überdosis Testosteron abbekommen. Das Rauschen in meinen Ohren ist sicher gleich vorbei."

Einatmen und ausatmen.

„Würde es dir helfen, wenn ich dich küsse? Quasi zum Entspannen?" Pierce drückt mir ein scheues Küsschen auf die Wange. „Hier zum Beispiel."

Ich schließe die Augen. Das fühlt sich gut an.

„Oder hier." Seine Lippen streifen meine Nasenspitze. „Hier könnte ein Kuss womöglich ebenfalls helfen."

Meine Stirn wird sanft berührt. Ich schnappe Pierce' Duft auf. Das Aftershave ist mir neulich schon aufgefallen. Ich mag es. Sehr sogar. Etwas regt sich. Begehren kommt auf. Mein Körper wird von einem Kribbeln erfasst, das ich als Verlangen interpretiere. Pierce ist so viel mehr, als ich gewohnt bin. Diese unbefangene sexy Art, die fest zu ihm gehört, ist faszinierend. Keine Zweifel, ich will alles von ihm. Am besten sofort. Das volle Programm. Pure Leidenschaft. Da ich längst entschieden habe, bereit für mein erstes Liebesabenteuer zu sein, gibt es keinen Grund, zu warten. Ich bin startklar.

„Lass uns wohin fahren." Auch wenn es mir schwerfällt, öffne ich die Augen und schaffe Abstand zwischen uns. Vor dem Haus, wo uns jeder beobachten kann, ist nicht der richtige Platz, um sich Zärtlichkeiten hinzugeben. „Du hast behauptet, dass wir etwas vorhaben. War das eine Lüge, um den Vorschlag meines Möchtegern-Verlobten im Keim zu ersticken? Danke übrigens

…“ Ich sehe ihm in die Augen und erkenne ein verschmitztes Funkeln. Mein Instinkt sagt mir, dass Pierce tatsächlich etwas geplant hat. Vorfreude und Neugier machen sich breit und verstärken das Kribbeln in meinem Inneren. Ich liebe Überraschungen.

„Wenn ich etwas sage, meine ich das auch so.“ Wie ein Mann auf einer Mission greift er nach meiner Hand und zieht mich zum Auto. „Wir müssen ein Stückchen fahren. Ein Insider hat mir erklärt, dass das der perfekte Ort ist, um eine Frau zu beeindrucken. Mach dich auf was gefasst.“

„Okay …“ Ich ziehe das Wort in die Länge. Meine Neugier wird größer. Die Spannung steigt. Mit dieser Aussage hat er hohe Erwartungen geweckt. Ich kenne O'ahu in- und auswendig, bin hier aufgewachsen. Für welches Plätzchen sich Pierce wohl entschieden hat? Es gibt unzählige romantische Ecken, aus denen er wählen könnte.

Hoffentlich dauert die Fahrt nicht zu lange. Geduld war noch nie meine Stärke. Für mich kommt Warten einer Folter gleich – einer schlimmen Folter. Leider muss man auf die guten Dinge oft ein wenig warten. Aber wie ich Pierce kenne, wird es sich lohnen. Er wirkt stets wie ein Mann, der alles im Griff hat.

„Wer hat dir von diesem geheimnisvollen Ort, bei dem die Frauen schwach werden, erzählt? Wer ist der Insider?“ Vermutlich hat jemand im Hotel ihm diese Information gesteckt. Woher sollte er sonst Bescheid wissen?

„Das ist mein Geheimnis.“ Seine Miene bleibt verschlossen. „Ein guter Anwalt verrät seine Quellen nicht.“

Mein Lachen erfüllt das Fahrzeuginnere. Hat er das schon öfter gesagt? Zu seinen Mandanten bestimmt.

„Du hast gewonnen, ich gedulde mich."

Einen Moment herrscht abwartendes Schweigen. Nur die leisen Reifengeräusche auf der Straße sind zu hören.

„Möchtest du mir erzählen, was es mit diesem Keanu Farrow auf sich hat? Er sieht sich offenbar als baldiges Familienmitglied."

Ich zögere und wünschte, Pierce hätte diese Frage nicht gestellt.

„Sein Benehmen ist … es gibt kein besseres Thema, um die Stimmung zu killen."

„Höchstwahrscheinlich hast du recht." Pierce legt seine Hand auf meine Oberschenkel. „Dass du ihn unsympathisch findest, ist deutlich zu spüren." Er lacht und es klingt wunderbar entspannt. „Reden wir nicht mehr über diesen Schmarotzer. Ich zweifele nicht an dir und deinen Fähigkeiten. Wenn es nötig sein sollte, wirst du ihn bei den Eiern packen und in hohem Bogen von der Plantage werfen."

Der Gedanke zaubert mir ein Lächeln ins Gesicht. Was für eine schöne Idee. Es juckt mich bereits in den Fingern.

Zwanzig Minuten später, ich will gerade anfangen zu quengeln, fährt Pierce auf den Parkplatz des *Lailani Beach Hotels*. Ich bin enttäuscht, aber auch verwundert. Unverständnis macht sich breit. Will er mir sein Hotelzimmer zeigen? Sein Bett? Ist Pierce ein Mann, der eine Frau mit einem derart plumpen Versuch in seine Höhle lockt? Wenn ja, habe ich ihn völlig falsch eingeschätzt.

Mein Plan, mit ihm zu schlafen, bekommt einen Dämpfer. Die Vorfreude verpufft langsam, aber stetig. Das hatte ich mir anders vorgestellt.

„Bereit?", fragt mein Fahrer, nachdem er eingeparkt und den Motor abgestellt hat.

„Ja." Ein Räuspern rutscht mir raus, weil ich plötzlich zu wenig Spucke im Mund habe. „Auch wenn ich nicht weiß, wie du mich hier beeindrucken willst. Das ist dein Hotel."

Der letzte Satz klingt abwertend, obwohl das *Lailani Beach Hotel* zu den besten in Honolulu gehört. Es ist selbst in der Nebensaison oft ausgebucht.

„Richtig. Hier mache ich Urlaub", sagt Pierce, kaum dass wir ausgestiegen sind. Seine Gesichtszüge bleiben undurchschaubar, als er nach meiner Hand greift und wir zum Haupteingang marschieren.

„Ich verstehe nicht."

„Abwarten, Ananasmädchen."

Als ich den Kosenamen höre, der mit einem Lächeln ausgesprochen wird, meldet sich das Kribbeln, das längst abgeklungen ist, erneut. Ich mag es, wenn er mich so nennt. Es ist charmant. Einen Spitznamen habe ich noch nie besessen. Nicht mal als Kind. Ich war immer nur Ana.

Wir gehen durch die Lobby und wenig später nach links, zu dem Bereich, der ausschließlich dem Personal vorbehalten ist. Jetzt verstehe ich erst recht nichts mehr. Wo zum Geier will Pierce hin?

„Ich …", versuche ich erneut, etwas zu erfahren und werde gleich wieder unterbrochen.

„Abwarten." Er drückt aufmunternd meine Hand, als könnte mir das helfen. „Hast du Angst, ich könnte dich verschleppen und über dich herfallen?" Er bleibt ruckartig stehen. Sorge steht ihm ins Gesicht geschrieben. Der Gedanke ist ihm spontan gekommen, das sehe ich.

„Wenn du das denkst, brechen wir ab und gehen an die Bar, etwas trinken. Du sollst dich bei allem, was wir machen, wohlfühlen. Wir kennen uns schließlich erst seit sechs Tagen. Dass ich Strafverteidiger bin, könnte gelogen sein."

Sofort schüttele ich heftig den Kopf. „Nein, ich denke nicht, dass du mich belügst. Mein Vertrauen ist dir sicher. Du kannst wahrscheinlich jede Frau haben, die du begehrst. Du hast Geld und Ansehen." Ich zucke mit den Schultern. „Sexgespielinnen zu verschleppen, ist nicht dein Ding."

„Ich könnte ein Psychopath sein", amüsiert Pierce sich auf meine Kosten.

Jetzt muss ich lachen. „Ein Psychopath, der zum Urlaub gezwungen wird und sich jede Minute davon langweilt. Nein, nicht im Traum. Du bist kein Psycho."

„Da bin ich froh." Seine Stimme ist ruhig. „Danke für dein Vertrauen. Das meine ich ehrlich. Ich sehe es nicht als selbstverständlich an."

Pierce setzt sich in Bewegung und bleibt wenig später vor der Tür stehen, auf der *Baggage* steht. Hier können die Hotelgäste ihr Gepäck lagern, während sie auf ihre Zimmer oder einen späten Flug warten. Warum stehen wir hier? Was soll das alles?

„Suchst du nach einem Koffer?" In meinen Gedanken geht es drunter und drüber. Die Verwirrung steigert sich, als ich den Schlüssel bemerke, mit dem Pierce die Tür aufsperrt.

„Das … James-Dean!“, bricht es aus mir heraus. Wie ein Blitz ist der Gedanke in meinen Kopf geschossen. „Du hast den Schlüssel von James-Dean! Er ist dein Verbündeter – der Insider – in der Sache.“ Ich grinse breit wie ein Honigkuchenpferd, weil ich sofort den richtigen Schluss gezogen habe. Was bin ich gut! „Seid ihr neuerdings beste Freunde?“ Bisher hatte ich nicht das Gefühl, dass die beiden sich gut leiden können.

„Seit kurzem.“ Pierce’ Miene verändert sich. „Sagen wir mal … dein Freund ist auf mein Wohlwollen bedacht und hat mir verraten, wie ich am besten bei dir punkten kann.“

Ach ja?

„Dass James-Dean glaubt, mich so gut zu kennen, ist ein klein wenig unheimlich. Er ist in meinen Augen ein Kind.“

Bestürzt denke ich über meine Beziehung zu dem Jungen, dem ich gerne öfter unter die Arme greifen würde, nach. Habe ich falsche Signale gesendet? Dass er verknallt ist, ist offensichtlich.

„Er ist kein Kind, eher ein reifer Teenager“, korrigiert Pierce mich. „Komm, wir müssen weiter. Es ist gleich da hinten.“

Ich folge ihm durch Kofferberge, die sich zur rechten und linken Seite auftürmen. Wir gehen zum Hinterausgang, für den mein Romantischer-Abend-Gestalter natürlich ebenfalls den passenden Schlüssel zückt, und stehen wenig später auf einer winzigen Holzterrasse, die den Blick zum Strand freigibt. Zwei Liegestühle sowie eine Flasche Champagner, die in einem Kübel kaltgestellt ist, stehen bereit. Einige Lichterketten sind aufgehängt und sogar bequem aussehende Kissen gibt es in Hülle und Fülle. Mindestens zehn für jeden.

Obwohl ich schon seit Jahren das Hotel mit unseren Produkten beliefere, ist mir der Ort nicht bekannt. Er muss den Angestellten vorbehalten sein. Die Aussicht ist berauschend und die Nähe zum Strand perfekt. Dass wir ungestört sind, macht es noch besser. Dazu ein bisschen Meeresrauschen zur Untermalung … einfach zauberhaft. Hier lässt es sich aushalten.

„Setz dich." Pierce deutet auf einen der Liegestühle. „Ich hätte dich auch in meine Suite einladen können – ich besitze einen Balkon und der Zimmerservice ist ausgezeichnet – aber ich dachte, hier ist es schöner. James-Dean hat beteuert, du würdest es mögen. Seiner Information nach stehst du auf Meeresrauschen?" Pierce wirkt sich seiner Sache sicher.

„Er hat recht." Mit einem wunderbaren Gefühl setze ich mich auf einen der zwei Plätze und schnappe mir ein Kissen. „Es gibt kaum ein besseres Geräusch als das Brechen der Wellen am Strand. Ich könnte stundenlang zuhören, ohne mich zu langweilen." Das mit dem Langweilen sage ich extra. Ein bisschen Spaß muss sein.

„Bitte schön." Im nächsten Augenblick bekomme ich ein Glas gereicht. „Ich hoffe, er ist kalt genug."

Pierce bedient sich ebenfalls und nimmt neben mir Platz. Schweigend sitzen wir da und lauschen den sanften Klängen des Meeres. Anders als erwartet ist das Schweigen zwischen uns nicht unangenehm.

Pierce scheint über etwas nachzudenken. Ich kann nicht sagen, warum ich das denke, es ist eine Vermutung oder ein Instinkt. Er wirkt ein wenig in sich gekehrt.

„Solltest du dir gerade Gedanken machen, dass ich deinen geheimnisvollen Ort nicht mag und mehr erwartet habe, kann ich dich beruhigen. Ich sitze sehr gerne neben dir und schaue aufs Meer hinaus." Genussvoll lasse ich mir den vorzüglichen Tropfen schmecken. „Obwohl ich hier geboren und mit dem Meer und der Natur aufgewachsen bin, kann ich davon nie genug bekommen. In der Großstadt, weit weg vom Pazifik, würde ich eingehen wie eine Zimmerpflanze, die kein Licht bekommt."

Gemeinsam blicken wir zum Horizont.

„Seit ich hier bin, kann ich dich verstehen. O'ahu ist wirklich ein schöner Ort."

„Darf ich dich etwas fragen?"

„Natürlich." Pierce beugt sich zu mir.

„Ich weiß, dass dein Freund angekommen ist und du höchstwahrscheinlich den Rest deines Urlaubs mit ihm verbringen möchtest. Aber … wärst du an einem Urlaubsflirt mit mir interessiert? An einem Abenteuer, das ein Ablaufdatum hat?" Ich leere mein Glas in einem Zug, bevor ich mutig ausspreche, was mir auf der Zunge brennt. „Könntest du dir vorstellen, mit mir zu schlafen? Möchtest du mit mir schlafen?", präzisiere ich.

Huch! Jetzt ist es raus.

Die Fragen sollten mir unangenehm sein. Für gewöhnlich erkundige ich mich nicht auf diese plumpe Art und Weise. Jedoch ist es eher anregend als peinlich.

„Ach Ana. Mit dir zusammen zu sein, stelle ich mir schon vor, seit du letzten Freitag mit dem Eis in mich reingerannt bist", überrascht der Mann an meiner Seite mich und lächelt verschmitzt.

„Wirklich?" Mein Herz macht einen Hüpfer.

Pierce nickt und sieht ehrfürchtig aus. „Du hast einen bleibenden Eindruck hinterlassen, Ananasmädchen."

Da ist er wieder – der Kosename. Ich liebe ihn.

Mich freut, dass Pierce ehrlich ist. Nur so kann unser Arrangement funktionieren.

„Unter den Voraussetzungen könnten wir an der Stelle abbrechen und in dein Schlafzimmer gehen und … du weißt schon …", ich lache, schlagartig befangen, „… die Matratze testen."

Gott, Ana! Du bist unmöglich.

Die Antwort ist ein fettes Grinsen, seliger Seufzer im Anschluss inklusive. „Würdest du mich für einen Schuft halten, wenn ich dir verrate, dass das meine Absicht war, als ich diesen Platz für unser Nach-dem-Abendessen-Date ausgesucht habe?"

Mein Gesicht verzieht sich, weil ich versuche, empört auszusehen. „Du wollest mich betrunken machen und im Anschluss ausnutzen." Meine Worte sind nicht ernst gemeint, aber es macht Spaß, Pierce ein wenig aufzuziehen.

Zwischen uns knistert es. Die Luft lädt sich auf und das Meeresrauschen ist kaum noch zu hören. Sogar die leichte Brise, die vom Strand herüberweht, ist abgeklungen. Ich bin mit allen Sinnen auf Pierce fixiert. Es gibt nur noch ihn – und mich.

„Nein." Er stellt sein Glas weg und beugt sich zu mir herüber, sodass mein Herzschlag sich beschleunigt und mein Verstand sich verabschiedet.

„Wenn wir ...", er macht eine kurze Pause, „... die Matratze testen, möchte ich, dass du nüchtern bist. Genau wie ich." Einen Moment später küsst er mich und ich denke an nichts mehr. Außer an das, was mich erwartet. Endlich darf ich mehr als nur küssen. Ich darf diesen wunderbaren Männerkörper anfassen. Überall. Wahnsinn!

Träume ich?

13

Pierce

Als ich meine Schlüsselkarte zücke, um Ana in meine Suite zu lassen, bin ich tatsächlich ein klein wenig nervös. Ich, der immer besonnene und knallharte Anwalt. Bisher war das kaum vorstellbar. Diese Besessenheit, die mich überkommt, wenn ich mich in Gegenwart dieses quirligen Wirbelwindes befinde, ist neu. Sie bringt meine streng geordnete Welt aus den Fugen. Für gewöhnlich haben die Frauen, mit denen ich schlafe, keine alles verschlingende Wirkung auf mich. Es verunsichert mich.

Dass Ana sich auf ein kurzes Intermezzo mit mir einlassen will, wundert mich. Zumindest interpretiere ich ihre Bemerkung mit dem Ablaufdatum so. Sie wirkt wie eine Frau, die höhere Ansprüche an ihre Männerbekanntschaften stellt. Ein paar Tage Spaß können ihr unmöglich genug sein.

Ich müsste lügen, wenn ich behaupten würde, dass mir egal ist, was nach meinem Urlaub passiert. Der unliebsame Gedanke, Ana nie wiederzusehen, steht mitten im Raum. Mein Ananasmädchen wird mir in den nächsten Tagen mehr und mehr ans Herz wachsen. Das ist unvermeidbar. Ein Mann muss eine wunderbare Frau wie sie einfach mögen.

Es wird nicht leicht sein, sich von ihr und Hawaii zu verabschieden, wenn der Zeitpunkt gekommen ist.

„Warum schaust du so traurig? Hast du es dir anders überlegt? Möchtest du keinen Matratzentango mehr tanzen?" Ihre Stimme klingt anders, irgendwie traurig. Höre ich da Enttäuschung heraus?

Pierce, du bist ein Idiot.

Unverzüglich reiße ich mich zusammen. Was ist los mit mir? Ich bin kein Mensch, der sich über ungelegte Eier Sorgen macht. Verdammt! Heute ist ein schlechter Tag, um damit anzufangen. Wir wollen beide Spaß haben. In vollen Zügen.

„Ach Ana." Kopfschüttelnd gehe ich auf die Frau zu, die sich mit dem Rücken zur Fensterfront gestellt hat und sehnsüchtig auf mich zu warten scheint. Meine Bewegungen führe ich langsam und mit Bedacht aus. Ich weiß, dass sie meinen Körper mag. Das hat sie mit ihren heimlichen Blicken, die mir nicht entgangen sind, oft genug bewiesen.

Mit wenigen Handgriffen löse ich die Krawatte, die sie mir geschenkt hat und bin mir dem schwindenden Abstand zwischen uns bewusst. Ana fixiert mich regelrecht. Kaum stehe ich vor ihr, lege ich ihr die Krawatte um den Hals und ziehe sie damit zu mir heran. Sie riecht fantastisch, exotisch und süß wie die Ananas, die ihrer Familie so wichtig ist. Mein Mund trifft ihren und im nächsten Moment umschlingen ihre Arme meine Taille. Sie gibt einen leisen Laut von sich, der irgendwie niedlich klingt und mir bis in die Eingeweide schießt.

Das ist es.

Ihre Lippen schmecken nach dem Champagner, den wir getrunken haben. Bevor ich einen nächsten Gedanken formen kann, küsse ich sie intensiver – besitzergreifend. Ich will mehr dieser verzückten Laute hören. Ich will mehr Champagner schmecken. Ich will mehr Ana. Ich will ... alles.

Meine neue Urlaubsfreundin schnappt nach Luft und fängt gleich darauf an zu grinsen. „Also hast du es dir nicht anders überlegt?"

„Zur Hölle, nein!" Um meinen Worten Nachdruck zu verleihen, lege ich einen Arm um ihre Schultern und den anderen unter ihre Knie, anschließend hebe ich sie hoch. „Für die nächsten Tage gehöre ich ausschließlich dir. Du kannst frei über mich verfügen. Ich bin dein."

Etwas in der Art habe ich noch nie zu einer Frau gesagt. Es fühlt sich seltsam, aber nicht falsch an.

Ana legt einen Arm um meinen Hals und lässt sich von mir zum Bett tragen. Dabei sieht sie mir in die Augen. Anscheinend fühlt sie sich pudelwohl und vertraut mir.

„Du willst mein Sexsklave sein?", fragt sie mit einem verschmitzten Mundwinkelzucken, das mir außerordentlich gut gefällt.

„Ana ... Ana! Hast du bereits Ideen? Fantasien?"

Sie scheint dieses Abenteuer wirklich gut durchdacht zu haben. Ich bin im Himmel gelandet.

Ihre Wangen färben sich rot und sie wirkt für einen Moment verlegen.

„Nein. Ich habe keine Ideen und auch keine Vorstellungen, die erfüllt werden müssen", antwortet sie, während ich sie mittig auf mein Kingsize Bett lege. Da, wo ich sie in den nächsten Stunden haben will. „Aber ich hatte noch nie einen Sexsklaven. Der Gedanke besitzt etwas Reizvolles. Findest du nicht?" Ihre Miene verrät nicht, ob sie das ernst meint.

„Ana." Die Frau bringt mich ständig dazu, den Kopf schütteln zu wollen. „Können wir aufhören, über Sexsklaven zu reden?" Ich streife mein Jackett ab und fange an, mein Hemd aufzuknöpfen. Ihr Blick klebt an meinen Fingern und lässt mich hart werden. Diese offensichtliche Begierde, alles von mir sehen zu wollen, macht mich unglaublich an. Sie will nicht das kleinste Bisschen von meinem Körper verpassen. Das ist betörend.

„Natürlich können wir aufhören, über Sexsklaven zu reden", beantwortet sie meine Frage und setzt sich auf die Knie. Auch sie beginnt sich auszuziehen. „Aber ..."

Ihr Sommerkleid, das sie zuvor im Rücken geöffnet und über den Kopf gezogen hat, fliegt zu Boden. „Es könnte interessant werden, den besten Strafverteidiger Chicagos in Handschellen zu erleben."

Sie zieht einen Träger ihres BH über die Schulter und ich kann nicht wegsehen. Der BH besteht aus weißer Spitze und scheint fast durchsichtig.

„Sei ehrlich! Hast du schon mal Handschellen getragen?", fragt sie mit dem scheinheiligsten Grinsen, das die Welt je gesehen hat.

Teufel! Die Frau macht mich fertig. Dieses Abenteuer wird wirklich definitiv eins werden. Hoffentlich bin ich der kleinen Draufgängerin gewachsen.

Ich entledige mich meiner restlichen Klamotten und mache extra langsam, weil ich weiß, dass sie auf eine Antwort brennt. Nur mit Boxershorts steige ich zu ihr ins Bett und schiebe meinen Körper über ihren. Mehr als ihre Unterwäsche trägt sie nicht mehr.

„Ich habe noch nie Handschellen getragen." Der nächste Kuss ist hart und fordernd, ganz anders als unsere bisherigen Küsse. „Weder bekleidet bei der Polizei noch unbekleidet im Bett mit einer Frau."

Wieder falle ich über sie her und küsse mich sogar ihren Hals hinunter. Sie stöhnt lange und tief und sorgt dafür, dass mir das Blut direkt zwischen die Beine schießt. Verdammt! Ich bin verloren.

„Pierce ..."

„Ja?" Ich küsse mich tiefer und stelle fest, dass sie so bereit ist wie ich.

„Hast du Kondome? Ich möchte dich in mir spüren."

Kondome? Kondome? Kondome?

„Ich habe welche."

Wo nur? Mit einer Hand taste ich nach links und ziehe die Nachttischschulbade auf. Gott sei Dank. Als ich das schreckliche Hawaiihemd gekauft habe, habe ich auch eine Packung Kondome mitgenommen. Ein Mann muss schließlich vorbereitet sein. Im Urlaub insbesondere.

Unfassbar froh, vor ein paar Tagen mitgedacht zu haben, öffne ich die Packung, hole ein quadratisches Päckchen heraus und reiche es Ana.

„Mach schon mal auf", weise ich sie an, um Zeit zu sparen. Verrückt. Wir verhalten uns wie Sexsüchtige, die wochenlang enthaltsam leben mussten.

Ich streife die Boxershorts ab und sehe anschließend die atemberaubende Frau in meinem Bett an. „Willst du?", frage ich direkt und ohne Scham.

Meine Frage brauche ich nicht zu präzisieren oder auf das Kondom in ihrer Hand zu deuten. Ana versteht auch so.

„Ja.“

Ein Wort, eine Antwort – verführerisch und mit einem unwiderstehlichen Lächeln ausgesprochen.

Ihre Finger auf meiner Haut zu spüren, wie sie mir das Gummi überstreift, ist Qual und Genuss zugleich. Ich kann kaum stillhalten und habe das Gefühl, sie lässt sich extra lange Zeit. Die reinste Folter.

Erst als Ana den Blick hebt und ich mir sicher bin, dass sie fertig ist, drücke ich sie zurück in die Matratze und helfe ihr, die überflüssige Unterwäsche loszuwerden.

„Bereit?“, frage ich und lasse mich zwischen ihren Beinen nieder. Ich spüre sie warm unter mir.

„Oh jaaaa.“

Ich schmunzele über das langezogene *Ja* und gebe ihr, was sie will. Wir bewegen uns gemeinsam und es dauert nicht lange, bis sie zu Wachs in meinen Händen wird und ihr Körper zu zittern anfängt. Gleich ist es so weit. Wir stehen beide kurz davor, über die Klippe zu springen.

Kaum gedacht, explodiert Ana unter mir und ruft meinen Namen. Mein Name aus ihrem Mund ist alles was ich noch brauche – ich folge ihr. Verdammt, ist das gut!

Als der Orgasmus abgeklungen ist, ringe ich nach Luft und bemühe mich, sie nicht mit meinem Gewicht zu erdrücken.

„Das war fantastisch." Ich küsse sie und lasse mich, überwältigt von unserer Leidenschaft und der Geschwindigkeit, mit der wir zur Sache gekommen sind, neben sie aufs Bett fallen.

„Stimmt." Sie klingt leicht außer Atem. „Fast schon überirdisch. Einfach himmlisch."

Ein Schmunzeln schleicht sich auf mein Gesicht. „Sex ist nur himmlisch, wenn der Mann weiß, wie es geht."

„Eingebildet bist du überhaupt nicht, Pierce Gifford Huxley jun.." Sie gibt mir einen Stoß und fängt ebenfalls an zu lachen.

Ana

Dieser Verrückte! Pierce redet gerne eingebildet daher, aber er weiß auch, was er tut – ohne Frage. Er kennt sich aus. Ich fühle mich wie auf Wolke sieben. Befriedigt und satt, wie zu Thanksgiving. Nur dass diesmal nicht das Essen der Grund für dieses wunderbare Gefühl ist.

„Machen wir es noch mal?", frage ich wie jemand, der vom Nachtisch nicht genug bekommen kann. Meine Güte, bin ich peinlich. Lange hat unser Matratzentanz nicht gedauert, höchstens zwölf Minuten. Wir standen beide unter Strom und brauchten eine schnelle erste Entladung.

„Darauf kannst du wetten", antwortet Pierce, bevor ich mich für meine Unersättlichkeit entschuldigen kann. Er zieht eines der Laken über uns und bettet meinen Kopf an seine Schulter. „Aber erst genehmigen wir uns eine kurze Verschnaufpause." Ich spüre seine Lippen an meiner Stirn, als er mich küsst.

„Muss der großartige Pierce Gifford Huxley jun. seine Kräfte neu formieren, bevor er wieder Himmlisches bewirken kann?", frage ich und kuschele mich tiefer in die Kuhle an seiner Schulter. Es ist äußerst bequem, halb auf ihm zu liegen.

„Nenn mich noch mal bei meinem vollen Namen und es wird gleich so weit sein." Er knurrt und ich spüre die Vibration unter meiner Wange. „Das törnt mich unglaublich an. Mehr, als du dir vorstellen kannst."

Gut zu wissen. Mit der flachen Hand streiche ich über seine wenig behaarte Brust und genieße es, die Muskelstränge darunter zu fühlen. Ich schweige, weil es schön ist, still dazuliegen. Wir haben die ganze Nacht und brauchen uns nicht in der ersten Stunde zu verausgaben.

„Kann ich dich etwas fragen?" Etwas lastet auf mir, das noch ungeklärt ist.

„Natürlich. Du kannst mich alles fragen." Pierce streichelt mit den Fingerspitzen über meinen Rücken und beschert mir eine Gänsehaut.

„Ist dein Freund nicht beleidigt, wenn du den Rest deines Urlaubs mit mir verbringst? Bestimmt fühlt er sich wie das fünfte Rad am Wagen, wenn ich mich bei euch aufhalte. Er ist doch extra deinetwegen gekommen. Oder nicht?"

Pierce seufzt. „Christopher ist nicht meinetwegen gekommen. Er ist hergeflogen, um mir zu erzählen, dass mein Vater in Chicago ein falsches Spiel treibt. Mit Urlaub machen hat das wenig zu tun."

Kurz weiß ich nicht, was ich antworten soll.

„Das klingt übel." Ich versuche mich aufzusetzen, aber Pierce stoppt mich.

„Bleib! Ich will dich halten.“

Ergeben sinke ich zurück und überlege, was ich sagen kann, um Pierce zu helfen. Ich kenne seinen Vater nicht und kann mir nicht im Entferntesten vorstellen, wie Pierce sich gerade fühlt. Das Thema hätte ich besser nicht angesprochen. Nicht jetzt. Nicht, nachdem wir zusammen geschlafen haben.

„Wir sollten uns nicht die erste gemeinsame Nacht verderben. Lass uns morgen darüber reden“, sagte er, als ich den Mund aufmachen will, um genau das vorzuschlagen. Wenn das keine Gedankenübertragung ist.

„Okay, reden wir morgen.“ Gute Idee.

„Darf ich dich auch etwas fragen?“, kontert der Mann, den ich als Kopfkissen benutze.

„Natürlich. Du kannst mich alles fragen“, antworte ich mit seinen Worten.“

„Warum hat dieser Farrow sich heute Abend als dein Verlobter vorgestellt? Ist da etwas dran oder wollte er nur sein Revier abstecken? Hattest du mal was mit ihm? Muss ich eifersüchtig sein? Ich möchte es genau wissen, auch wenn du im Auto nicht drüber reden wolltest.“

Jetzt setze ich mich doch auf. Pierce kann mich nicht zurückhalten. Das Thema bringt mich ohne viele Worte zur Weißglut. Mein Herzschlag beschleunigt sich und Wut kocht in mir hoch. Allein der Gedanke ...

„Weder *habe* noch *hatte* ich etwas mit Keanu Farrow. Er ist lediglich der Studienfreund meines Bruders, der sich in eine missliche Lage gebracht hat und hofft, ich könnte seine Rettung sein.“

Allein die Idee, ihn zu heiraten, ist unfassbar verstörend. Keanu sollte zum Psychiater gehen. Er hat den Bezug zur Realität verloren.

Pierce verzieht das Gesicht, weil er anscheinend spürt, wie sehr mich dieses Thema in Erregung versetzt.

„Möchtest du mir erzählen, worum es geht? Du scheinst dich ziemlich schnell aufzuregen, wenn es um den Freund deines Bruders geht."

Das ist offensichtlich. Offensichtlicher geht es kaum.

„Pah! Wenn du bereit bist, dir den größten Schwachsinn des Jahrhunderts anzuhören ..." Ich ziehe an dem Laken, um mich zu bedecken.

Wir tauschen einen verständnisvollen Blick.

„Ich habe schon viele Lügen und hochkarätigen Schwachsinn gehört. Deine Geschichte kann mich nicht überraschen." Er sagt das mit seiner Anwaltsstimme. Die klingt immer fest und bestimmend – und ungemein sexy.

Ein erneutes *Pah* halte ich zurück.

„Da sei dir mal nicht so sicher." Bereit für meine erste Märchenstunde kuschele ich mich zurück an seine Seite und seufze lange, bevor ich anfange, ihm alles zu erzählen. Bis ins kleinste Detail.

Als ich ende, verhält Pierce sich still. Er sagt nichts und weil ich ihm, von meinem Platz an seiner Schulter aus, nicht ins Gesicht sehen kann, weiß ich nicht, was er denkt.

„Und?" Die anhaltende Stille irritiert mich. „Bist du eingeschlafen?" Ich pieke ihn mit dem Finger.

„Nein."

Ein Wort. Schnell und so ausgesprochen, dass ich den Tonfall nicht analysieren kann.

„Was hält dein Bruder von dieser verrückten Idee? Er kann eine Hochzeit zwischen dir und Keanu unmöglich gut finden. Du bist seine Schwester. Er sollte dich beschützen."

Emotionen schwingen mit und sind deutlich zu spüren. Pierce ist geradezu erschüttert. Ich kann es nachvollziehen, ich war es schließlich auch.

„Das tut er. Vermutlich hat er sich aus dem Grund heute Abend offener als sonst gezeigt. Für gewöhnlich ist kein Mann gut genug für seine Schwester. Er mag dich mehr, als er zugeben will und hat beschlossen, dir eine Chance zu geben." Natürlich ist das geraten, dennoch bin ich überzeugt, dass ich mit meiner Einschätzung richtigliege.

„Gut, dass ich mich für den Anzug entschieden habe."

Ein Lachen entflutscht mir. „Ja, damit warst du im Vorteil und hast Bane überrascht. Du hast ihm ungewollt mit deinem Job und deiner Aufmachung den Wind aus den Segeln genommen." Meine Finger gleiten über Pierce' Brust. „Mein Bruder darf sich nicht mehr in meine Männerfreundschaften einmischen. Darum habe ich ihn gebeten. Und ich meine die Beziehung zu dir und nicht das, was Keanu sich einbildet. Da darf er gerne ein Machtwort sprechen. Er ist schließlich sein Freund, nicht meiner."

„Wenn du jemals Hilfe brauchen sollest, egal wobei, dann komm zu mir. Oder melde dich in unserer Kanzlei in Chicago. Ich möchte nicht, dass du zu irgendwas gezwungen wirst. Schon gar nicht zu einer Hochzeit.

Gib mir Bescheid und du bekommst den besten Rechtsbeistand, den du dir wünschen kannst. Das meine ich ernst. Wenn ich nicht persönlich helfen kann, frage ich einen Kollegen. Ist keine große Sache."

Ein Mix aus Emotionen rollt über mich hinweg. Pierce ist außergewöhnlich, ein sicherer Hafen. Was für ein Angebot. Eines, das eine Frau nicht alle Tage bekommt. Ich fühle mich unangreifbar und beschützt.

„Danke. Lieb, dass du mir helfen willst. Aber ich habe nicht vor, mich zu irgendetwas zwingen zu lassen."

Ich verliebe mich gerade in diesen wunderbaren Mann. Pierce ist so viel mehr, als ich erwartet habe.

„Können wir jetzt weitermachen?" Ich kneife ihn leicht in die Brustwarze, um meine aufkommenden Gefühle zu überspielen. „Du weißt schon, zweite Runde und so. Ich erwarte Himmlisches …"

<h1 style="text-align:center">14</h1>

Ana

Gemeinsam mit Pierce betrete ich am nächsten Morgen den Frühstückssaal. Er hält meine Hand und darüber bin ich froh. Es ist ein unmissverständliches Zeichen, das hoffentlich jeder Angestellte versteht. Wir gehören zusammen und ich bin Gast im *Lailani Beach Hotel*. Ungern möchte ich weggeschickt werden, weil man mich für eine Lieferantin hält, die – wie schon öfter – den falschen Eingang gewählt hat. Die Zurechtweisung am Pool hat gereicht. Ich brauche keine zweite.

„Chris ist schon da." Pierce deutet auf einen Tisch am Fenster, der von einer Person unseres Alters besetzt ist – seinem Freund aus Chicago. Dass dieser Mann ebenfalls Anwalt ist, erkenne ich auf den ersten Blick. Es ist weniger die Kleidung, er trägt Jeans und ein schlichtes schwarzes T-Shirt, sondern eher die Ausstrahlung. Genau wie Pierce umgibt diesen Prachtkerl eine Aura, die jeder spüren kann, der empfänglich für männliche Reize ist. Es ist eine Kombination aus Macht und Disziplin – eine nicht unerhebliche Menge Testosteron gehört auch dazu. Dass Christopher T. Markham nicht weniger gut aussieht als der Mann, der meine Hand hält, wirkt sich auf mein inneres Gleichgewicht aus.

Wow. Ich darf mit zwei solchen Prachtexemplaren frühstücken. Was bin ich für ein Glückspilz. Hoffentlich ist Pierce' Freund so nett wie er aussieht.

„Guten Morgen", begrüße ich Chris, kaum dass wir am Tisch sind und noch bevor Pierce etwas sagen kann. „Ich bin Ana Keoki", presche ich vor und strecke ihm meine Hand entgegen.

Mein Herz klopft schnell. Es ist mir wichtig, dass er mich mag. Hoffentlich mag er mich. Warum habe ich nicht gewartet, bis Pierce mich vorgestellt hat? Das ist wieder mal typisch für mich.

„Ana." Chris steht gentlemanlike auf, greift nach meiner Hand und mustert mich. Er lächelt und nickt wenig später. Keine Ahnung, was das bedeutet. Es fühlt sich ein wenig merkwürdig an. „Ich freu mich wahnsinnig, dich kennenzulernen. Pierce hat mir schon viel von dir erzählt." Er zwinkert mir zu und ich bin ratlos. Ist das ein Zeichen für irgendwas?

Pierce zieht an meiner Hand, sodass ich einen Schritt vom Tisch weg machen muss. Chris wird so gezwungen mich los zu lassen.

„Ana ist *meine* Freundin. Du solltest deinen Blick also lieber oben behalten, wenn du keinen Ärger möchtest." Mit den Worten schiebt mein neuer Freund mich zu dem freien Stuhl, der Chris gegenübersteht. Nach einem schnellen Kuss auf die Wange bittet er mich, Platz zu nehmen. Anscheinend glaubt er, seine Worte mit einer kurzen Liebesdemonstration untermalen zu müssen. Chris kommentiert Pierce' Getue mit einem Schmunzeln, das leicht verschmitzt wirkt.

Alles klar. Männer. Ich habe verstanden. Das verspricht ein spannendes Frühstück zu werden.

„Ihr seid süß zusammen. Bekomme ich ein Foto?"

Pierce verkneift sich einen passenden Kommentar. Es ist deutlich in seinem Gesicht abzulesen. Stattdessen zieht er eine Geldbörse aus seiner Hosentasche. Genau wie Chris trägt er heute Jeans und T-Shirt.

„Hier." Er legt die Brieftasche neben Chris' Teller. „Die habe ich gefunden. Es ist deine."

Chris verstummt, hört auf zu grinsen und setzt sich. Überrascht greift er danach und sieht hinein. „Karten und ID sind noch da. Nur das Bargeld fehlt."

„Ich weiß, ich habe nachgesehen." Pierce nimmt die Thermoskanne, die auf dem Tisch steht. „Möchtest du Kaffee?", fragt er mich und wirkt plötzlich ungemein zufrieden.

„Ja bitte." Ich halte meine Tasse hoch und schaue zwischen den Männern hin und her.

„Wo hast du sie gefunden?" Chris wirkt erleichtert, aber auch neugierig. Er ist sichtlich überrascht, seine Brieftasche zurückzubekommen. Merkwürdig ist die Situation allemal. Erst Pierce und jetzt Chris. Alles Zufall?

„Sie lag in der Pool-Area, in Nähe des Barhäuschens, zwischen ein paar Bodenbrettern."

Chris' Miene bleibt gespannt. „Wann hast du sie entdeckt?", fragt er wissbegierig.

„Gestern, als ich zum Stand gegangen bin."

„Und es war kein Bargeld drin?"

Pierce zögert. „Nein. Vertraust du mir nicht? Ich bin nicht auf deine wenigen Kröten aus. Das solltest du wissen." Er gießt sich Kaffee ein und ich sehe einen Mundwinkel zucken. Was hat das zu bedeuten? Hat sein Freund es auch gesehen?

„Das weiß ich. Ich dachte nur …“, Chris legt die Brieftasche zurück neben den Teller, „… egal. Ist nicht wichtig.“

„Du bist kein Idiot, Christopher“, fängt Pierce den Satz merkwürdig gelassen an. „Du würdest niemals mit einem Bündel Einhundert-Dollar-Scheine in den Urlaub fliegen. Schließlich weiß jeder, dass Touristen leichte Beute sind. Viel Bargeld hattest du gewiss nicht dabei, oder?“

Ein Räuspern ist zu vernehmen. „Nein. Es war überschaubar.“ Chris steckt die Geldbörse in seine Gesäßtasche und wirkt geistesabwesend.

„Perfekt.“ Pierce klatscht in die Hände, sichtlich hocherfreut. „Dann möchte ich jetzt um den Finderlohn bitten.“ Er hält symbolisch die Hand auf.

„Wie bitte?“ Chris glaubt ohne Frage, sich verhört zu haben. Ich übrigens auch. Warum will Pierce einen Finderlohn? Ich dachte, die beiden wären dicke Freunde. Ist das ein Männerding, das ich nicht verstehe?

„Finderlohn“, spricht Pierce das Wort langsamer aus und lässt die Hand sinken. „Das bekommt ein Finder, wenn er dem Besitzer seine verlorengegangene Sache zurückbringt.“ Er zuckt mit den Schultern und gibt Milch in seinen Kaffee. „Möchtest du auch?“, fragte er mich.

„Ja bitte.“ Wieder sehe ich hin und her wie bei einem Tennismatch. Ich befürchte, nur die Hälfte zu verstehen.

Die Atmosphäre verändert sich von einer Sekunde zur anderen. „Was hast du dir als Finderlohn vorgestellt?“ Chris lehnt sich zurück, verschränkt die Arme vor der Brust und blendet mich vollkommen aus. Sein

Tonfall ist augenblicklich ein anderer. Der Anwalt Christopher T. Markham ist bereit, die Verhandlungen aufzunehmen. Wahnsinn. Ich werde tatsächlich Zeuge dieser Metamorphose. Bisher dachte ich, dass nur Pierce sich verwandeln kann. Aber Chris scheint diese Fähigkeit ebenfalls zu besitzen. Wie aufregend. Eine solche Show bekomme ich selten zum Frühstück geboten. Das muss ein Spielchen zwischen den beiden sein. Bestimmt streiten sie sich auch wegen eines Dollars, nur um zu sehen, wer die besseren Argumente hat. Verrückte Anwälte.

„Ich bin noch etwas länger als eine Woche hier", beginnt Pierce seinen Wunsch zu formulieren. „Ich fände es angemessen, wenn du mir für den Rest der Zeit die Drinks spendierst."

Die Situation amüsiert meinen Freund königlich. In seinem Blick funkelt es wie bei einem Kleinkind, das seinen Willen bekommen hat, weil es lange genug gequengelt hat.

Chris' Miene verfinstert sich, kaum dass Pierce den Satz beendet hat. „Eigentlich wollte ich mich von *dir* einladen lassen."

Ach herrje! Da ist einer beleidigt, weil er den Schwarzen Peter gezogen hat. Es wird immer interessanter, dem Spielchen zuzusehen.

„Ich weiß, Bro." Pierce' Schadenfreude ist unübersehbar. Der Sieg wird an ihn gehen. „Aber jetzt kommt es anders, als du gedacht hast."

Er greift nach einem Bagel und schneidet ihn durch. Danach fängt er an, ihn in aller Ruhe zu buttern.

„Ein Finderlohn steht jedem ehrlichen Mann zu. Das kannst du nicht abstreiten." Mit Genuss beißt Pierce in seinen Bagel und spricht danach mit vollem Mund. „Freu dich doch. Es hätte schlimmer kommen können. Jetzt musst du nicht mal einen neuen Führerschein beantragen, wenn du zurück in Chicago bist.“

„Wo du recht hast, hast du recht.“ Chris löst die verschränkten Arme, rückt mit dem Stuhl näher an den Tisch und nimmt sich ein Croissant aus dem Körbchen, das neben der Thermoskanne steht. Die Aura, die ich vor wenigen Sekunden bewundert habe, ist weg. Von jetzt auf gleich verschwunden. Chris ist wieder der nett dreinblickende Frühstückspartner, dem ein wenig Marmelade an den Fingern klebt. Er lächelt sogar.

Wow. Nicht schlecht. Das möchte ich auch können. Meine Gespräche mit Bane würden bestimmt einfacher sein und öfter zu meinen Gunsten verlaufen, wenn ich diese Autorität besäße. Unter Umständen kann mir einer der beiden verraten, wie ich diese Stärke erlangen kann. Ich mache mir eine gedankliche Notiz, Pierce später danach zu fragen.

Einen Moment frühstücken wir schweigend, bis der Mann neben mir die Stille unterbricht. „Reden wir über meinen Vater und das aktuelle Problem in Chicago.“ Er stößt einen Seufzer aus und sucht offensichtlich Halt, indem er mich kurz ansieht. „Ana weiß, dass du deswegen gekommen bist“, sagt er und wendet sich Chris zu. „Ich habe ihr vor dem Frühstück von der aktuellen Lage erzählt. Du kannst also frei sprechen.“

Chris sieht erst Pierce und dann mich an. Bestimmt fragt er sich, warum sein Freund das getan hat. Für gewöhnlich diskutiert man Probleme, die die Familie betreffen, nicht mit einem Urlaubsflirt.

„Okay.“ Chris spricht das Wort ohne Wertung aus.

Pierce seufzt, bevor er loslegt. „Was glaubst du, soll ich unternehmen? Soll ich meinen Vater wirklich direkt auf *InteresTepp* ansprechen? So, wie ich es vorgeschlagen habe? Wir haben keine Beweise, nur Indizien und ein Bauchgefühl, das nicht zählt. Bisher bin ich zu keiner Lösung gekommen." Pierce fährt sich durch die Haare und wirkt ein wenig ratlos. Er tut mir unendlich leid. Niemand sollte an einem Elternteil zweifeln müssen.

„Ich bin nicht sicher", antwortet Chris. „Wenn du an das Handy deines alten Herrn gelangen könntest …", es hat den Anschein, als würde Chris laut denken, „… dann könnten wir es von einem Experten – Hashtag Hacker – durchsehen lassen. Sobald wir uns sicher sind, dass es belastende Daten enthält, die unsere Vermutung bestätigen, könnten wir es der Polizei melden. Alles weitere, Durchsuchungsbeschluss und mögliche Haftbefehle, liegen danach nicht mehr in unserer Hand."

Kaum hat er ausgesprochen, sieht der gute Chris aus, als würde er seine Worte am liebsten zurücknehmen. Ich muss seinem misstrauischen Blick zustimmen. Das klingt wie aus einem Film. Total abgefahren.

„Wie stellst du dir das vor? Mein Vater bewacht sein Handy wie ein Hund seinen Lieblingsknochen. Außerdem ist er in Chicago und ich bin hier. Mein einziger Komplize", Pierce hebt eine Augenbraue und kräuselt die Stirn, „sitzt vor mir und ist ebenfalls *nicht* in Chicago."

Die Unterhaltung am Tisch wird immer skurriler.

„Ich gebe zu, das ist tatsächlich ein nicht unerhebliches Problemchen. Dummerweise habe ich keinen blassen Schimmer, wie wir das lösen sollen", sagt Chris mit dem nötigen Sarkasmus in der Stimme. „Du müsstest deinem Vater das Handy stehlen und ihm nach der Überprüfung durch unseren noch nicht vorhandenen Experten wieder unterjubeln. Die Polizei muss die Besitzverhältnisse nachweisen können, damit die Beweise zugelassen werden. Wir wollen schließlich nicht selbst in Verdacht geraten, Beweismaterial gefälscht zu haben. Ach ja …“, Chris grinst, als wäre das alles ein riesengroßer Spaß und nicht die Realität, „… dass dein Vater von alledem nichts mitbekommen darf, ist natürlich selbstverständlich.“ Seine Miene verzieht sich und fällt danach in sich zusammen. „Vermutlich brauchen wir einen besseren Plan. Mein Vorschlag hat einige Schwachstellen.“

Das sehe ich auch so.

„Nein. Die Idee ist gut.“ Pierce sieht aus, als hätte er eine Eingebung. Seine Miene ist voller Hoffnung und Tatendrang. „Wir müssen es nur schaffen, meinen Vater nach Hawaii zu locken.“ Nachdenklich kratzt er sich am Kinn. „Auf den IT-Experten können wir verzichten“, denkt Pierce laut und sieht gedankenverloren nach vorn.

„Das verstehe ich nicht.“ Chris reißt die Augen auf. Seine Miene ist ein einziges Fragezeichen.

„Ich auch nicht“, sage ich, weil ich das Gefühl habe, einen Beitrag zu der Unterhaltung leisten zu müssen. Bisher habe ich nur zugehört und mir meinen Teil gedacht.

Kaum ausgesprochen dreht Chris sich in meine Richtung und wir fangen beide an zu lachen. Zwei Doofe, ein Gedanke.

Pierce behält seinen abgeklärten Gesichtsausdruck
bei. Zu gerne würde ich wissen, was ihm durch den
Kopf geht. Ein bisschen unheimlich ist das schon.

15

Ana

„Teilst du deine Gedanken mit uns?", frage ich Pierce. Das Frühstück haben alle für beendet erklärt. Keiner scheint mehr Hunger zu haben.

Mein Freund steht auf und macht eine ungeduldige Handbewegung, dass ich es ihm gleichtun soll. „Später. Erst müssen wir James-Dean finden. Hast du eine Ahnung, wo er um die Uhrzeit stecken könnte?"

Ich verstehe nicht.

„Warum willst du zu James-Dean?"

Chris setzt sich aufrechter, ein leicht verwirrtes Lächeln im Gesicht. „Wer ist James-Dean? Ist das ein Spitzname oder heißt der Typ wirklich so?" Sein Kopf bewegt sich von rechts nach links und zurück. „Du schließt schnell Urlaubsbekanntschaften, stelle ich fest. Wenn ich es nicht besser wüsste, würde ich denken, du bist schon Wochen und nicht Tage hier."

„Ich bin eben ein aufgeschlossener Mensch." Pierce greift nach meiner Hand. „Wir sehen uns später", informiert er seinen Freund. „Sobald ich mehr weiß und einiges geklärt habe, melde ich mich."

„Und was mache ich den Tag über? So ganz allein?" Es sieht aus, als würde Chris gerade ein winziges bisschen in Panik geraten.

„Urlaub." Wir setzen uns in Bewegung. „Das wolltest du doch. Deswegen bist du hergekommen", erinnert Pierce ihn.

Kaum sind wir zum Hinterausgang raus, tritt Pierce um die Ecke und bleibt stehen.

„Den sind wir los." Er schlingt die Arme um mich und sieht mir in die Augen.

„Du bist gemein."

„Nur ein bisschen." Seine Lippen berühren meine Stirn. „Er ist ein großer Junge, er wird klarkommen."

„Sicher hast du recht. Darf ich dich erinnern ... du hast dich letzte Woche schrecklich gelangweilt. Schon vergessen? Ein bisschen Verständnis für einen gleichgesinnten Arbeitswütigen würde dir gut stehen."

„Chris braucht kein Verständnis." Pierce stößt einen protestierenden Laut aus. „Er soll sich selbst ein Mädchen suchen, um sich zu beschäftigen."

Der nächste Kuss trifft meine Lippen. Sofort werden meine Knie weich und ich drücke mich fester an die Männerbrust, die mich so alles umschlingend hält. Es ist herrlich. Ich seufze leise und empfinde Enttäuschung, als mein neuer Freund unseren Kuss viel zu schnell beendet.

Gerade will ich protestieren, wir stehen schließlich vor unerwünschten Blicken geschützt, da hält Pierce mich auf.

„Wir müssen James-Dean wirklich finden. Das war kein Spaß. Es ist dringend. Weißt du, wo er stecken könnte?"

Ich runzele die Stirn. „Erklärst du mir, warum wir nach ihm suchen?"

Pierce' Verhalten ist eigenartig.

„Später kann ich dir alles verständlich erklären – versprochen. Aber erst bring mich zu deinem Liebling." Das Wort Liebling betont Pierce auffällig.

„James-Dean ist nicht mein Liebling", beschwere ich mich, setze mich aber in Bewegung. Um die Uhrzeit gibt es nur eine Stelle, wo der Bagagist sein könnte.

„Irgendwie ist er das schon. Du magst ihn und hilfst seiner kranken Mutter. Du hast ihm die Stelle im Hotel besorgt. Wenn das nicht ein Zeichen dafür ist, dass der Junge dir am Herzen liegt, dann weiß ich es nicht."

Pierce hat recht. Irgendwie fühle ich mich für die Familie Makaio verantwortlich. Warum das so ist, kann ich nicht erklären. Ich mochte James-Dean einfach – schon immer. Er ist sympathisch, nett und anders als die anderen Angestellten vom *Lailani Beach Hotel* war er immer hilfsbereit. Wir haben uns von Anfang an gut verstanden.

„Er wird vor dem Hotel sein. Dort, wo die Busse die Touristen absetzen, die vom Flughafen kommen. Um die Uhrzeit werden tagtäglich unzählige Gäste erwartet."

„Gut." Pierce beschleunigt seine Schritte, dass ich kaum mithalten kann.

„Warum haben wir es so eilig?"

„Später, Ananasmädchen."

Als wir James-Dean erblicken, lässt Pierce meine Hand los. „Warte einen Moment hier. Ich hole ihn." Und schon ist er im Getümmel verschwunden.

Was das alles bedeuten soll, ist mir ein Rätsel. Hoffentlich verrennt Pierce sich nicht in einen Plan, der eine Nummer zu groß für ihn ist. Er ist schließlich Anwalt und kein FBI-Agent. Ich hätte nichts dagegen, einfach den Rest seines Urlaubs zu genießen.

Bevor wir zum Frühstück aufgebrochen sind, habe ich Bane eine Nachricht geschrieben und ihn gebeten, für die nächste Woche einen Ersatz für mich zu finden. Außerdem habe ich ihm erzählt, dass ich mit Pierce ein bisschen Zeit verbringen will. Mein Bruder soll sich keine Sorgen machen, wo er beim Essen so verständnisvoll reagiert hat. An dem Abend hat er echte Größe bewiesen. Gerne wiederhole ich mich: Er ist der beste Bruder, den eine Schwester sich wünschen kann.

Huch!

Auf einmal steht ein mies dreinblickender James-Dean vor mir. Pierce hält ihn am Hemd gepackt. Hat er ihn etwa hergeschleift? Grundgütiger! Es ist anscheinend höchste Zeit, ein Machtwort zu sprechen. Irgendwas läuft hier gehörig schief.

„Pierce …“

„Lass uns ein Stück zur Seite und aus dem Gedränge gehen. Was wir zu besprechen haben, ist nicht für jedermanns Ohren bestimmt.“

„Ich muss arbeiten“, beschwert James-Dean sich. Der Protest kommt ihm nur halbherzig über die Lippen.

„Später. Erst muss ich dich etwas fragen. Ich brauche deine Hilfe.“

In zehn Metern Entfernung zur Touristikhaltestelle bleiben wir stehen.

„Wobei soll er dir helfen?“, frage ich und sehe von einem zum anderen. Die Situation ist ähnlich wie eben beim Frühstück. Ständig hinke ich einen Schritt hinterher und verstehe nicht das kleinste Bisschen.

„Kannst du etwas für mich tun?" Pierce hat die Stimme gesenkt und James-Dean sieht zu Boden. Irgendwas ist anders. Die Luft fühlt sich plötzlich dicker an und das liegt nicht an der hohen Luftfeuchtigkeit.

„Kannst du ein Handy für mich stehlen?"

Wie bitte?

Ich glaube nicht, was ich da höre. Weil ich nicht weiß, was ich dazu sagen soll, warte ich ab. Hier muss ein riesengroßer Irrtum vorliegen. Warum fordert Pierce so was Absurdes von James-Dean?

„Sicher", kommt die Antwort von meinem langjährigen Verbündeten aus dem *Lailani Beach Hotel*. Er spricht mit einer Selbstverständlichkeit, als würde er tagtäglich nichts anderes tun. Ich bin platt. Es ist nicht schwer, zu erraten, warum er meinem überraschten Blick ausweicht. Wie kann das sein?

„Brieftaschen sind deine Spezialität. Aber kannst du auch Handys stehlen? Es wäre wichtig. Ich brauche deine Hilfe in einer sehr bedeutenden Angelegenheit. Du schuldest mir was", erinnert Pierce den Jungen, den ich dachte zu kennen.

Verrückt. Das Gesagte haut mich um. Ich bin völlig von den Socken.

James-Dean senkt den Kopf. Er findet augenblicklich großes Interesse an den Fugen zwischen den Gehwegplatten.

„Ich kann Handys oder Brieftaschen stehlen, da ist kein Unterschied. Elektronische Geräte jeglicher Art meide ich, weil die kein Geld einbringen. Ich bin kein Hehler. Geklaute Ware verkaufe ich nicht." Er zuckt mit den Schultern. „Wenn ich ein Handy klaue, kann ich keinen Finderlohn einstreichen, da ich nicht an die

Adresse des Besitzers komme. Bei Brieftaschen ist es anders."

Ich zucke mit jedem Satz mehr zusammen. Das ist ein Schock.

James-Dean hat Pierce die Uhr und die Brieftasche geklaut!

James-Dean hat Christopher die Brieftasche geklaut!

James-Dean ist ein Dieb! Ein Taschendieb.

Oh Gott!

Alle Puzzleteile rutschen an ihren Platz.

Sprechen ist nach dieser Hiobsbotschaft unmöglich. Ich sehe den Jungen, den ich stets bewundert habe, weil er so viel arbeitet und sich um seine Familie sorgt, an. Ich sehe ihn an, kann aber nicht glauben, was er gerade gesagt hat. Nein. Ich muss mich verhört haben. Das stimmt nicht.

„Gut." Pierce nickt zufrieden. Er ignoriert mich und meine Schweigsamkeit, genau wie James-Dean es tut. „Das ist gut", wiederholt er sich und scheint mit den Gedanken woanders zu sein. „Du musst für mich das Smartphone eines Mannes stehlen, der in den nächsten Tagen ins *Lailani Beach Hotel* kommt. Sobald ich weiß, wann genau das sein wird, lasse ich dir eine Nachricht zukommen." Er klopft James-Dean, der nun ebenfalls ratlos dreinschaut, auf die Schulter. „Wenn unser Plan funktioniert, hast du jeden Schaden, den du in den letzten Wochen und Monaten angerichtet hast, wieder ausgebügelt."

Mir fehlen immer noch jegliche Worte.

„Ich will nicht an etwas Ungesetzlichem beteiligt sein", kommt unverzüglich der Protest.

Pierce fängt lauthals an zu lachen. Er hält sich sogar den Bauch.

„Hast du das wirklich gerade gesagt?“, fragt er und lacht weiter. „Du tust jeden Tag Ungesetzliches, wenn du den Touristen ihre Brieftaschen klaust.“

„Schreien Sie es noch lauter über den Parkplatz“, beschwert James-Dean sich im Flüsterton und blickt sich über die Schulter.

„Sei unbesorgt. Diesmal arbeitest du für die Guten. Mit deiner Hilfe werden wir ein paar schlimme Umweltsünder zur Strecke bringen. So hoffe ich jedenfalls.“ Pierce wirkt überaus zufrieden.

Was soll ich von alledem halten? Sonderbare Gespräche wie diese bekomme ich für gewöhnlich nie zu hören. Ich fühle mich, als würde ich gerade einen Film schauen. Einen Blockbuster, bei dem ich live am Rand stehe und zugucken darf, wie die Schurken den nächsten Coup planen. Träume ich? Das kann unmöglich wahr sein. Ich sollte mich kneifen, um zu überprüfen, ob ich wach bin.

„Geh zurück an die Arbeit“, entlässt Pierce den Taschendieb. „In den nächsten Tagen, ich kann noch nicht genau sagen wann, bekommst du eine Nachricht. Halte dich bereit.“ Ein strenger Blick folgt den Worten. „Mach bis dahin keinen Blödsinn.“

„Natürlich nicht.“

Selbst ich höre den Sarkasmus heraus. Ohne mich anzusehen, geht James-Dean und lässt mich und Pierce stehen. Das tut weh. Offensichtlich sind wir doch keine Freunde. Jedenfalls keine richtigen. Wenn er schon nicht mit mir reden kann, könnte er mich wenigstens ansehen. Ein entschuldigender Blick hätte gereicht. Zumindest wäre ich so in der Lage, Verständnis zu empfinden.

„Sei nicht traurig." Pierce legte eine Hand auf meine Schulter und drückt sanft zu. „Der Junge schämt sich für das, was er getan hat. Deswegen kann er dir nicht in die Augen sehen."

Ich hole tief Luft und atme lange aus.

„Vermutlich hast du recht", sage ich, während ich ihm nachschaue. „Wie hast du herausgefunden, dass er deine Brieftasche geklaut hat?"

Pierce sucht meine Hand und zieht mich zu dem schmalen Weg, der am Hotel vorbei zum Strand führt. „Ich habe ihn beim Geldzählen erwischt und ihn zur Rede gestellt." Er zögert. „Der Junge ist kein übler Bursche. Denk nicht schlecht über ihn. Aus der Not heraus wird jeder erfinderisch. Wenn es dich tröstet, er war nur scharf auf den Finderlohn. Sämtliche Brieftaschen hat er den Besitzern zurückgegeben. Zumindest behauptet er das."

„Finderlohn?"

„Ja. Finderlohn und Bargeld, darauf war dein Liebling scharf. Ausschließlich."

Ich ignoriere den Liebling. Möglicherweise ist James-Dean nicht mehr mein Liebling. Schwer zu sagen. Abwarten.

„Und weil er mit seiner Masche Erfolge erzielt, hast du es gleich an deinem Freund ausprobiert."

Das ist unglaublich. Sachen gibt's ...

Pierce grinst so breit und schadenfroh, wie ich es noch nie gesehen habe.

„Ja. Und ich habe es in vollen Zügen genossen. Chris kann es verkraften. Er würde es mir nicht übelnehmen, selbst wenn er von dem Streich wüsste." Ein Schnaufen ist zu hören. „Glaub mir, er hätte es genauso gemacht, wäre er in der Situation gewesen."

Männer! Eine sonderbare Spezies. Dazu fällt mir nichts ein. Ich bin sowieso ratlos. Zu viele Informationen in zu kurzer Zeit sorgen dafür, dass mein Gehirn nicht hinterherkommt. Alle Daten müssen erst verarbeitet werden, bevor ich begreifen kann.

„Wie willst du es schaffen, deinen Vater nach Hawaii zu holen? Er soll schließlich keinen Verdacht schöpfen."

Wir haben mittlerweile den Strand erreicht. Das Wetter ist heute angenehm. Die Sonne ist erträglich und ein Regenschauer scheint nicht in Sicht zu sein.

Pierce lässt meine Hand los und beginnt seine Schuhe auszuziehen. „Soll ich dir etwas verraten?" Mit wenigen Handgriffen krempelt er die Hosenbeine hoch.

„Ja bitte."

Da ich mein Kleid von gestern trage, brauche ich nur aus meinen Sandalen zu schlüpfen und schon bin ich strandtauglich.

„Ich habe keine Ahnung." Pierce richtet sich mit bedrückter Miene auf und nimmt die Schuhe in eine Hand. Die andere reicht er mir. Gemeinsam gehen wir zum Wasser. „Das ist das größte Problem an meinem ach so schönen Plan. Die große Erleuchtung lässt noch auf sich warten. Wir werden scheitern, sollten wir meinen Vater nicht herlocken können. Hundertprozentig. Nur hier auf Hawaii, mit James-Deans Hilfe, könnte es klappen. Es ist die einzige Möglichkeit."

Wir sitzen tief in der Patsche.

„Kannst du ihn nicht anrufen und bitten, zu kommen? Nach dem Motto: Auspannen muss jeder mal." Manchmal sind es die einfachen Auswege, die einem nicht einfallen.

Pierce hebt unsere verschränkten Hände und küsst in einer liebevollen Geste meine Fingerknöchel.

„Du kennst meinen Vater nicht. Er macht keinen Urlaub. Hobbys findet er überflüssig. Und Freunde …? Freunde hat er nur wenige, die er hauptsächlich beruflich trifft. Sein Leben ist ganz der Juristerei gewidmet."

„So wie bei dir", rutscht es mir raus. Sollte Pierce Hobbys haben, kenne ich sie nicht. Noch nicht.

„Genau. So wie bei mir." Er lächelt, in sich gekehrt. „Aber ich hatte Glück. Mich hat das Schicksal auf die Insel geführt. Direkt zu dir."

Seine Worte klingen weich und ich fühle mich plötzlich seltsam beschwingt. Oh Gott. Wenn Pierce weiter solche Sachen sagt, möchte ich ihn nächste Woche nicht gehen lassen. Ich muss aufpassen, mein Herz nicht zu verlieren. Ein Stück hat er sich schon heimlich genommen.

Wir nähern uns dem Wasser, jeder in seine Gedanken versunken.

„Du könntest einen Unfall vortäuschen und das Hotel bitten, sich mit deinem Vater in Verbindung zu setzen. Wenn er denkt, dass du im Krankenhaus liegst, kommt er bestimmt", versuche ich mich abzulenken. Pierce' Nähe ist zu verlockend. „Allerdings wäre das eine ziemlich krasse Lüge." Entsetzt über meine haarsträubenden Ideen schüttele ich den Kopf. „Stopp. Das ist ein dummer Vorschlag. Vergiss ihn wieder."

Ich muss verrückt sein, etwas Derartiges in Erwägung zu ziehen. Mein Vater würde ausrasten, würde ich eine solche Show mit ihm abziehen. Umgehend bekäme ich Stubenarrest, mindestens einen Monat. Dass ich mit meinen fünfundzwanzig Jahren zu alt dafür bin, wäre Philipo Keoki herzlich egal.

Pierce schweigt einen Moment, bevor er antwortet.

„Ich wäre nicht mal sicher, ob mein Vater dann nach Hawaii käme. Steckt er tief in einem Fall, ist er unabkömmlich. Selbst für mich. Er würde jemanden schicken, das sicherlich, aber selbst herfliegen … nein. Das würde mich überraschen."

Wie traurig. Die Worte lösen Mitgefühl in mir aus. Mein Vater würde für mich um die Welt reisen, wenn er wüsste, dass es mir schlecht geht. Genau wie Bane. Die Keoki-Familie kann nichts aufhalten. Keine noch so große Herausforderung. Jeder Einzelne würde helfen und alle Hebel in Bewegung setzen, um für den anderen da zu sein. Dass Pierce eine andere Erfahrung machen muss, ist bedauerlich und irgendwie schrecklich. Am liebsten würde ich ihn spontan in unserer Familie aufnehmen.

Das Gespräch hat uns eindeutig die Stimmung verdorben. Eine Schwere, die eine gehörige Portion Trübsinn beinhaltet, liegt zwischen uns. Warum muss alles kompliziert sein?

Gerade überlege ich, was ich sagen kann, um Pierce aufzuheitern, da zieht er mich in seine Arme und hält mich fest an sich gedrückt. Mit den Füßen stehen wir im Wasser. Die Wellen schlagen um unsere Waden und die Sonne scheint. Der Moment könnte nicht schöner sein.

„Bist du schon mal bekleidet schwimmen gegangen?“

Was ist das für eine merkwürdige Frage?

„Wenn ich surfe, trage ich meist einen Rash Guard“, antworte ich argwöhnisch, ohne den Blick aus seinem Gesicht zu nehmen.

Was hat er vor?

Zu spät. Pierce marschiert mit mir im Arm tiefer ins Meer hinein, dabei grinst er durchtrieben.

„Nein! Pierce! STOPP! Ich habe nur das eine Kleid und keine Sachen zum Wechseln, wenn es nass wird …“

Zu mehr Protest komme ich nicht, weil der Mann, der mich fest umschlungen hält, sich übermütig in die Fluten stürzt. Er fixiert mich, als wolle er, dass ich komplett untertauche. Dabei scheint es ihm völlig egal zu sein, dass er selbst nass wird.

Dieser Schwerenöter. Na warte! Er hat es nicht anders gewollt. Im Meer fühle ich mich wie zu Hause. Als erfahrene Surferin befinde ich mich auf vertrautem Terrain. Er nicht.

Kaum tauche ich mit dem Kopf aus dem Wasser, lasse ich mich auf ihn fallen, stoße ihn zurück und drücke seinen Oberkörper nach unten. Na bitte, wer sagt's denn? Da Pierce nicht damit gerechnet hat, dass ich auf seine Albernheit anspringe, gelingt es mir, ihn zu überrumpeln. Perfekt. Ein Punkt für mich. Der Sieg ist nah.

Als der freche Kerl wieder hochkommt, grinst er und peitscht mir postwendend eine Ladung Wasser ins Gesicht.

Auch gut. Ich schlucke das salzige Nass. Damit wäre die Wasserschlacht eröffnet. Er will kämpfen? Ich bin bereit.

Lass uns spielen.

16

Ana

Ich sitze in Pierce' Leihwagen auf dem Beifahrersitz und grinse. Bestimmt sieht es dämlich aus, vor allem in der Kombination mit den Klamotten, die ich trage. Aber es ist mir herzlich egal. Ich bin glücklich, habe Spaß und freue mich einfach. Da kann eine Frau schon mal dämlich in sich hineingrinsen.

„Alles klar bei dir?" Pierce wirft mir einen Seitenblick zu und sieht danach wieder auf die Straße.

„Yep." Ich zupfe an einem T-Shirt, das Pierce gehört und mir bis zu den Oberschenkeln reicht, wenn ich aufstehe. Dazu trage ich die bunten Surfershorts, die ich am zweiten Tag bei ihm gesehen habe. Gut, dass die Shorts im Bund eine Kordel haben, sonst würden sie mir vom Körper fallen. Ich sehe lächerlich aus. Trotzdem glaube ich, ein zufriedenes Funkeln in Pierce' Augen entdeckt zu haben, als ich eben aus dem Badezimmer kam. Es scheint ihm eine Freude zu bereiten, dass ich seine Sachen trage. Dass sie viel zu groß sind, ist offenbar nebensächlich.

Mit gefällt es auch. Das T-Shirt riecht nach ihm und seinem Aftershave. Wenn ich es später stylisch vor dem Bauch knote, könnte ich es sogar anbehalten.

„Vorne an der Ecke musst du links abbiegen."

Pierce befolgt meine Anweisung und lenkt den Wagen in die Zufahrt zur Plantage. Weil ich gestern keine Ersatzkleidung mitgenommen habe, muss ich mich dringend umziehen. Außerdem möchte ich ein paar Sachen für die nächsten Tage einpacken. Ich habe nämlich beschlossen, für den Rest seines Urlaubs bei Pierce im Hotel zu bleiben. Allein der Gedanke löst etwas in mir aus, was ich kaum beschreiben kann. So, wie ich mich gerade fühle, habe ich mich noch nie gefühlt. Als wäre ich auf dem Trip einer sehr berauschenden Droge. Meiner ganz persönlichen Pierce-Droge.

Ich zupfe an meinem T-Shirt, das vorne nasse Flecken aufweist. Meine Haare sind noch nicht getrocknet und haben feuchte Sprenkel hinterlassen. Womöglich wäre es schlauer gewesen, sie hochzubinden.

Der Stoff klebt an mir und macht sehr deutlich, dass ich momentan keinen BH trage. Pierce' Blick zufolge ist das ein höchst willkommener Umstand.

Sobald ich in meinem Zimmer bin, werde ich einen Bikini unter meine frischen Sachen ziehen. Ich möchte vorbereitet sein, wenn ein übermütiger Pierce mich das nächste Mal ins Meer wirft.

Dieses Bravourstück war ein Spaß. So ausgelassen habe ich zuletzt als Kind getobt. Oder besser gesagt, Bane hat mit mir gebalgt. Leider war ich nie stark und groß genug, um eine Chance gegen ihn zu haben. Heute habe ich gewonnen. Pierce ist ein grauenhafter Schwimmer. Sport ist nicht seine Stärke. Aber was soll man von einem Anwalt auch erwarten? Es wird interessant werden, zuzusehen, wie Pierce sich auf einem Surfbrett macht. Ich habe mir fest vorgenommen, es ihm zu zeigen, bevor er zurück nach Chicago fliegt. Seine erste Stunde soll er in jedem Fall von mir bekommen.

„Du kannst dort halten." Ich zeige auf einen freien Parkplatz und beuge mich zu ihm, sobald der Motor aus ist. Übereilt drücke ich ihm einen Kuss auf die Wange. „Gib mir fünf Minuten. Es geht ganz schnell."

Bevor er mehr als ein flüchtiges Küsschen verlangen kann, habe ich die Tür aufgestoßen und die Beine herausgeschwungen.

„Beeil dich", fordert er mich auf und klingt schon jetzt ungeduldig.

Mein dämliches Lächeln verbreitert sich.

„Zu Befehl." An die Stirn tippend zeige ich ihm meine Zähne. Er grinst zurück.

Du meine Güte. Wir sind nicht zu retten. Verschossen ist das einzige Wort, das mir zu unserem überdrehten Verhalten einfällt. Wir sind total ... *leidenschaftlich*. Leidenschaftlich verschossen. Durchgeknallt eben. Ist doch klar.

Schnell weg, bevor ich etwas sage, dass mir später peinlich ist. Ich schlage die Tür zu und sprinte zum Eingang. Dabei lege ich vorsichtshalber einen Arm über meine Brust. Ohne BH renne ich nicht gerne. Obwohl ich nicht übermäßig viel Holz vor der Hütte habe, finde ich es unangenehm.

Eigentlich sollte mich das Glück den ganzen Tag begleiten. So habe ich es geplant. Dummerweise laufe ich, kaum dass ich durch den Eingang getreten bin, Keanu in die Arme.

Teufel!

Das muss am Karma liegen. Oder an der Konstellation der Sterne. Eine andere Begründung kommt mir nicht in den Sinn.

Ich unterdrücke ein Stöhnen, das ich mit einem Augenrollen kombinieren würde, wenn ich nicht so in Eile wäre. Warum ist er hier? Und warum muss ich ihn treffen? In diesem Augenblick – und ohne BH? Früher bin ich ihm nur selten über den Weg gelaufen. Aber jetzt ... irgendwie ist der Wichtigtuer ständig da.

Ich vermute Absicht dahinter. Keanu hat noch nicht aufgegeben und sucht nach Gelegenheiten, mir über den Weg zu laufen.

Heute hat er es geschafft. Leider.

„Hallo, Ana", begrüßt er mich und lässt seinen Blick über meinen Körper wandern. Natürlich fällt ihm meine sonderbare Kleidung auf. Seine Miene verzieht sich und die abwertenden Gedanken sind nicht zu übersehen. Es gefällt ihm nicht, wie ich aussehe. Mir ist es herzlich egal, was er denkt.

„Hallo, Keanu." Ich gehe an ihm vorbei und hebe das Kinn ein winziges Bisschen. „Zurück, um Banes Hausaufgaben abzuschreiben?"

Zugegeben, das war ein kindischer Spruch, ein verbaler Tiefschlag. Mittelstufenniveau würde ich vermuten. Aber ich bin so guter Laune und nicht bereit, mir die durch seine Anwesenheit verderben zu lassen. Gott, wie ich den Kerl in den letzten Tagen hassen gelernt habe. Und das, obwohl ich meine Mitmenschen niemals hasse. Wirklich nie. Ich gehöre zu den umgänglichsten Menschen, die es auf dem Planeten gibt.

Schnell weg, bevor er antworten kann. Meine Kontrolle hängt am seidenen Faden.

„Ist das dein Ernst?"

Ich bleibe stehen und drehe mich mit einem Seufzen um. Meinen Arm lasse ich, wo er ist. Das Letzte, was ich will, ist, dass Keanu meine Brustwarzen durch den feuchten Stoff schimmern sieht. Bei dem Gedanken bekomme ich eine Gänsehaut, obwohl mir nicht kalt ist.

„Nein." Ich schlucke und hoffe, dass Pierce im Auto bleibt, auch wenn ich länger als fünf Minuten brauche. „Natürlich bist du wegen etwas anderem hier. Entschuldige meinen vorlauten Kommentar."

Das sollte ausreichen. Ich bin stolz auf mich, weil der Sarkasmus kaum rauszuhören ist. Gut gemacht. Gefahr gebannt.

„Bist du in einer späten Trotzphase?" Die Stimme klingt alles andere als gelassen.

„Wie bitte?" Habe ich mich verhört?

Keanu macht einen Schritt auf mich zu. Ich bleibe stehen, da er nicht denken soll, dass ich mich von ihm einschüchtern lasse.

„Na, die Aufmachung ...", er deutet auf Pierce' Surfershorts, „... und der Tonfall lassen stark darauf schließen."

Was für ein Idiot. Er legt es wahrhaftig auf einen Streit an.

„Ich denke, was ich mache oder wie ich mich verhalte, geht dich nichts an."

Mit Schwung drehe ich mich um und will gehen, bevor das Ganze eskaliert, aber wieder hält Keanu mich auf. Er greift sogar nach meinem Arm und packt fest zu. Langsam aber sicher überspannt er den Bogen. Anfassen ist ein absolutes No-Go.

Mit einem Ruck entziehe ich ihm meinen Arm. „Lass mich los."

„Ana! Siehst du das nicht? Du besuchst mit diesem arroganten Anwaltsschnösel ein Abenteuerland. Ein

Abenteuerland!", wiederholt er sich und schüttelt verständnislos den Kopf. „Das ist wie ein Vergnügungspark für Erwachsene, der das Schlafzimmer mit einschließt."

Mir klappt der Mund auf. Ich weiß nicht, was ich sagen soll. Das ist echt die Höhe! Eine Frechheit! Mir fehlen die Worte.

„Zur Hölle! Ich habe sogar Verständnis", redet Keanu weiter. „Der Typ sieht gut aus, außerdem trägt er einen maßgeschneiderten Anzug. Vermutlich ist er untenrum gut ausgestattet." Eine Handbewegung folgt, falls ich nicht verstehen sollte, was gemeint ist.

Ich klappe den Mund zu, kann aber immer noch nicht reden. Was passiert hier gerade? Das Blut rauscht mir in den Ohren und zeigt mir, dass mein Blutdruck in den letzten Sekunden stark angestiegen ist.

Ein Scherz. Ein Scherz, etwas anderes kann es nicht sein. Bestimmt kommt Bane gleich aus seinem Büro gestürmt und ruft: *Überraschung. Reingelegt!*

„Hab Spaß und Sex in den nächsten Tagen." Mein Gegenüber lächelt gönnerhaft, als bräuchte ich eine Genehmigung von ihm. „Und dann komm zu mir, wenn die Wirklichkeit dich einholt. Übernächste Woche oder so." Er hebt einen Daumen. „Ein Hoch auf die Realität!"

Was für ein Arsch!

Selbstverständlich weiß ich, dass man Arsch nicht sagt. Ich bin schließlich gut erzogen. Aber jetzt muss ich es einfach denken. Keanu *ist* ein Arsch. Ein großer.

„Du vergisst etwas." Mein Zeigefinger tippt wie eine spitze Nadel in seine Brust. „Wenn ich möchte, kann ich von einem Abenteuerland ins nächste reisen. So oft und so viel ich will – Extrafahrten ins Schlafzimmer inklusive. Ich muss schließlich nicht an Heiligabend heiraten."

Bam!

Das hat gesessen. So hoffe ich zumindest. Keanus Miene fällt in sich zusammen. Mit der Aussage habe ich einen wunden Punkt getroffen. Jetzt ist er sauer. Stinksauer. Die Ader an seiner Schläfe fängt an zu pulsieren. Gut so. Ich bin auch sauer. Da haben wir etwas gemeinsam.

„Ana, hörst du dir eigentlich zu? Du bist fünfundzwanzig und kein notgeiler Teenager. Du bist erwachsen. Also verhalte dich auch so." Eine übertriebene Portion Fassungslosigkeit untermalt die Worte.

Es ist zwecklos. Keanu ist ein hoffnungsloser Fall. Er muss als Kind zu wenig Zuwendung bekommen haben. Anders lässt sich das nicht erklären. Wie kann Bane mit so einem befreundet sein? Weiß er überhaupt von Keanus Dachschaden?

Stopp! Das ist alles nicht mein Problem. Die Lust, hier zu stehen und zuzuhören ist aufgebraucht. Noch ein Wort und mein Innerstes platzt. Mein Blutdruck ist bereits höher, als gut für mich ist. Ein Kurzschluss in meinem verdammten Sicherungskasten steht bevor.

Ohne nachzudenken oder einen Kommentar abzugeben, mache ich auf dem Absatz kehrt und verlasse die Eingangshalle. Ich drehe mich nicht um oder hole meine dringend benötigten Sachen. Ich gehe zu Pierce und lasse Keanu stehen. In dem Zustand, in dem ich mich befinde, hätte ich eh nichts Passendes in meinem Kleiderschrank gefunden.

Später kann ich wiederkommen, wenn keine unerwünschten Besucher im Haus sind und mein Gemüt auf Normaltemperatur runtergekühlt ist. So schlecht steht mir Pierce' T-Shirt schließlich auch nicht.

Das Autoradio plärrt ohrenbetäubend, als ich die Tür des Leihwagens öffne. Mein Freund scheint seine eigene Party zu feiern. Er ist eindeutig im gleichen Abenteuerland wie ich. Was für ein Glück ich doch habe.

„Fahr los!", ist das Einzige, was ich sage, während ich einsteige, die Tür zuknalle und mich anschnalle. Am liebsten würde ich selbst fahren und ordentlich auf die Tube drücken.

Pierce hat kein Problem, das für mich zu übernehmen. Kommentarlos folgt er meinem Befehl. Er ist ein guter Autofahrer und erfüllt mir meinen Wunsch, kaum dass ich ihn darum gebeten habe. Ich weise ihm den Weg und wenig später fliegt die Landschaft vorbei und ich entspanne mich. Langsam, aber stetig.

„Verrätst du mir, was passiert ist?", fragte er, nachdem wir eine halbe Stunde gefahren sind. „Ich liebe es, meine Klamotten an dir zu bewundern. Aber wolltest du dir nicht etwas aus deinem Kleiderschrank holen? Etwas Passenderes?"

Ich bin mir nicht sicher, ob ich schon gelassen genug bin, um ruhig zu antworten. Trotzdem versuche ich es.

„Mein Plan hat sich geändert, als ich Keanu in der Eingangshalle über den Weg gelaufen bin."

Mehr sage ich nicht.

„Okaaay." Pierce umfasst das Lenkrad fester. „Will ich wissen, was der seltsame Kerl von sich gegeben hat?"

Plötzlich muss ich grinsen. Sogar ziemlich breit und übertrieben. „Zusammengefasst: Er wünscht mir viel

Spaß mit dir und bittet mich, übernächste Woche zu ihm zu kommen, damit wir gemeinsam in der Realität leben können."

Kaum ausgesprochen, werden Pierce' Fingerknöchel weiß. Gleich zerquetscht er das Lenkrad.

„Außerdem hat er gesagt, dass du gut bestückt bist." Wie irre lache ich und lege den Kopf an die Stütze. „Hat er dich schon nackt gesehen? Ich wusste gar nicht, dass Männer, kaum dass sie sich zum ersten Mal treffen, einen Schwanzlängenvergleich durchführen." Das Bild, das dabei in meinem Kopf entsteht, lässt mich haltloser lachen. „Da würde ich gerne Mäuschen spielen."

Ana, reiß dich zusammen. Du benimmst dich unmöglich.

Mein Lachen verstummt.

„Das ist nicht witzig", bestätigt Pierce, was ich längst weiß. „Der Nullchecker ist nerviger, als ich gedacht habe."

Mein Freund drückt aufs Gaspedal und überschreitet die Höchstgeschwindigkeit. Am liebsten würde ich laut *Ja* rufen. Die Geschwindigkeit ist berauschend. Fix öffne ich das Fenster und strecke meine Hand hinaus. Wie gerne würde ich in diesem Moment mit Pierce den Platz tauschen, denke ich erneut. Ich liebe schnelles Autofahren. Es entspannt.

Wir rasen die Küstenstraße entlang und schweigen. Auch Pierce hat sein Fenster heruntergelassen, sodass die Fahrgeräusche jedes Gespräch ersticken würden. Ich deute auf ein Schild, das die nächste Abzweigung ankündigt.

„Da abfahren", schreie ich gegen den Wind an.

Pierce nickt und folgt weiter meinen Anweisungen, sodass wir wenig später auf einen gut besuchten Parkplatz biegen. Er stellt den Motor ab und atmet tief durch.

„Dort unten", ich zeige auf den Strand, „gibt es ein kleines Restaurant, welches frisch gebrühten Kaffee und selbstgebackenen Kuchen serviert. Hast du Lust?"

„Ja. Natürlich." Pierce sieht hoch und ich erkenne in seiner verkniffenen Miene, dass ihm Keanus Bemerkung quer sitzt. Seine Entspannung ist nur vorgetäuscht.

„Dann komm." Ich tippe ihm auf den Oberschenkel und überprüfe die Kordel an den Surfershorts, bevor ich aussteige. Nicht dass ich gleich unten ohne dastehe.

Händchenhaltend gehen wir zum Strand. Bis zum Restaurant müssen wir ein paar Meter laufen.

„Lassen wir uns von Keanu nicht den Vormittag verderben. Uns bleiben schließlich nur noch wenige gemeinsame Tage. Der Kerl ist es nicht wert."

„Stimmt." Pierce schaut aufs Meer hinaus und wirkt nachdenklich. „Meinen Urlaub ... hier bei dir ... ich könnte ihn verlängern", platzt es plötzlich aus ihm heraus. „Ich müsste telefonieren, aber ..." Er beendet den Satz nicht.

Das nächste Lächeln schleicht sich von selbst in mein Gesicht. Diesmal ist es ein seliges.

„Es wäre schön, wenn wir länger Zeit hätten, aber es ändert nichts daran, dass dein Urlaub auf O'ahu befristet ist und du nach Chicago zurückkehren musst. Ob in einer Woche oder in zwei. Es macht keinen Unterschied."

Pierce nickt und seufzt. Er weiß, dass ich recht habe. Es ist ein Liebesabenteuer, ein Flirt, oder wie Keanu es treffend ausgedrückt hat, eine Runde im Abenteuerland. Das ist es, was wir bekommen. Nicht mehr und nicht weniger.

Realität ist keine Träumerei. Wir leben in zwei verschiedenen Welten. Ich auf Hawaii und er in Chicago.

„Lass uns etwas essen. Ich habe Hunger." Pierce hebt meine Hand und küsst die Fingerknöchel, wie er es eben schon getan hat. Offensichtlich hat er beschlossen, nicht länger über dieses Problem oder ein anderes nachzudenken. „Und danach gehen wir shoppen."

„Hä?" Den Themenwechsel verstehe ich nicht. „Was shoppen wir?"

Pierce wirkt plötzlich besser gelaunt und deutet auf das T-Shirt, welches ich vor dem Bauch geknotet habe. „Du brauchst was anderes zum Anziehen. Für ein Strandrestaurant reicht die Aufmachung. Aber für den Rest der Woche brauchen wir mehr."

Wie unglaublich lieb von ihm. Mir geht das Herz auf.

„Das ist nicht nötig", wiegele ich ab, weil ich nicht möchte, dass er Geld für mich ausgibt. „Ich besitze genug zum Anziehen. In ein paar Stunden wird Keanu verschwunden sein. Dann fahre ich zur Plantage und hole mir, was ich brauche."

„Nein." Ein Wort, hart und schnell ausgesprochen.

„Nein?"

„Genau. Du hast mich richtig verstanden. Bleib bei mir und lass mich dich einkleiden. Meine Kreditkarten sind wieder da, sodass ich dir mehr bieten kann als ein hässliches Hawaiihemd aus dem Hotelshop." Sein Tonfall ist bittend. Es scheint ihm wichtig zu sein.

„Warum?“

Wenn er darauf bestanden und den tonangebenden Protz herausgekehrt hätte, wäre es leichter, abzulehnen. Aber so ...

„Weil ich es möchte.“ Er drückt meine Hand und bleibt stehen. Wir sind längst am Restaurant angekommen. „Lass mich dir etwas schenken. Etwas, das dich an mich erinnert, wenn ich weg bin. Bitte.“

Oh Gott! Die Worte, im verzweifelten Tonfall ausgesprochen, lassen mein Innerstes zerfließen. Jetzt hat er sich ein weiteres Stück von meinem Herz genommen.

Pierce Gifford Huxley jun. weiß eine Frau zu beeinflussen. Ich bin nah am Wasser gebaut und muss ein paar locker sitzende Tränchen zurückhalten. Meine Nase läuft, also ziehe ich sie hoch.

„Na gut“, willige ich ein und schlucke den Kloß in meinem Hals hinunter. „Du darfst mir Kleidung kaufen. Mir gefallen kurze Jeansshorts mit Löchern“, kläre ich ihn auf.

Zufrieden mit meiner Antwort tätschelt Pierce meinen Po. „Das habe ich bemerkt. Ich liebe deine kurzen Shorts, Ananasmädchen.“

Bevor wir zum Kuchenessen gehen, besiegeln wir unser Abkommen mit einem Kuss.

17

Pierce

Als ich gegen neun Uhr die Bar erreiche, bin ich ziemlich erledigt. Der Tag war lang und hatte einige Höhen und Tiefen. Zum Frühstück das Gespräch mit Chris, dann die Zusammenkunft mit James-Dean, wenig später der Aufbruch zur Plantage, um für Ana Sachen zu holen und dann ... bis vor zwei Stunden ... das Shopping. Ein Schmunzeln bildet sich auf meine Lippen. Dafür, dass ich nicht zu den Männern gehöre, die oft mit ihren Freundinnen shoppen gehen, habe ich mich wacker geschlagen. Es ist nicht so stressig und nervenaufreibend, wie ich befürchtet hatte.

Möglicherweise lag es an Ana. Es war leicht, sie glücklich zu machen. Anders als erwartet, hat es sogar Spaß gemacht. Sie hat sich nur wenige und wenn, sehr preisgünstige Sachen ausgesucht. Das Sommerkleid, das ich im Schaufenster gesehen habe, habe ich ihr förmlich aufdrängen müssen. Da ich ein aufmerksamer Shoppingpartner bin, habe ich gleich zu Anfang auf ihre Größe geachtet und später noch ein paar von diesen modisch verschlissenen Shorts, die sie so liebt, zur Kasse getragen. Ich liebe Anas Po in den ultrakurzen Shorts. Meinetwegen könnte sie den ganzen Tag darin herumlaufen.

Obwohl alles wunderbar gelaufen ist und das Restaurant am Strand großartig war, geht mir das Problem mit meinem Vater nicht aus dem Kopf. Ich finde keine Lösung. Mir fällt kein Grund ein, der ihn zwingen würde, herzukommen. Was nützen mir James-Deans Fähigkeiten, wenn mein Vater nicht da ist?

Es ist zum Verzweifeln.

Und als wäre das nicht schon schlimm genug, muss ich in den Momenten, in denen ich nicht an meinen Vater denke oder Ana mich mit ihrem Liebreiz ablenkt, an diesen Farrow denken.

Wird er Ana zusetzen, sobald ich abgereist bin? Ich würde mein neues buntes Hemd darauf verwetten, dass dem so ist. Ana ist eine starke Frau, ich traue ihr einiges zu. Sie weiß, was sie will und kann sich verteidigen. Das hat sie mir gezeigt, jeden Tag. Trotzdem möchte ich nicht, dass sie gegen diesen Idioten und seine schrägen Absichten ankämpfen muss. Wird ihr Bruder Partei für sie ergreifen? Ich kenne ihn zu wenig, um zu wissen, auf welche Seite er sich stellen wird. Sicher ist auf jeden Fall, dass Bane Keoki in einem Zwiespalt steckt. Schließlich studiert er seit Jahren gemeinsam mit seinem Freund. Er scheint ihm wichtig zu sein. Wichtiger als seine eigene Schwester? Das hoffe ich nicht.

Bei dem Gedanken wird mir kalt. Es schüttelt mich regelrecht.

Am liebsten würde ich etwas tun. Vorsorglich. Ein Schreiben aufsetzen. Irgendwas finden, was ich Ana dalassen kann, damit sie ein „Drohmittel" hat, falls Keanu auf dumme Ideen kommt. Eine Absicherung, einen Schutz. Etwas Greifbares, mit dem sie Angst und

Schrecken verbreiten kann. Sie soll diesen Armleuchter auf keinen Fall heiraten müssen. Auch nicht aus einem Pflichtgefühl heraus. Niemals! Leider kenne ich die Familie Keoki zu wenig, um sie dahingehend einschätzen zu können. Hoffentlich ist ihr Bruder auf ihrer Seite.

Ein langer und tiefer Seufzer bricht aus mir heraus und untermalt meinen aktuellen Gemütszustand. Seit wann fühlt sich der Urlaub nicht mehr wie Urlaub an? Wann hat sich die Langeweile verabschiedet? Es muss still und heimlich passiert sein.

Ich sehe Chris an der Bar sitzen und gehe auf ihn zu. Er hat mir eben geschrieben und mich gebeten, zu kommen und ihm Gesellschaft zu leisten. Womöglich ist die Ablenkung genau das, was ich jetzt brauche. Wenn der Kopf frei ist, kommen die Ideen von allein. Ich will das Urlaubsgefühl zurück.

„Hey", begrüße ich meinen Freund, der bereits ein Bier in den Händen hält. „Schönen Tag gehabt?"

„Yep. Du auch?" Er wirft einen Blick über meine Schulter und grinst frech wie eh und je. „Wo ist deine Angebetete?"

„In der Dusche." Ich setze mich auf den Hocker neben ihn. „Sie kommt, sobald sie fertig ist."

„Darf ich dich auf ein Bier *einladen*?", stellt mein Freund die Frage mit einem Zwinkern.

„Gern", erwidere ich und muss schmunzeln, weil er das Wort einladen betont. Ich fühle mich schon besser. Chris wird mich ablenken. Da bin ich sicher.

„Mich wundert, dass du ohne weibliche Begleitung hier sitzt. War dein Tag nicht erfolgreich? Musstest du ihn allein verbringen?"

Das ist bei Christopher T. Markham schwer vorstellbar. Schließlich laufen ihm die Frauen in Scharen hinterher und betteln um seine Gesellschaft.

Mein Freund lässt sich nicht in die Karten schauen. „Der Tag war sogar sehr erfolgreich“, informiert er mich, redet aber danach nicht weiter. Das ist ebenfalls total untypisch für Chris. Für gewöhnlich kann er mit jeder Frau mithalten, was die Anzahl der am Tag gesprochenen Wörter angeht. Diese Schweigsamkeit ist sonderbar und macht mich neugierig. Irgendwas ist passiert. Was verheimlicht er mir?

„Obwohl du ein klein wenig gestresst wirkst, siehst du ekelhaft verliebt aus“, wechselt Chris geschickt das Thema. „Bahnt sich da was Ernstes an?“ Er hebt eine Augenbraue und fordert mich auf, zu erzählen.

Der Barkeeper schaut zu mir herüber und ich bestelle ein Bier, indem ich auf Chris’ Flasche deute.

„Ich weiß es nicht“, antworte ich ehrlich. „Es ist zu früh, um darüber nachzudenken. Morgen kennen Ana und ich uns eine Woche.“

„Eine Woche? So lange schon?“ Chris nickt übertrieben mit verzogenem Mund und ich gebe ihm einen spielerischen Schlag auf den Hinterkopf.

„Mach dich nicht lustig“, fahre ich ihn an.

„Würde ich nie, Bro. Es soll Männer geben, die weniger Zeit brauchen, um ihre Traumfrau zu finden.“

„Woher hast du die Information?“, frage ich argwöhnisch. Chris gehört nicht zu den Menschen, die sich im Bereich *Traumfrau fürs Leben* auskennen.

Der Schlaukopf zuckt mit den Schultern. „Keine Ahnung. Ausgedacht. Ich habe noch keinen Mann getroffen, der so schnell in die Falle getappt ist. Du bist der
erste.“

„Idiot.“

„Ich wollte dich nur aufmuntern. Du hattest plötzlich
einen traurigen Zug um die Augen.“

Spinner! „Danke.“

Ein Moment vergeht, in dem wir in stiller Überein-
kunft unser Bierchen schlürfen. Keiner sagt etwas.

„Möchtest du mich in deinen geheimen Plan einweihen?“, durchbricht Chris als Erster die Stille. „Wirst du
deinen Vater tatsächlich herbestellen? Ihn mit den Vor-
würfen zu *InteresTepp* konfrontieren?“

„Ich werde es zumindest versuchen.“

Kurz überlege ich, Chris in meinen Plan mit James-
Dean einzuweihen, lasse es aber bleiben. Wenn ich das
tue, muss ich mein Bier selbst zahlen. Wo bliebe da der
Spaß?

„Morgen werde ich im Büro anrufen. Unter Umständen kann meine Assistentin etwas herausbekommen
und mir helfen, meinen Vater aus der Reserve zu locken“, sage ich und zögere. „Es ist Freitag. Eventuell
habe ich den Zufall auf meiner Seite und erwische den
Chef der Kanzlei persönlich.“

Chris lacht gekünstelt, als hätte ich einen schlechten
Witz gemacht. „Pierce Huxley sen. unter vier Augen am
Telefon, ohne Termin, das wäre wirklich ein seltener
Glücksfall.“ Er trinkt einen Schluck von seinem Bier
und sieht im nächsten Moment auf sein Handy, das mit
dem Display nach oben auf dem Tresen liegt. Eine
Nachricht ist eingegangen. „Viel Glück wünsche ich.

Wenn du meine Hilfe brauchst ...“, er steht auf, „... meine Nummer hast du.“

Ich verstehe nicht. Was zum Geier ...

„Wollten wir nicht zusammen ein Bierchen trinken?“

Chris hat mich herbestellt. Wenn er mir keine Nachricht geschickt hätte, wäre ich bei Ana geblieben.

„Wohin gehst du?“, frage ich verwundert.

„Das, lieber Freund, bleibt mein Geheimnis.“ Mit einem Klopfen auf den Bartresen verabschiedet er sich.

Dieses breite Grinsen, das er hochtrabend zur Schau stellt, war eben noch nicht da. Zu gerne würde ich wissen, was in der Nachricht gestanden hat. Ich bin mir sicher, dass sie von einer Frau stammt. So dämlich guckt Chris nur, wenn es um das weibliche Geschlecht geht.

Ana

Der nächste Tag startet mit einer Menge Spaß. Zumindest für mich. Pierce sieht weniger glücklich aus.

„Du musst ein Gefühl für das Brett bekommen“, weise ich ihn an und kann ein Schmunzeln nicht zurückhalten. Ihm das Surfen beizubringen, wird eine Lebensaufgabe sein. Nichts, was ich in den verbleibenden sieben Tagen schaffen könnte – nicht mal ansatzweise. Trotz seiner offensichtlichen Unsportlichkeit will ich Pierce diesen Teil meiner Welt zeigen. Es ist mir ein Bedürfnis. Das Surfen gehört zu Hawaii wie die Freiheitsstatue zu New York. Es ist für niemanden, der hier lebt, wegzudenken. Für einige Hartgesottene ist dieser Sport ein Glaube, eine Lebenseinstellung. Sie existieren nur für die richtige Welle und können nicht genug bekommen.

Mein Schmunzeln wird zu einem Lächeln, als ich einen Blick auf meinen Freund werfe, der auf einem Surfbrett steht und versucht, das Gleichgewicht zu halten. Wenn das Brett auf dem Wasser treiben würde, wären die rudernden Bewegungen, die er mit den Armen ausführt, nachzuvollziehen, aber das Surfbrett liegt noch im Sand.

„Lach nicht über mich."

„Tue ich nicht." Schnell räuspere ich mich hinter vorgehaltener Hand. „Deine Surf-Skills sind noch in der Entstehungsphase." Ich bemühe mich, Verständnis zu zeigen. „Es sieht ein bisschen aus, als würdest du dir ein Paddel wünschen."

Verdammt! Es geht nicht. Ich kann nicht aufhören zu grinsen. Bevor er etwas antworten oder sich beschweren kann, gebe ich ihm einen Schubs und lege mich auf ihn in den Sand.

Brust an Brust spüre ich die nackte Haut an meinem Bikinioberteil. Pierce' Sonnenbrille ist bei dem Sturz verrutscht, also richte ich sie und gebe ihm anschließend einen Kuss auf den Mund. Wunderbar!

„Das ist besser als surfen." Der Mann unter mir schlingt den Arm um mich und küsst mich ebenfalls.

„Entschuldige, du hast noch gar nicht angefangen zu surfen", korrigiere ich ihn dicht über seinen Lippen, nachdem er mir etwas Luft zum Atmen lässt. „Das Brett liegt am Strand, wenn ich dich erinnern darf."

Ein Knurren dringt an mein Ohr. Ich spüre es an meiner Brust. „Und da sollte es auch bleiben. Meine Talente liegen eindeutig woanders." Pierce bewegt die Hüfte und ich weiß sofort, von welchen Talenten er spricht. Dieser Mann kennt keine Grenzen.

Eilig und mit einem Kopfschütteln krabbele ich von ihm herunter und setze mich neben ihn. Wir sind schließlich an einem öffentlichen Strand.

„Du bist furchtbar." Ich schnippe mit dem Finger gegen sein Sixpack.

„Yep." Pierce setzt sich ebenfalls auf. „Furchtbar vernarrt in dich. Sollen wir zurück ins Bett gehen? Ich könnte dir zeigen, wie sehr ich dich will."

Was soll ich darauf antworten? Zurück ins Hotel zu gehen, wäre verrückt. Wir sind erst seit einer halben Stunde am Strand.

Ich schüttele den Kopf und verschiebe den verlockenden Gedanken auf später.

„Was ist mit Chris? Ist er enttäuscht, dass du keine Zeit für ihn hast?", versuche ich ein anderes Thema zu finden. Wenn meine beste Freundin extra anreisen und ich sie links liegen lassen würde, wäre sie definitiv sauer auf mich. „Wir können auch gemeinsam, zu dritt, etwas unternehmen. Ich könnte ..."

„Nein", werde ich unterbrochen. „Chris braucht keinen Motivator. Der Gute kann sich alleine beschäftigen." Pierce sieht mich durch die Sonnenbrille an. „Ich glaube sogar, dass er eine Begleitung gefunden hat."

„Echt? Er lässt sich die Insel zeigen? Weißt du, von wem?" Es gibt unzählige Touristenführer auf O'ahu. Einige davon kenne ich gut.

Pierce grinst übertrieben breit und versucht mir etwas mitzuteilen, indem er die Sonnenbrille hebt und mich anblinzelt. „Ich bin nicht sicher, aber die Insel lässt Chris sich höchstwahrscheinlich nicht zeigen."

„Nicht? Oh ..." Jetzt verstehe ich.

„Genau." Pierce zieht mich in seine Arme und wenig später liegen wir erneut im Sand. „Mach dir keine Gedanken um meinen treulosen Freund. Der Charmebolzen kommt klar. Er macht nichts, was wir nicht auch machen würden."

18

Ana

Als es Samstagmorgen an der Hotelzimmertür klopft, bin ich es, die öffnet. Pierce steht noch unter der Dusche.

Ich trage nichts als ein Handtuch und wundere mich, wer so früh am Morgen stört.

Kaum habe ich die Tür geöffnet, klappt mir die Kinnlade herunter. Einer Panik nahe umklammere ich den Knoten, mit dem ich das Handtuch über der Brust fixiert habe. Nicht auszudenken, wenn das vermaledeite Ding ins Rutschen kommen würde. Der blanke Horror.

„Hallo, Ana", begrüßt mich eine vertraute Stimme mit einem Lächeln.

Überraschung!

„Keanu. Was machst du hier?" Hastig gehe ich in Gedanken ein paar Gründe für sein Auftauchen durch. „Ist etwas mit Bane? Ist er verletzt? Braucht er mich auf der Plantage?" Etwas anderes kann es nicht sein.

„Nein. Nein, stopp." Seine Hände winken ab, er bleibt gelassen. Auch Aufregung kann ich nicht spüren. „Mit deinem Bruder ist alles in Ordnung. Mit der Arbeit auch, glaube ich zumindest. Mach dir keine Sorgen. Ich bin wegen etwas anderem hier." Er seufzt, als wäre sein Besuch von großer Bedeutung und unaufschiebbar. „Kann ich reinkommen?" Seine Stimme klingt bittend und irgendwie dringend. „Ich habe einen triftigen Grund, hier zu sein. Es ist wirklich … wirklich … wichtig.“

Tu es nicht Ana, du wirst es bereuen. Er hat es nicht verdient. Keanu hat sich unmöglich benommen. Riskiere nichts.

Verdammt, wenn er mir blöd oder unverschämt kommen würde, könnte ich ihm die Tür vor der Nase zuschlagen. Nichts würde ich lieber machen. Aber so … Als liebenswerter Mensch weiß ich mich zu benehmen. Meistens jedenfalls.

Ich werfe einen Blick zur Badezimmertür. Das Wasser in der Dusche wird gerade abgestellt. Pierce ist da und kommt in wenigen Minuten heraus. Anders als bei den letzten Malen bin ich nicht auf mich allein gestellt. Mein Freund ist an meiner Seite und wird mir beistehen. Keanu hat keine Chance. Ich bin sicher.

Wie wird Pierce reagieren, wenn er aus dem Bad kommt und Keanu gegenübersteht? Höchstwahrscheinlich nicht sehr erfreut.

Ich gebe mir einen Ruck. Obwohl ich kein gutes Gefühl habe, schiebe ich die Tür weiter auf und lasse ihn eintreten.

„Also schön, wenn es wirklich wichtig ist … komm rein. Ein paar Minuten kann ich erübrigen.“

Keanu trägt eine dunkle Hose und ein weißes Hemd, auf dem das Firmenlogo der *FarrowLogistics* Inc. eingestickt ist. Offenbar ist er auf dem Weg ins Büro hier vorbeigekommen.

„Wieso nur ein paar Minuten?“, fragt er und marschiert an mir vorbei. „Hast du es eilig? Keine Zeit für Belanglosigkeiten?“

Bitte?

Ich kneife die Augen zusammen. Der Tonfall klingt nicht mehr demütig.

„Was willst du, Farrow?" Es war ein Fehler, ihn hereinzubitten. Mein Bauchgefühl schreit es mir geradezu entgegen. Das wird nicht gut enden.

Der ungebetene Gast geht in den Wohnraum der Suite und lässt sich auf einen der Sessel fallen. Er überkreuzt die Beine und wirkt zufrieden wie die Made im Speck.

Was soll das? Ich verstehe sein Verhalten nicht. Und warum kriegt er die Zähne nicht auseinander? Sein Anliegen scheint kein Notfall zu sein.

Ärger kocht langsam, aber stetig hoch. Ich fühle mich über den Tisch gezogen. Wehe, es ist nicht wenigstens ein bisschen wichtig. Unser letztes Gespräch ist noch sehr präsent in meinem Kopf. *Hilfe!*

Wie auf ein Zeichen kommt Pierce, nur mit einem Handtuch um die Hüften, aus dem Bad. Er schüttelt den Kopf, sodass ein paar Wasserspritzer in meine Richtung fliegen. Einige Tröpfchen laufen an seiner Brust hinunter und werden von dem Handtuch aufgesogen. Nett. Kein schlechter Anblick.

Bevor ich Pierce weiter mit den Augen verschlingen kann, räuspere ich mich und deute auf unseren Gast.

„Wir haben Besuch."

Überrascht dreht Pierce sich um. Seine Miene verschließt sich in Bruchteilen von Sekunden. Seit ich vor Keanu geflüchtet bin und mir nicht einmal etwas zum Anziehen holen konnte, ist Pierce nicht gut auf den Studienfreund meines Bruders zu sprechen. Bevor er etwas sagen kann, gehe ich dazwischen. Ich möchte nicht, dass Blut fließt.

„Keanu, sag bitte schleunigst, weswegen du gekommen bist oder geh."

Pierce stemmt die Hände in die Hüften und wartet ab. Sein Blick ähnelt dem eines Raubtiers, das kurz davorsteht, anzugreifen. Sogar seine Brust hebt sich schneller als eben.

Heiliger Astralkörper! Wenn ich diesem Mann nicht schon längst verfallen wäre, würde der Anblick von so viel nackter und feuchter Haut mich in die Knie zwingen. Niemals habe ich einen schöneren Menschen gesehen. Dass Pierce gerade wieder den Mantel der Autorität übergestreift hat, gibt ihm zusätzlich das nötige Etwas. Ich bin verloren. Aber so was von.

Meine Knie werden weich und mein Mund fühlt sich plötzlich trocken an. Eine solche Reaktion ist jämmerlich. Ich bin schwach. So verdammt schwach. Dabei hat er noch nicht ein Wort gesprochen, seit er aus dem Badezimmer getreten ist.

„Es gibt etwas, das ich dir sagen muss", ertönt Keanus Stimme und holt meine Aufmerksamkeit zurück.

„Okay."

„Du musst gar nichts sagen", antwortet Pierce zur gleichen Zeit, wie ich *okay* sage.

Puh!

Mit der freien Hand reibe ich mir über die Stirn und spüre, wie das Schicksal seinen Lauf nimmt. Wieso habe ich Keanu nicht weggeschickt? Warum war ich nicht schlauer? Ich muss in Zukunft nachdenken, bevor ich handele.

„Jungs! Wir können das klären“, versuche ich zu retten, was zu retten ist. „Keanu“, wende ich mich an den Besuch. „Weswegen bist du gekommen? Du hast zwei Minuten, bevor wir dich vor die Tür setzen.“

Pierce’ Mundwinkel zuckt, kaum dass ich das letzte Wort ausgesprochen habe. Amüsiert er sich über mich? Bestimmt sehe ich lächerlich aus. Die wüste Amazone, die nur ein Handtuch zur Verteidigung besitzt. Dummerweise ist es zu spät für eine andere Rolle in dieser Szene.

Es bleibt keine Zeit, Keanus Gesichtsausdruck zu studieren und darin zu lesen. Die beiden Männer, die sich in etwa zwei Meter Abstand gegenüberstehen, sind gleich groß. Gleich groß, gleich imposant und in gleicher Stimmung. Die Luftschichten zwischen ihnen vibrieren förmlich.

Was kommt jetzt? Ich sehe von einem zum anderen.

„Ich bin gekommen, um dir einen Heiratsantrag zu machen“, lässt Keanu die Katze aus dem Sack.

Wie bitte? Ich muss Wasser im Ohr haben. Oder Seife oder … hat dieser Kerl noch alle Tassen im Schrank?

Keanu greift in seine Hosentasche und zieht ein kleines Kästchen aus Samt hervor. Im nächsten Augenblick tritt er einen Schritt zurück und geht auf die Knie. Ich traue meinen Augen nicht, als er den Deckel des Schmuckkästchens aufklappt und mir einen schlichten, aber sehr schönen Ring mit einem funkelnden Steinchen zeigt. „Ana Keoki, willst du mich heiraten?“

Wow!

Verblüfft fällt mir die Kinnlade herunter. Gefühlt bis auf den Boden.

Pierce scheint genauso perplex. Er wirkt wie erstarrt. Ob aus Fassungslosigkeit, Überraschung oder Wut kann ich nicht sagen. Ich habe viel zu sehr mit meiner eigenen Verwunderung über die äußerst merkwürdige Wendung dieser Unterhaltung zu kämpfen.

„Kneif mich", bittet Pierce mich im Flüsterton. „Träum ich oder kniet der Freak vor dir und will dich heiraten?"

Die Frage kommt ihm in normaler Laustärke über die Lippen, als wäre Keanu nicht da und würde nicht zuhören.

„Du träumst nicht."

Das ist ganz klar Keanu-Schwachsinn. Ohne Frage gehört das zu seinem Vorhaben, mich für seine Zwecke einzuspannen. Was für ein bescheuerter Plan. Ich bin nicht sicher, wie der im Einzelnen aussieht, aber ich fühle mich wie eine Schachfigur. Gerade hat Keanu einen nächsten entscheidenden Zug getan.

Pierce sagt nichts.

Keanu schweigt ebenfalls.

Und ich … mir fehlen die Worte. Gerade überlege ich, wie ich den Mann, der immer noch vor mir kniet, schnell und ohne ihm wehzutun aus der Suite bekomme, da durchbricht Pierce die beinahe unheimliche Stille.

„Ananasmädchen." Er sieht mich an und erneut zuckt sein Mundwinkel auf diese verführerische Art und Weise. „Gib ihm eine Antwort, damit ich ihn in hohem Bogen hinauswerfen kann."

Eine Antwort ... darauf warten alle? Echt? Am liebsten würde ich mir mit der flachen Hand vor die Stirn schlagen. Ich stehe eindeutig neben mir. Natürlich. Eine Antwort. Darauf beharren die Männer.

„Nein. Ich meine nein. So richtig nein. Ein für alle Mal, nein. Ich heirate dich nicht. Nie und nimmer. Nein." Ich mache eine Geste und fuchtele mit den Händen.

Abbruch! Sofortiger Abbruch!

Stopp!

Halt!

Aus!

Schluss! Ende!

Pierce legt mir eine Hand auf den Unterarm, um meinen Redefluss und das Winken auszubremsen. Das Schnellfeuergewehr in mir hat die Führung übernommen und die Wörter förmlich aus mir herausgeschossen.

„Ich glaube, er hat es verstanden."

In seiner Stimme schwingt Belustigung mit. Wenn ich mich nicht täusche und seine Miene richtig deute, mag er mich gerade noch ein bisschen mehr als sonst. Die Erkenntnis beschert mir ein warmes Gefühl und lässt einen Schwarm Schmetterlinge aufsteigen. Da ich noch mit den Flugübungen der Schmetterlinge und Pierce' Blick beschäftigt bin, merke ich nicht, wie Keanu aufsteht und den Abstand zu mir verringert.

„Ana, ich denke ...", er greift nach meiner Schulter und dreht mich zu sich herum, „... wenn ich dich küsse, wirst du deine Meinung ändern."

Hä?

Den entschuldigenden Blick, den er mir zuwirft, nehme ich kaum wahr. Und dann, im nächsten Augenblick, liegen Keanus Lippen auf meinen. Er riecht nach Minzkaugummi und einem erdigen und extrem aufdringlichen Aftershave. Gerade will ich den Kopf zurückziehen und ihn für verrückt erklären, da umfasst er mit der freien Hand meinen Nacken und schiebt mir seine Zunge in den Mund. Ohne Geschick oder Zartgefühl, als hätte er es eilig, sein Ziel zu erreichen.

Entsetzen und Abscheu überkommen mich. Bevor ich ihn beißen oder mich zur Wehr setzen kann, ist er weg. Einfach verschwunden. Vor einer Sekunde hat er an meinem Mund geklebt und mir den Rachen ausgeleckt und jetzt ist er nicht mehr da. Ich hole Luft und wische mir mit dem Handrücken über den Mund. Ekelig. Bah! Wie unverschämt kann ein Mann sein? Mich überkommt das unermessliche Bedürfnis, mir den Mund auszuspülen. Hoffentlich bekomme ich keinen Herpes.

Das Nächste, was ich sehe und höre, ist Pierce, der Keanu am Schlafittchen gepackt hält. Er drückt ihn gegen die Wand und redet auf ihn ein. Dabei ist sein Gesicht dem von Keanu so nahe, dass die Nasen sich fast berühren. Leider flüstert er durch zusammengebissene Zähne, sodass ich nicht verstehen kann, was er sagt.

Im Grunde ist es auch nicht nötig. Ich kann mir die Drohungen, die Pierce gerade ausspricht, sehr gut vorstellen. Dass mein Freund hochrot angelaufen ist, lässt erahnen, dass sein Blutdruck in den letzten Sekunden sprunghaft angestiegen ist.

Was hat Keanu sich nur dabei gedacht? Wie kindisch ist er? Will er mit dem Kopf durch die Wand, indem er mich küsst? Ein durchdachter Plan sieht anders aus.

„Verschwinde, komm nicht wieder und lass Ana in Ruhe!“ Pierce schubst den zufrieden dreinblickenden Keanu in Richtung Tür.

„Okay“, ist alles, was Keanu antwortet.

Ich stutze. Warum guckt er wie eine Katze, die gerade einen Kanarienvogel gefressen hat? Der Blick verspricht nichts Gutes, er macht mir Angst. Womöglich ist sein Plan gar nicht schlecht. Ich verstehe ihn nur nicht. Noch nicht.

„Wage es nicht, Ana zu belästigen. Weder jetzt, noch später.“ Pierce’ ganzer Körper zittert vor Aufregung und Anspannung. „Ich verklage dich, dass dir Hören und Sehen vergeht, solltest du dich ihr nähern. Das kann ich sogar von Chicago aus“, fügt er hinzu, um seiner Drohung Nachdruck zu verleihen.

Oh Gott! Pierce ist tatsächlich auf Hundertachtzig. So aufgebracht habe ich ihn noch nie erlebt. Meine Knie zittern, deshalb setze ich mich auf das Sofa, das gleich hinter mir steht. Was für ein verrückter Morgen. Kann ich bitte einen anderen haben? Ich falte die Hände im Schoß und warte, bis ich die Tür zur Suite zuschlagen höre.

Atmen.

Einatmen und ausatmen, das ist alles, was ich mache. Und ein bisschen denken ...

„Geht es dir gut?“ Pierce kniet sich vor mich und sucht meinen Blick. Seine Muskeln sind angespannt, aber in seinen Augen steht Mitgefühl. Er streicht mir über die Wange und ich drücke meinen Kopf gegen seine Hand.

„Mir geht es gut.“ Ich hole tief Luft und schüttele mit dem Ausatmen den Rest meiner Verwirrung ab. „Es war nur ein Kuss. Seine Finger hat Keanu immerhin bei sich behalten.“

Zum Glück. Besser nicht drüber nachdenken.

Ein Knurren ist zu hören. „Wenn er dich begrapscht hätte, hätte er die Suite nicht unverletzt verlassen. In dem Fall hätte ich ihn bluten lassen.“

Es ist keine angemessene Reaktion, aber ich muss trotzdem lachen. Ein blutrünstiger Pierce passt nicht in meine Vorstellung. Er ist stets von einer gelassenen Autorität umgeben. Mein neuer Freund ist kein Schlägertyp. Dass er die Fäuste schwingen will, bringt mich zum Lachen. Ob er besser boxen als surfen kann? Motorische Fähigkeiten sind für beides wichtig.

Mein Kopfkino springt an und ich fange heftiger an zu lachen. Offensichtlich ist das eine Überreaktion auf das, was gerade passiert ist. Es tut gut, loszulassen.

„Was ist so witzig?“ Pierce sieht mich verwundert und gleichzeitig besorgt an. Bestimmt denkt er, dass ich vor seinen Augen durchdrehe.

„Nichts.“

Luftholen, durchatmen und schon beruhige ich mich.

„Nichts ist witzig. Nur merkwürdig.“ Ich schüttele den Kopf und die Belustigung verschwindet so schnell, wie sie gekommen ist.

„Stimmt.“ Pierce setzt sich neben mich und zieht mich auf seinen Schoß. Mit den Armen umschlingt er mich. Weil es schön ist, kuschele ich mich tiefer in seine Umarmung.

„Der Kerl ist verrückt, total durchgeknallt. Bevor ich abreise, werde ich mit deinem Bruder reden.“

Beschützerinstinkt an.

Dazu sage ich nichts. Pierce ist genauso aufgewühlt wie ich. Sollte ich jetzt protestieren, würden wir uns womöglich streiten und das will ich nicht. Meine Kämpfe fechte ich allein aus – ohne meinen Bruder. Habe ich schon immer. Daran wird sich auch nichts ändern, wenn Pierce Hawaii verlassen hat.

„Findest du nicht, dass Keanu es darauf angelegt hat, dass du zuschlägst? Ihm richtig wehtust? Er hat sich mehr als nur ein bisschen seltsam verhalten." Der Gedanke lässt mich nicht los. Wenn Pierce nicht besonnen reagiert hätte, wäre der Streit höchstwahrscheinlich eskaliert und das Hotelzimmer hätte ein paar dekorative Vasen weniger.

„Auf jeden Fall. Er kann froh sein, dass ich es nicht getan habe. Ich war nah dran. Der Typ ist offensichtlich bereit, zu allen Mitteln zu greifen, um bis Weihnachten eine Frau zu finden." Pierce' Hand bewegt sich über meinen Oberschenkel und streichelt mich. Er scheint die Nähe gerade so sehr zu genießen wie ich. Mein Kopf fällt an seine Schulter und ich richte meinen Blick zur Decke.

„Wir werden nie erfahren, was das alles zu bedeuten hat, weil du dich so gut im Griff hattest."

„Das hört sich wie ein Vorwurf an." Pierce zieht mein Kinn zu sich, sodass er ganz nahe ist. „Möchtest du mich lieber angriffsfreudiger erleben?" Seine Stirn zerfurcht sich und er kneift die Augen zusammen. „Ich kann auch anders", droht er spielerisch.

„Ja, bitte", fordere ich ihn grinsend heraus. „Aber nur bei mir und nur im Bett. Da kannst du angreifen. Mit allen Mitteln, die dir als Mann zur Verfügung stehen." Ich klimpere mit den Wimpern. „Überrasch mich!"

„Gerne.“ Pierce küsst mich und steht anschließend mit mir auf dem Arm auf. Der Weg zum Bett ist nicht weit. „Dein Wunsch ist mir Befehl, Ananasmädchen.“

19

Pierce

Obwohl wir uns noch nicht lange kennen, fühlt sich das Zusammensein mit Ana ungemein vertraut an. Wir verstehen uns und haben sogar die gleichen Vorlieben. Sie mag keine Nudeln, dafür isst sie lieber Kartoffeln – genau wie ich. Außerdem stehen wir beide auf Meeresfrüchte.

Natürlich ist das kein Zeichen. Ich gehöre nicht zu den Menschen, die Vorhersehungen oder Visionen haben oder an Zufälle glauben. Aber es ist einfach ein sehr harmonisches Gefühl, mit Ana zusammen zu sein. Ob sich dieses Gefühl intensivieren würde, wenn unsere Beziehung sich nicht auf meinen Urlaub beschränken würde? Noch nie war mir eine Gesellschaft so lieb wie ihre. Es passt einfach wunderbar und ich schätze Ana. Wenn sie bei mir ist, kommt mir sogar die drückende Luftfeuchtigkeit nur halb so schlimm vor. Und das will etwas heißen. Fünfundachtzig Prozent sind keine Kleinigkeit. Wie gut, dass ich nicht viele Anzüge dabeihabe. Die anhaltende Feuchtigkeit würde den hochwertigen Stoffen zu schaffen machen.

Ich greife nach ihrer Hand und drücke sie. Obwohl wir außer Faulenzen nicht viel gemacht haben, war mir heute nicht eine Sekunde langweilig. Ein Wunder. Warum ist das so? Bin ich plötzlich geheilt? Was hat die

Langeweile ersetzt? Möglicherweise werde ich nie sicher sein, aber es hat eindeutig mit der Frau zu tun, zu der ich mich stark hingezogen fühle.

Wir haben beschlossen, ein wenig am Strand entlangzuspazieren, bevor wir im Hotelrestaurant zu Abend essen. Die Luft ist angenehm und das Meer liegt ruhig vor uns. Kaum eine Menschenseele ist zu sehen. Einfach perfekt.

„Es ist schön hier." Mein Blick wandert zum Horizont. Es dauert nicht mehr lange, bis die Sonne untergeht.

Ana sieht ebenfalls aufs Meer hinaus. „Ich freue mich, dass dir O'ahu gefällt. Für mich ist es der schönste Ort auf Erden."

„Warst du denn schon woanders? Zum Urlaub machen?", frage ich und muss einfach lachen. Ich glaube, Ana ist so schlecht im Urlaub machen wie ich. Was würde sie in einer Großstadt wie Chicago unternehmen? Ich kann sie mir zwischen all den Menschen mit ihren kurzen Shorts und den Flip-Flops nicht vorstellen. Beim besten Willen nicht. Dort gehört sie nicht hin.

„Selbstverständlich war ich schon öfter auf Big Island, Maui und Kaua'i", beantwortet sie mir die Frage. „Die Inseln sind mit dem Flugzeug problemlos zu erreichen. Das ist keine große Sache." Sie zuckt mit den Schultern. „Vor vier Jahren hat Bane mir zu meinem 21. Geburtstag eine Reise nach San Francisco geschenkt."

„Und?" Ich bin neugierig, wie es ihr gefallen hat.

„Es war gut."

Mehr Erklärung bekomme ich nicht. Das sagt einiges aus.

„Es hat dir nicht gefallen?"

„Doch, es war gut. Habe ich doch gesagt. Aber … ich weiß auch nicht … die Stadt ist nicht meine Welt.“ Sie dreht den Kopf in meine Richtung und beginnt zu strahlen. Gerade ist ihr etwas Positives eingefallen. „Aber die Seelöwen am Pier 39 haben mir gefallen. Die waren lustig.“

„Ja, die sind toll.“ Ich weiß, wovon sie spricht und muss schmunzeln. „In San Francisco halte ich mich aus beruflichen Gründen in regelmäßigen Abständen auf. Vielleicht können wir irgendwann gemeinsam dort Urlaub machen. Es liegt ja quasi in der Mitte. So ein bisschen zumindest.“

Gedanklich berechne ich bereits den Weg und die Zeit. Ein Flug dauert etwa vier Stunden. *Nur* vier Stunden, korrigiere ich mich. Sozusagen ein Katzensprung.

„Das wäre schön.“ Ihr Tonfall verrät mir, dass sie die Wahrheit sagt. Sie würde mich genauso gerne wiedersehen wie ich sie.

„Darf ich dich etwas fragen?“

„Klar. Einfach raus damit.“

„Hängen dir die Ananas und das süße Eis nicht mittlerweile zum Hals heraus?“, provoziere ich einen Themenwechsel. Ich möchte nicht, dass die Stimmung kippt, weil wir an die nahe Zukunft ohne einander denken.

Ana fängt vielsagend an zu schmunzeln. „Nein. Überhaupt nicht.“

„Nicht ein bisschen?“ Das ist schwer nachvollziehbar.

Sie lächelt breiter und legt den Kopf in den Nacken, um zu mir hochzusehen. „Es ist wie Brot.“

„Wie Brot?“

„Ja. Ich esse Ananas jeden Tag, ohne darüber nachzudenken. Die Frucht gehört auf den Speiseplan der Keoki-Plantage. Genau wie Brot.“

„Hmm. Wie Brot also.“ Ich gebe ihr einen schnellen
Kuss auf den Mund. „Jetzt habe ich Hunger.“

„Dann lass uns essen gehen. Wie wäre es mit Ananassorbet zum Nachtisch?“, schlägt sie vor und stupst
gegen meine Schulter.

Als wir die Lobby des Hotels betreten, wird mein Blick
von einem Mann angezogen. Er sitzt auf demselben
Sessel, auf dem auch Chris an seinem Ankunftstag gesessen hat. Den Hinterkopf würde ich überall erkennen.

Was hat das zu bedeuten?

Mein Herzschlag beschleunigt sich augenblicklich.
Meine Laune kippt und selbst das Hungergefühl verschwindet in Bruchteilen von Sekunden. Wieso ist
mein Vater im *Lailani Beach Hotel*? Gutes kann das
nicht bedeuten.

„Ist was?“ Ana tippt mich an. „Du siehst aus, als hättest du ein Gespenst gesehen.“

„Dort drüben …“, ich deute zu der Sesselgruppe, „…
sitzt mein Vater.“

Der Mann ist kein Gespenst, aber ähnlich erschre-
ckend.

Ana reißt die Augen auf. „Ach … echt? Dein Vater? Den
du versuchst, herzulocken?“ Die schnell ausgesproche-
nen Worte überschlagen sich.

„Ganz genau.“

Bevor unser Rumstehen Aufmerksamkeit erregt, lege ich einen Arm um sie und trete mit ihr zur Seite, aus dem Sichtfeld meines Vaters.

„Kannst du mir einen Gefallen tun?“ Mit meiner Nase reibe ich an ihrer. Plötzlich bin ich nervös. Die Wendung kommt überraschend. Das Timing muss stimmen. *Alles* muss stimmen, damit unser Plan aufgeht. Hoffentlich ist das Schicksal auf unserer Seite.

„Natürlich“, beantwortet sie meine Frage und schmiegt sich an meine Brust, sodass es den Anschein hat, als würden wir kuscheln. „Soll ich nach James-Dean suchen?“, flüstert sie dicht an meinem Ohr.

Mein nächstes Grinsen bricht spontan aus mir heraus. Die Frau kann Gedanken lesen.

„Wenn du es so und im Flüsterton aussprichst, fühle ich mich wie bei Bonnie und Clyde.“ Mein Ananasmädchen ist ’ne Wucht. Aber das wusste ich schon.

„Dann lass mich deine Bonnie sein“, sagt sie und kichert. „Ich suche James-Dean. Hoffen wir, dass er noch keinen Feierabend gemacht hat.“

„Mist. Daran habe ich nicht gedacht.“

Wie dumm von mir. Natürlich hält der Junge sich nicht vierundzwanzig Stunden im Hotel auf.

„Sollte er schon zu Hause sein, ruf ihn an. In dem Fall verschieben wir unseren Plan und ziehen das Ding morgen beim Frühstück durch.“

„Wir ziehen das Ding beim Frühstück durch?“, wiederholt Ana meine Worte und nickt andächtig. „Das klingt cool. So aufregend wie die letzten Tage war mein Leben bisher nicht.“

Verdammt!

„Das ist kein Spaß, Ana.“

Ich fasse unter ihr Kinn und hebe es an. Der Blick, mit dem ich ihr in die Augen schaue, geht tief. Tiefer als sonst.

„Ich möchte, dass du dich raushältst. Solange ich nicht weiß, was für eine Rolle mein Vater bei dem Ganzen spielt und warum er gekommen ist, möchte ich, dass du dich bedeckt hältst.“

Es wäre unverzeihlich, wenn sie in die Schusslinie geraten würde. Das darf unter keinen Umständen passieren.

Ana rollt mit den Augen und wischt meine Bedenken beiseite. „Glaubst du, dass es gefährlich wird? Für dich? Oder für mich?“

Hoffentlich nicht.

„Nein.“ Ich lasse ihr Kinn los und ziehe sie zurück in meine Arme. „Es wird nicht gefährlich. Es werden keine Kugeln fliegen und sterben wird sicher auch niemand. Aber ... ich will einfach, dass du nichts riskierst. Nicht das kleinste Bisschen.“

Ich drücke sie fest und hoffe, dass sie spürt, wie wichtig mir ihre Sicherheit ist. Nichts darf schiefgehen.

„Okay. Ich habe verstanden. Untertauchen ist angesagt. Dann gehe ich mal James-Dean suchen.“ Sie löst sich aus meinen Armen. „Ich schicke dir eine Nachricht auf dein Handy, wenn ich Genaueres erfahren habe. Hoffentlich haben wir Glück und er ist noch im Haus.“

„Danke.“ Ich lasse sie gehen und atme erst aus, als sie außer Sicht und in Deckung ist.

Die Anwesenheit meines Vaters verrät mir, dass der Fuchs eine Ahnung von dem hat, was vor sich geht. Er weiß, dass ich etwas weiß, um es auf den Punkt zu bringen. Sein Besuch im Hotel ist kein Schuldbekenntnis, aber es hat etwas zu bedeuten.

Dann los, Pierce! Auf in den Kampf.

Gewohnheitsmäßig fasse ich mir an den Hals, um meine Krawatte zu richten ... da ist keine. Ich trage ein T-Shirt und die bequemen Surfershorts, die ich so liebgewonnen habe. Sofort muss ich das Gesicht verziehen. Unter Umständen erkennt mein Vater mich in der Kleidung und mit den Bartstoppeln nicht. Wann hat er mich das letzte Mal ohne Businesskleidung oder unrasiert gesehen? Vermutlich als Kind. Seine Reaktion zu beobachten, wird interessant sein.

Mit einem mulmigen Gefühl gehe ich zur Sitzgruppe. Pierce Huxley sen. sitzt mit übereinandergeschlagenen Beinen und einem Whiskeyglas in der Hand da und starrt auf die Türen der Fahrstühle. Offensichtlich hat er erfahren, dass ich nicht im Hotel bin und wartet darauf, mich abzupassen.

Er trägt die gleiche Kleidung wie sonst, wenn er nicht im Büro ist: dunkle Hose, schwarze Schuhe und ein langärmeliges Hemd, bei dem der oberste Knopf aufsteht. Im Winter zieht er auch gerne mal einen Pullunder über das Hemd. Dass der Kragen geöffnet ist, bedeutet, dass er nicht im Arbeitsmodus ist. Im Büro würde der Knopf niemals aufstehen.

Ich lasse mich auf den Sessel, der am weitesten von ihm entfernt steht, fallen. Solange wie möglich möchte ich meinen Vater beobachten. Mir darf keine noch so kleine Reaktion entgehen. Damit mir das gelingt, ist ein wenig Abstand genau richtig. Langsam und mit Bedacht überschlage ich die Beine und spiegele seine

Geste. Dann warte ich. Dieses Gespräch werde nicht ich eröffnen.

Ich befürchte schon, dass er mich nicht erkennt, als er eine Augenbraue hebt und in meine Richtung sieht. Na bitte! Geht doch.

„Pierce?“ Mein alter Herr sieht mich wie erwartet mit gerunzelter Stirn an. Seine Verwunderung über mein Aussehen ist offensichtlich. Er ist geradezu entsetzt.

„Hallo, Dad.“

Meine innere Anspannung droht aus mir herauszubrechen. Nur mit Mühe halte ich sie im Zaum. Mein Vater darf unter keinen Umständen merken, wie wachsam ich bin.

„Was machst du hier?“, frage ich mit der nötigen Fassungslosigkeit in der Stimme. Mein Herzschlag legt einen Zahn zu.

„Dich besuchen.“

Aber sicher doch! Für wie blöd hält er mich?

„Möchtest du mich beleidigen?“ Ich schnappe nach Luft.

„Du hast recht.“ Er lächelt und begutachtet meine nackten Beine, die in den letzten Tagen ein wenig Farbe bekommen haben. „Ich bin nicht auf Hawaii, um mit dir Urlaub zu machen.“

Etwas in der Art habe ich vermutet.

„Warum dann?“ Ich unterdrücke den Drang, mir die nicht vorhandene Krawatte zu richten. Mir war gar nicht bewusst, wie oft ich zu dieser Geste greife. Den überflüssigen Handgriff sollte ich mir schleunigst abgewöhnen. Im Gerichtssaal könnten aufmerksame Gegner damit Unsicherheit meinerseits verbinden.

„Du hast angerufen. Mehr als einmal.“

Ich nicke und warte ab. Mit der Taktik bin ich bisher gut gefahren. Abzuwarten ist eine Kunst. Genau wie zur richtigen Zeit das Richtige zu sagen.

„Außerdem hast du Christopher zur Kanzlei geschickt. An einem Sonntag wohlgemerkt."

Mein Vater wendet sich nicht eine Sekunde ab. Es ist, als ob wir uns einem Anstarr-Wettbewerb hingeben.

„Annalise hat mir erzählt, dass dein Freund Fragen gestellt hat. Fragen, die ihn nichts angehen."

Es war zu erwarten, dass Chris' Nachforschungen Aufsehen erregen würden. Da kann mein Freund sich noch so geschickt anstellen. Pierce Huxley sen. ist gerissen und hat seine Augen und Ohren überall. Im Nachhinein betrachtet war es dumm von mir, ihn in diese Angelegenheit mit hineinzuziehen. Leider ist es nicht mehr zu ändern.

„Markham steht auf die Kekse deiner Assistentin", sage ich mit einem frechen Grinsen. Gelogen ist es schließlich nicht.

„Bullshit." Das Whiskeyglas landet schwungvoll auf dem Tischchen neben dem Sessel. „Jetzt beleidigst *du* mich."

Er hat recht.

„In dem Fall steht es jetzt unentschieden und wir können vernünftig miteinander reden. Was hältst du von dem Angebot?" Ich löse meine überkreuzten Beine, beuge mich vor und setze mich aufrechter.

„Was hast du mit *InteresTepp* zu schaffen? Warum hast du mir den Urlaub aufgezwungen?"

Das sind die beiden Schlüsselfragen, auf die ich eine Antwort möchte.

Mein Vater deutet auf meine Shorts und ignoriert die Fragen, die ich ihm gestellt habe.

„Du hast dich angepasst, wie ich sehe. Die Auszeit bekommt dir, die Erholung steht dir ins Gesicht geschrieben. Unter Umständen bleibe ich ein paar Tage und genieße ebenfalls die Sonne."

Was hast du erwartet, Pierce? Dass er offen mit der Sprache herausrückt? Er ist ein harter Brocken. Er ist dein Vater.

Mir steht kein leichtes Gespräch bevor.

„Lenk nicht vom Thema ab. Warum bist du hier?" Mein Tonfall nimmt an Schärfe zu. Ich weiß schon jetzt, dass mein Vater nichts verraten wird. Es ist nicht seine Art. Er ist verschlossen und unnahbar. Um den heißen Brei reden kann er wie kein anderer.

„Ich werde mich nicht in der Lobby eines Hotels mit dir über unsere Mandanten unterhalten. Ein solches Verhalten ist ethisch nicht vertretbar. Wenn du über die Kanzlei reden möchtest, können wir in meine Suite gehen. Dort sind wir ungestört."

Ist das ein Angebot? Ein Angebot, mich in alles einzuweihen?

Und das Sonderbarste: Mein Vater hat sich bereits eine Suite gebucht. Wenn das kein Zeichen dafür ist, dass er etwas Wichtiges mit mir zu besprechen hat, weiß ich es auch nicht.

„Möchtest du Zeit schinden?"

Eigentlich bin ich es, der Zeit schinden will. Es wäre der perfekte Moment für James-Dean, um auf der Bildfläche zu erscheinen. Sobald mein Vater sich erhebt und zu den Fahrstühlen geht, könnte er ihn anrempeln oder das machen, was er immer macht, wenn er die Gäste um ihr Hab und Gut erleichtert.

Hoffentlich findet Ana ihn.

Hoffentlich ist er noch im Hotel.

Hoffentlich ist er im Anmarsch.

In dem Moment sehe ich den Jungen, in den ich all meine Hoffnungen setze, durch den Eingang treten. Ich brauche sämtliche Fähigkeiten als knallharter Anwalt, um mir nicht anmerken zu lassen, dass ich gerade vor Erleichterung aufschreien oder zumindest lange und tief ausatmen möchte. Meine Rettung ist da. Perfekt.

Doch nicht perfekt.

Verflucht! James-Dean zieht einen Koffer hinter sich her, einen anderen hält er in der Hand und eine Reisetasche hat er sich zusätzlich unter den Arm geklemmt. Dass er unter der Last nicht zusammenbricht, ist ein Wunder. Wie will er jemanden beklauen, wenn er die Hände nicht frei hat? So etwas ist unmöglich. Absolut undurchführbar.

„Alles okay mit dir? Du guckst komisch." Mein Vater folgt meinem Blick zum Eingang, wo James-Dean versucht, mit den drei Gepäckstücken durch die Tür zu treten. Es gelingt ihm eher schlecht als recht.

Verdammt! Am liebsten würde ich mir selbst einen Tritt in den Hintern geben. An meinem Geschick, verdeckt zu ermitteln, muss ich noch arbeiten.

„Nein. Alles in Ordnung. Lass uns in deine Suite gehen und reden."

Ich stehe auf und sehe erneut zu James-Dean, diesmal unauffälliger. Anscheinend hat Ana ihn nicht informiert. Mist. Wenn es anders wäre, würde er nicht, unzählige Koffer schleppend, in die Lobby kommen. Als bräuchte ich für meine Vermutung eine Bestätigung, taucht ein älteres Ehepaar hinter dem Bagagisten auf –

ganz klar die Besitzer des Gepäcks. Sie lassen es nicht aus den Augen, als hätten sie Angst, James-Dean könne etwas daraus stehlen, sollten sie eine Sekunde nicht aufpassen. Gut dass die beiden nicht wissen, wie richtig sie mit ihrer Vermutung liegen.

Mein Vater tritt wortlos an meine Seite und deutet auf die Fahrstühle. Es ist nicht das erste Mal, dass wir nebeneinander gehen. Trotzdem fühle ich mich heute unwohl. Es ist keine Angst, die mich überkommt. Der Mann neben mir ist mein Vater. Und auch, wenn er keinen einfachen Charakter besitzt und seine Gefühle selten offen zeigt, ist er meine Familie. Der einzige Elternteil, den ich habe. Er würde mir niemals etwas antun. Eine Ungerechtigkeit zu begehen, traue ich ihm zu. Handgreiflich zu werden nicht.

Noch ein paar Schritte und James-Dean ist so nah, dass er mein Zwinkern bemerken würde. Würde er die Geste verstehen? Oder müsste ich deutlicher werden? Ich könnte versuchen, ihm etwas zuzuflüstern. Ihn offen ansprechen und mit meinem Vater bekanntmachen, geht natürlich auch. Dann würde er sicherlich verstehen. Aber würde die Zeit in dem Fall ausreichen, um meinen Vater zu überlisten? Außerdem bräuchte ich einen triftigen Grund, den Bagagisten und Portier des Hotels vorzustellen. Welcher könnte das sein?

Nein. Es ist unmöglich. Wir müssen den Diebstahl auf die Frühstückszeit verschieben. Dort wird es einfacher sein. Ganz bestimmt. Es muss klappen. Einen anderen Plan habe ich nicht.

Kaum habe ich gedanklich alles abgehakt, passiert es. Mein Vater streckt die Hand aus, um den Knopf für den Fahrstuhl zu drücken, da stolpert James-Dean und lässt die Reisetasche fallen. Sie landet direkt vor ihrer Besitzerin und schneidet ihr den Weg ab. Der Koffer mit den Rollen schiebt sich wie fremdgesteuert vor James-Dean, der sogleich mit dem frei gewordenen Arm zu rudern anfängt.

Mein Vater dreht sich, um zu sehen, was passiert, da bekommt er einen Stoß und landet in meinen Armen. Ich fange ihn auf, halte ihn und verstehe nicht. Was ...

„Entschuldigung." Ruckzuck ist James-Dean wieder auf den Beinen und sortiert das Gepäck. Er zählt sogar nach und checkt, ob alles da ist. „Tut mir leid. Mein Fehler. Ich habe nicht aufgepasst. Entschuldigen Sie." Während er stammelt und einen auf unschuldig macht, blickt er zerknirscht aus der Wäsche.

Ich bin vollkommen sprachlos. Was ist gerade passiert? Was habe ich verpasst? Kann ich bitte die Zeitlupe sehen?

Holla, Junge! Meine Hochachtung. Der Hund ist gerissen. Wie gerissen er ist, verstehe ich erst in diesem Augenblick. Ich steh vor einem Meister, einem Meister seines Fachs. Bravo!

„Kein Problem", gibt mein Vater etwas knurrig von sich und reibt sich über den Hemdsärmel, als müsse er ein paar Dreckfussel abwischen.

Mir hat es die Sprache verschlagen. Ich weiß nicht, was ich denken soll. Hat James-Dean tatsächlich das Handy meines Vaters geklaut? Gerade eben, vor meinen Augen? In Bruchteilen von Sekunden? Schwer vorstellbar.

Nachdem die Fahrstuhltüren sich geöffnet haben, steigen wir zu fünft in den Aufzug. Mit den drei Gepäckstücken zwischen uns, stehen wir ziemlich gedrängt.

Glück muss der Mensch haben. Gerne heiße ich die Enge willkommen. Sollte es nicht geklappt haben, hat James-Dean eine weitere Möglichkeit, sich zu beweisen.

Als der Junge mir unauffällig zunickt, weiß ich, dass er keine zweite Chance braucht. Er hat das Handy meines Vaters längst gestohlen.

20

Pierce

Eine gute Stunde später bin ich auf dem Weg in mein Hotelzimmer. Meine Laune ist auf einem neuen Tiefpunkt. Pierce Huxley sen. hat nichts preisgegeben und sich kein bisschen weichklopfen lassen. Nicht mal von mir. Er hat geredet und geredet und geredet ... als wäre ich ein Anfänger und wüsste nicht, dass er etwas zu verbergen hat.

Das alles hat er mit dem Wissen getan, dass mich sein fehlendes Vertrauen verletzen würde. Warum nur? Ist das, was er getan hat oder plant zu tun, so schrecklich? Er muss sich doch denken können, dass ich mich nicht so leicht zufriedengebe. Schließlich steht auch mein Name über der Kanzlei. Ich bin wie er, ein Huxley. Obwohl ich nicht zu den Partnern gehöre und kein Anrecht darauf habe, in alles eingeweiht zu werden, bin ich immer noch sein Sohn. Bestimmte Dinge gehen auch mich etwas an. Sollten mich etwas angehen ...

Sohn zu sein! Bisher war ich der Meinung, das hätte etwas zu bedeuten.

InteresTepp muss ihn fest im Griff haben, sonst würde mein Vater sich nicht dermaßen verschließen. Und sogar extra nach Hawaii fliegen, um mir in aller Deutlichkeit mitzuteilen, dass ich mich aus seinen Fällen raushalten soll. Das hat er in der letzten Stunde fünfmal wiederholt. Kombiniert mit einem warnenden Blick, den ich zuletzt in Kindertagen gesehen habe. Streng und unnachgiebig. So hat er mich früher gemaßregelt, wenn ich dabei war, etwas sehr Dummes anzustellen.

Plane ich Dummes? Ich glaube nicht.

Mein Vater ist kein schlechter Mensch. Er hat sich seit dem Tod meiner Mutter verändert, aber er ist kein schlechter Mensch. Etwas Derartiges will ich nicht glauben. Es schmerzt, das zu denken. Sein merkwürdiges Verhalten muss einen Grund haben. Nur welchen?

Mit dem Gedanken schließe ich die Tür zu meinem Reich auf und werde von fröhlichen Stimmen und Gelächter überrascht. Ein starker Kontrast zu meiner aktuellen Verfassung.

Ana.

Die Wunderbare hat mir in der letzten Stunde einige Nachrichten auf mein Handy geschickt. Ich habe es in meiner Tasche brummen hören, aber nicht nachgesehen. Mein Vater und seine Ausflüchte haben mich daran gehindert.

Ana scheint gute Laune zu haben. Ist das James-Dean, mit dem sie da redet? Mit dem sie lacht? Feiern die beiden unseren gelungenen Coup? Ich hebe die Nase und schnuppere. Warum riecht es nach Frittiertem? Es hat fast den Anschein, als würde ich eine Party verpassen.

Mein Magen knurrt und erinnert mich daran, dass er nichts zum Abendessen bekommen hat. Der Hunger war mir nicht aufgefallen, bis ich das Essen gerochen habe.

Sofort besserer Stimmung folge ich dem Duft und sehe die beiden im Wohnbereich am Tisch sitzen. Unmengen an Fastfoodverpackungen stapeln sich um sie herum. Da scheint eine Orgie im Gange zu sein. Eine Fressorgie.

Spaß gibt es inklusive. Genau das, was ich brauche, um runterzufahren.

„Darf ich mitmachen?" Ich stecke die Schlüsselkarte, die ich noch in der Hand halte, weg und gehe zu Ana. Sie sieht glücklich aus, hat sogar leicht gerötete Wangen.

„Pierce." Ihr Lächeln ist wie eine warme Decke in der Kälte. Mit einem wohligen Gefühl beuge ich mich zu ihr herunter, küsse sie und wische ihr anschließend ein wenig Ketchup aus dem Mundwinkel.

„Hey, ihr beiden." Meinen Finger lecke ich ab. „Wie ich sehe, habt ihr es euch gemütlich gemacht."

Zerschlagen und emotional erschöpft lasse ich mich auf einen freien Stuhl fallen und schnappe mir eine Pommes von Anas Teller.

„Wir haben dir auch etwas bestellt", klärt sie mich auf und versucht an meiner Miene abzulesen, wie es gelaufen ist. Ich werde ihr alles erzählen, aber erst später, wenn wir ungestört sind. James-Dean steckt tief genug im Schlamassel. Weiter will ich ihn nicht mit reinziehen. Er ist nicht mal volljährig und handelt bereits gesetzeswidrig. Bevor mein Urlaub zu Ende ist, muss ich ein Gespräch mit ihm führen. Ein ernstes. Er darf unter keinen Umständen weitermachen wie bisher.

„Danke. Ich verhungere", sage ich, als mir eine ungeöffnete Burgerverpackung gereicht wird.

James-Dean starrt mich herausfordernd an, bevor er die Schachtel loslässt. „Geben Sie es zu. Beinahe hätten Sie es versaut. Ich habe es in Ihrem Gesicht gesehen. Sie wollten etwas Dämliches tun. Mir ein Zeichen geben oder so." Der Bursche schüttelt den Kopf, als wäre ich ein hoffnungsloser Fall bei der Beweismittelbeschaffung.

Peinlich! Wie tief bin ich gesunken, dass ich mich von einem Teenager zurechtweisen lassen muss?

„Ein bisschen Respekt bitte." Ich versuche, mir nicht anmerken zu lassen, wie recht er hat. „Für gewöhnlich stehe ich auf der anderen Seite des Gesetzes. Die Rolle des Komplizen ist neu für mich. Ich verteidige Leute, ich raube sie nicht aus."

Gute Antwort. Zufrieden mit mir öffne ich den Deckel und schnappe mir den Burger.

„Es war Ihre Idee", kommt es großspurig zurück.

Ich seufze und wünsche mir, dass der Tag zu Ende geht. Der Junge hat eindeutig Oberwasser und genießt seinen Erfolg.

„Ja, das war es. Danke, dass du mir geholfen hast." Er hat Anerkennung verdient. Also nicke ich übertrieben, um meine Worte zu unterstreichen. „Du warst gut. Du warst sogar außergewöhnlich gut", tätschele ich sein Ego. „Ohne dich wäre ich aufgeschmissen gewesen", gebe ich zu, bevor ich mich meinem Essen widme.

Ein freudestrahlendes Gesicht ist die Antwort. Der Junge fühlt sich gerade unbesiegbar. Es hat den Anschein, als bekomme er eher selten ein Lob.

In der nächsten halben Stunde reden wir nicht über meinen Vater, das Handy oder die Tatsache, dass James-Dean ein grandioser Taschendieb ist.

Das hochbedeutende Diebesgut, das womöglich für die Aufklärung in einem Umweltskandal sorgen kann, liegt zwischen den Fastfoodverpackungen, als wolle es sich dort verstecken.

Kaum hat James-Dean sich auf den Weg nach Hause gemacht, zieht Ana mich vom Stuhl hoch und lässt sich mit mir auf das kleine Sofa fallen.

„Geht es dir gut?", erkundigt sie sich mit Empathie in der Stimme. Ihr Mitgefühl für meine missliche Lage ist ihr deutlich anzusehen.

„Nein."

Weil sie die Beste ist, lässt sie meine Hand nicht los. Sie nickt, als würde sie mich verstehen. „Wie geht es jetzt weiter?"

Mit der freien Hand reibe ich mir über das Gesicht und seufze.

„Ich bringe das Handy noch vor dem Frühstück zur Polizei und gebe an, es vor dem Hotel gefunden zu haben."

„Und dann? Wer sagt uns, was drauf ist?" Ana runzelt die Stirn. „Du hast gesagt, wir brauchen keinen Experten oder Hacker."

„Nein. Brauchen wir nicht. Mit dieser Aktion bewege ich mich schon viel zu nah am Abgrund. Ich handele nicht ungesetzlich, zumindest bis heute habe ich das nie getan. Die Dienste eines Hackers in Anspruch zu nehmen, wäre ethisch mehr als fraglich. Ich möchte nicht … ich möchte es einfach nicht." Eine bessere Erklärung fällt mir nicht ein. Ich glaube an unsere Gesetze und vertraue darauf.

Hoffentlich kann Ana meinen inneren Aufruhr verstehen. In meinem Kopf wirbeln tausend Gedanken durcheinander – gute, schlechte und welche, die sich nicht nachvollziehen lassen. Ich sollte dringend schlafen gehen.

„Aber was machen wir dann?"

„Wir machen gar nichts. Die Polizei macht. Wir lassen sie machen", korrigiere ich mich. „Ich habe bereits Kontakt mit dem Staatsanwalt in dem Fall aufgenommen. Wir haben ein langes Gespräch geführt und sind übereingekommen, dass er sich einschaltet, sollte ich mehr als ein paar großspurige Worte haben." Mein Seufzen kommt aus tiefster Seele. „Er ist unglaublich arrogant. Außerdem mag er mich nicht. Dass ich ein Huxley bin, ist nicht gerade förderlich für sein Vertrauen in mich."

„Wie kann er Vorbehalte gegen dich haben? Du willst ihm helfen."

„Stimmt." Ich hebe unsere verschränkten Hände und küsse ihre Fingerknöchel. Das habe ich in den letzten Tagen schon unzählige Male gemacht. Es gefällt mir.

„Pierce ..." Ana zieht an ihrer Hand, damit ich weiterrede.

Also schön.

„Kurz gesagt: Owen Irving will sich um einen Durchsuchungsbeschluss kümmern. Er hat es nicht direkt gesagt, aber ich glaube, er hat bereits belastende Indizien gesammelt, die einen Beschluss rechtfertigen. Sobald ich ihm Bescheid gebe, dass das Handy meines Vaters bei der Polizei in O'ahu liegt, kann er mit dem Beschluss Einblick verlangen."

„Einfach so?" Ana wirkt überrascht.

„Ja. Mein Vater muss bestätigen, dass das Smartphone ihm gehört. Sobald die Besitzverhältnisse geklärt sind, greift der Beschluss und die Polizei bekommt

Zugriff auf die Daten, die sich darauf befinden. Ganz legal. Ohne Hacker."

Ana schweigt und wirkt nachdenklich.

„Wenn dein Vater bei der Polizei das Handy nicht identifiziert, dann haben wir verloren? In dem Fall scheitert unser Plan in letzter Minute. Habe ich das richtig verstanden?"

Der Satz lässt mich schmunzeln. Ana ist süß.

„Leichen werden identifiziert, Ana, Handys nicht." Ich stehe auf und ziehe sie mit hoch. „Im Grunde hast du recht. Mein Vater muss es als seins anerkennen, ohne das geht es nicht. Aber das wird er. Mach dir keine Gedanken. Er ist viel zu versessen darauf, sein geliebtes Smartphone zurückzubekommen."

„Aber ..."

Ich gehe Richtung Bett. Es ist höchste Zeit, zwischen die Laken zu schlüpfen und meine Freundin an meine Brust zu ziehen. Vorzugsweise nackt.

„Pierce Huxley sen. wird keinen Verdacht schöpfen." Es ist leicht, Anas Bedenken nachzuempfinden. Ihre besorgte Miene schreit es förmlich heraus. „Die ganze Kanzlei ist darüber informiert, dass mir am ersten Tag Brieftasche und Uhr geklaut wurden. Die Schlussfolgerung, dass ihm das Gleiche passiert sein könnte, liegt nahe. Es wird keine Probleme geben."

Ana nickt und ich gebe ihr einen Schubs, sodass sie auf der Matratze landet, da, wo ich sie haben will.

Wunderschön. Sie ist wunderschön und ich darf sie ansehen – überall.

Mein Ananasmädchen hebt den Kopf. „Du starrst mich an, als wolltest du mich verschlingen. Mit Haut und Haaren."

Ich löse den Knoten am Bund der Shorts und lasse sie fallen. Anschließend ziehe ich mir das T-Shirt über den Kopf und werfe auch das zu Boden. Splitterfasernackt stehe ich vor ihr und genieße den alles verschlingenden Blick auf meinen Körper. Ich möchte immer so angesehen werden. Es gefällt mir und macht etwas mit meinem Inneren. „Hast du im Bett, gleich neben dir, ein Plätzchen für mich frei?"

Ana tut so, als müsse sie nachdenken. „Äh ..." Ihr Mundwinkel bewegt sich nach oben.

„Pech, Ananasmädchen! Das dauert mir zu lange." Ohne eine Antwort abzuwarten, lege ich mich zu ihr ins Bett und küsse sie, bis sie zu Wachs in meinen Händen wird.

So muss ein Tag enden. Bitte mehr davon.

***

Beim Frühstück bekomme ich keinen Bissen runter. Ich müsste lügen, wenn ich behaupten würde, ich wäre nicht ein klein wenig aufgeregt. Angespannt trifft es eher.

Kaum dass die Sonne aufgegangen ist, bin ich mit meinem angeblichen Fundstück zur Polizei gegangen und habe es dort abgegeben. Natürlich nicht, ohne in aller Ausführlichkeit zu erklären, wo im *Lailani Beach Hotel* ich es am gestrigen Abend gefunden habe. Sicher ist sicher.

Die Frage, warum ich das Handy nicht an der Rezeption abgegeben habe, beantworte ich nur vage und nicht ganz ehrlich. Mein Vertrauen in Hotelangestellte sei schon zu oft enttäuscht worden, flunkere ich. Auf

Nummer sicher zu gehen, sei mein oberstes Gebot. Nach einem kurzen Moment des Nachdenkens hat das auch der diensthabende Officer verstanden. Gott sei Dank.

Als er mich nach meiner Adresse fragt, verweise ich an das Hotel. Dass ich Tourist bin, sieht jeder Einheimische auf den ersten Blick. Es wäre irgendwie cool – fast schon schräg – einen Finderlohn für James-Dean zu kassieren, aber das ist zu riskant. Mein Vater darf unter keinen Umständen Verdacht schöpfen. Er ist eh nicht der Typ Mensch, der sich in solchen Situationen übermäßig erkenntlich zeigt. James-Dean wird nichts bekommen. Nur das befriedigende Gefühl, das Richtige getan zu haben.

Ana tippt mich unterm Tisch mit dem Fuß an. „Du siehst aus, als müsstest du dich übergeben."

Ihre Stimme klingt so aufgeregt, wie ich mich fühle. Sie sitzt mir gegenüber und hat ebenfalls nur Kaffee vor sich stehen.

„Stimmt. Ich stehe kurz davor."

Gemeinsam warten wir auf meinen Vater, um die Operation *Mehr Taschendiebstahl für eine bessere Umwelt* weiter auf Kurs zu halten.

Zum Glück hat der Staatsanwalt, Owen Irving, gestern Abend – eher mitten in der Nacht – auf meine Nachricht reagiert. Die Zeitverschiebung hat sich begünstigend für uns ausgewirkt. Irving schien nicht damit gerechnet zu haben, dass ich mich so schnell mit Informationen melde. Obwohl er Zweifel hat, hat er versprochen, alles in die Wege zu leiten und sich um den Beschluss zu kümmern, den die Polizei braucht, um Einblick in die Daten meines Vaters zu bekommen.

Gedanklich hat er sich höchstwahrscheinlich die Hände gerieben. Ich hätte es getan. Solche Beweise werden einem Anwalt nicht täglich in den Schoß gelegt.

Wenngleich ich weiß, dass ich das Richtige getan habe, fühle ich mich schuldig. Immerhin ist es mein Vater, den ich in die Pfanne haue und beim Staatsanwalt verpetze.

Pierce, du versuchst, ihn vor Schlimmerem zu bewahren. Du musst dich nicht schuldig fühlen.

„Da kommt er", informiere ich Ana. Sie sitzt mit dem Rücken zur Tür und kann nicht sehen, wer den Frühstücksaal betritt.

Wenig später hat mein Vater uns entdeckt und kommt zum Tisch. Seine Kleidung unterscheidet sich nur geringfügig von der gestrigen. Das Hemd ist ein frisches, aber der Rest ist identisch. Er sieht Ana an, dann mich. Natürlich hat er nicht damit gerechnet, dass ich in weiblicher Begleitung bin. Die Überraschung steht ihm ins Gesicht geschrieben.

„Guten Morgen", begrüße ich ihn, bevor er etwas sagen kann. „Darf ich dir Ana Keoki vorstellen? Sie lebt hier auf der Insel und verbringt ein paar freie Tage mit mir."

Mein Vater hebt eine Augenbraue. Sonst nichts. Typisch.

„Ana, der Mann der so komisch guckt, ist mein Vater, Pierce Huxley sen.", erkläre ich meiner Freundin, was sie längst weiß. „Er wollte mich unbedingt auf Hawaii besuchen."

Vielleicht können die Worte für Auflockerung sorgen. Ich bin nervöser, als ich dachte. Den Schein zu wahren ist wichtig – und verdammt schwierig.

„Morgen." Mein Vater setzt sich und nickt Ana verhalten zu. Sie erwidert den Gruß, weil sie die Beste ist und sich von dem Miesepeter nicht aus der Ruhe bringen lässt. Es gefällt ihm nicht, dass ich in Begleitung bin.

„Ich werde mich mal um die Croissants kümmern." Stuhlbeine kratzen über den Boden, als meine Freundin und Komplizin aufsteht. „Möchtest du noch etwas anderes?" Sie sieht mich an und wir tauschen einen kurzen Blick.

Alles wird gut.

„Nein. Croissants sind wunderbar und völlig ausreichend."

Ich lächele übertrieben. Mein Vater soll schließlich eine hervorragende Show geliefert bekommen. Er darf ruhig wissen, dass ich Ana verfallen bin. Das ist die Wahrheit.

Kaum hat sie den Tisch verlassen und ist außer Hörweite, ergreift er das Wort.

„Mein Smartphone ist weg." Aufs Übelste gelaunt, nimmt er sich von dem Kaffee, der auf dem Tisch steht.

„Hast du es zufällig in der Suite gelassen?" Ich atme unauffällig aus.

„Nein, es ist verschwunden. Es ist nicht in der Suite." Bevor mein Vater auch nur einen Schluck von dem Kaffee trinken kann, den er sich gerade eingeschenkt hat, lehnt er sich zurück und betrachtet mich misstrauisch. „Hast du es genommen? Gestern Abend, als wir geredet haben?"

„Ich?" Mit dem Finger deute ich auf meine Brust und mache einen auf unschuldig. „Nein. Aber ... willkommen im Club." Mein mitfühlender Blick folgt auf dem Fuße. „Touristen haben es nicht leicht auf O'ahu. Sei froh, dass nur dein Handy und nicht die Brieftasche weg ist. Der Dieb, der mich gerupft hat, hat mir nicht nur mein Bargeld und meine Kreditkarten, sondern auch meine Uhr genommen." Ich schüttele den Kopf und demonstriere die nötige Fassungslosigkeit.

„Ein gestohlenes Smartphone ist schlimmer." Mein Vater hebt die Tasse an den Mund und trinkt.

Die Äußerung lasse ich unkommentiert. Anscheinend war ich überzeugend und er glaubt mir den Quatsch von den armen Touristen.

„Ich kann dir erklären, wo die nächste Polizeistation ist", mache ich ihm das Angebot, welches ich auch Chris gemacht habe. Gleichgültigkeit demonstrierend zucke ich mit den Schultern. „Erstatte Anzeige."

Bevor mein Vater das ablehnen kann, weil die Chancen, es zurückzubekommen gering sind, setze ich nach. „Unter Umständen ist es gar nicht geklaut worden und du hast es auf dem Weg zum Hotel verloren. Es könnte doch sein, dass es dort abgegeben worden ist – oder noch wird. Die Möglichkeit solltest du in Betracht ziehen."

Mein Vater schweigt.

Pierce Huxley sen. denkt nach. Ich kann ihn beinahe hören, so laut denkt er.

Die Argumente reichen aus. Treffer versenkt! Ich sehe es in seinem Gesicht. Er wird den Gang zur Polizeistation gehen. Sein geliebtes Smartphone ist zu wichtig, das Bestreben, es zurückzubekommen unermesslich groß.

„Also schön", gibt mein Vater nach. „Einen Versuch ist es wert. Die Chancen sind sicherlich gering, aber vielleicht habe ich Erfolg."

Hoffentlich hat Owen Irving Wort gehalten, sodass
das Schicksal seinen Lauf nehmen kann. Alles Weitere – Glück oder Unglück – liegt nicht mehr in meiner
Hand.

21

Ana

Da ich nicht will, dass Pierce grübelt oder über das nachdenkt, was unweigerlich auf der Polizeistation seinen Lauf nehmen wird, bitte ich ihn, mich zur Plantage zu fahren. Es ist keine reine Ablenkung, ich brauche wirklich ein paar Sachen. Pierce hat für mich eingekauft und ich habe sogar ein wunderschönes Sommerkleid bekommen, das nicht nötig gewesen wäre. Trotzdem brauche ich meine Sonnenbrille, einen Hut, einen zweiten Bikini und ein paar Unterhosen. Dringend. Das mit den Unterhosen sage ich Pierce nicht. Es würde ihn nur zu einem Kommentar wie *Unterwäsche wird überbewertet* verleiten. Typisch Mann eben.

An Freitag, Pierce' Abflugtag, will ich nicht denken. Die letzten Tage waren unglaublich aufregend und schön. Vor allem schön. Noch nie habe ich die Zeit mit einem Mann so genossen, wie mit Pierce. Ich will ihn nicht gehen lassen. Es schmerzt, daran zu denken.

Gut möglich, dass es so außerordentlich mit uns funktioniert, weil jeder von uns weiß, dass diese Liebelei nicht von Dauer ist. Oder es klappt, weil die Strafsache, in die Mr. Huxley sen. möglicherweise verwickelt ist, uns zu Komplizen macht.

Im Grunde ist es egal, warum es klappt. Es klappt einfach. Wir mögen uns. Vermutlich lieben wir uns sogar.

Zumindest ein bisschen. Meine Gedanken werden unterbrochen, als Pierce sich mir zuwendet.

„Ich kann kaum glauben, dass es erst eine Woche her ist, dass ich mit dem Bus zu euch gefahren bin, um mir von dir eine Plantagenführung zu erschnorren." Pierce sitzt am Steuer des Leihwagens und biegt in die Zufahrt zur Plantage ein. Seine Hand liegt auf meinem Oberschenkel und streichelt mich. Er lächelt selig. Das bestätigt mir, das Richtige getan zu haben. Er ist schon viel entspannter, weit weg vom Hotel und seinem Vater.

„Mit dem Hemd musstest du mir einfach *auffallen*." Ich lege meine Hand auf seine und kichere. „Früher hatten wir eine Wachstuchdecke für den Gartentisch, die dasselbe bunte Muster hatte."

„Werd nicht frech, Ananasmädchen." Er stellt den Motor ab und zieht meine Hand an seinen Mund. Anschließend küsst er mir den Handrücken. Ich liebe es, wenn er das macht. Die Geste passt wunderbar zu einem Kavalier aus längst vergangenen Zeiten. Sie *passt* zu Pierce.

„Bane hat dich wegen des billigen Polyesterfummels für einen Schmarotzer mit wenig Geld gehalten."

„Er passt eben auf dich auf." Pierce lässt unsere Hände sinken. „Daran ist nichts Verwerfliches. Du bist seine kleine Schwester. Es ist gut, dass er ein Auge auf dich hat."

Ich versuche, Pierce' Blick einzufangen, aber er weicht aus. „Du bist auf seiner Seite?", frage ich mehr als nur ein bisschen verblüfft. „Mein Bruder hat sich an dem Tag unmöglich benommen. Du musst ihn nicht mögen oder verteidigen. Das wäre für mich vollkommen okay."

Auch wenn ich Bane über alles liebe, hat er ein Talent dafür, mich in regelmäßigen Abständen auf die Palme zu bringen. In solchen Momenten verfluche ich ihn. Pierce darf ihn auch verfluchen. Wir könnten ihn gemeinsam verfluchen. Die Idee gefällt mir.

„Es ist ein gutes Gefühl, zu wissen, dass jemand auf dich aufpasst, wenn ich abgereist bin." Ohne auf eine Antwort zu warten, steigt mein Freund aus dem Wagen. Männer!

„Ich kann auf mich selbst aufpassen", flüstere ich vor mich hin.

Das habe ich über die Jahre bewiesen. Machomäßiges Imponiergehabe und Muskeln brauche ich nicht. Ich habe ein Mundwerk, das unaufhörlich in Bewegung ist, und Durchsetzungskraft. Damit lässt sich einiges regeln.

Schnell steige ich aus, bevor Pierce ohne mich zum Eingang geht.

„Warte." Ich hole auf und greife seine Hand, zwinge ihn, stehen zu bleiben. „Wir halten Kontakt, wenn du zurück in Chicago bist, oder? Ich möchte nicht, dass es endet."

Pierce nimmt mich in die Arme. „Womöglich wäre es besser, wenn wir einen klaren Schnitt ziehen. Uns nicht schreiben und auch nicht telefonieren. Wir könnten sogar die Nummern in unseren Handys löschen." Pierce küsst mich auf die Stirn und ist emotional, wie ich ihn noch nie erlebt habe. Er zittert sogar leicht. „Aber ..."

„Aber ...?" Ich bin gespannt.

„Es wird nicht funktionieren. Ich möchte dir Nachrichten schreiben. Dir Fotos von Chicago schicken. Von mir. Von mir im Gericht und auf der Arbeit. Ich möchte mit dir reden und dir von meinem Tag im Büro erzählen." Er lacht und es klingt überdreht. „Ich würde dir zu gerne den leckersten Käsekuchen in ganz Chicago präsentieren – per Skype natürlich. Und im Anschluss vor deinen Augen essen. Ist ja klar." Letzteres sagt er mit Wehmut in der Stimme.

Mich überrollt eine Welle aus Glücksgefühlen. Sie wirbeln durcheinander und lösen ein Kribbeln auf meiner Haut aus. Diese Worte, mit so vielen Emotionen ausgesprochen, lassen mein Herz aufgehen. Ich schlucke eine wenig trockene Spucke.

„Gut, denn ich kann dich auch nicht aus meinem Leben streichen. Ich *will* es nicht. Ein Schnitt, wie du ihn vorgeschlagen hast, würde mir körperlich wehtun."

Es fühlt sich richtig an, jetzt schon darüber zu reden und nicht erst am Freitag. Klare Verhältnisse sind mir wichtig.

„Dann sind wir uns einig." Pierce wirkt erleichtert und ungemein froh. „Ab nächste Woche nur noch Telefonsex."

Überglücklich lache ich und drücke mich an seine Brust.

„Du bist ein verrückter Kerl." Ein Räuspern kommt mir über die Lippen und ich spüre, wie mir beim nächsten Gedanken die Hitze ins Gesicht schießt.

„Ich hatte noch nie Telefonsex." Ohne den Blick zu heben, gestehe ich. Es wäre mir unangenehm, wenn Pierce meine roten Wangen sehen würde.

Mein Freund, der in Zukunft von Chicago aus mein Freund sein will, ist still. Merkwürdig still.

Oh! Was hat das zu bedeuten?

„Hattest du schon Telefonsex?" Das schlussfolgere ich, weil er so schweigsam bleibt. Jetzt sehe ich doch hoch, rote Wangen hin oder her. Ich will ihm ins Gesicht sehen, wenn er antwortet. Meine Neugier ist geweckt.

Pierce grinst breiter denn je. „Wenn du mich fragst, ob ich eine Sexhotline angerufen und mich dabei befriedigt habe, dann muss ich verneinen." Sein Blick ist aufrichtig. „Aber mir haben schon Frauen Nacktbilder von sich geschickt."

Okay.

„Frauen, mit denen du zusammen warst?"

Allein der Gedanke versetzt mir einen Stich, trotzdem will ich es genau wissen. Zweifellos bin ich eifersüchtig. Pierce mit einer anderen Frau … das möchte ich mir nicht vorstellen.

„Ja", antwortet er. „Wobei ich bisher eher ein beziehungsscheuer Mann war. Bei meinen verflossenen Liebschaften ging es lediglich um Sex." Seine Umarmung wird inniger. „Bei dir ist es anders. Zum ersten Mal möchte ich mehr. Ich möchte dich."

Oh Gott, Ana. Er will dich.

Oh Gott.

Jaaaa. Und noch mehr jaaaa.

„Ich möchte dich auch." Das warme Gefühl in meinem Bauch soll bleiben. Für immer.

„Dann sind wir uns einig."

„Ja. Aus dem Grund bekommst du von mir weder Nacktbilder noch Telefonsex." Ich schüttele den Kopf, um die Endgültigkeit dahinter zu unterstreichen. Für den Entschluss habe ich nur eine Millisekunde gebraucht.

„Nicht? Kein einziges kleines Bildchen?" Er wirkt tatsächlich verwundert. Dieser Schuft!

„Falls du mich nackt sehen willst, musst du in ein Flugzeug steigen und herfliegen." Guter Plan. Ich klopfe mir gedanklich auf die Schulter. Der beste überhaupt.

„Deal!" Er streckt mir die Hand entgegen und ich ergreife sie. „Ich nehme dich beim Wort."

Verrücktes Abkommen.

Ein letzter Blick in Pierce' Gesicht, bevor wir endlich aus der Sonne und ins Haus gehen ... und ich sehe ihn bereits rechnen. Flugzeit, Zeitverschiebung, Arbeit ... er zieht alle Faktoren in seine Berechnung mit ein. Hoffentlich kommt etwas Gutes dabei heraus. Ich will ihn auch in Zukunft oft sehen.

Das Wort *Fernbeziehung* hat keiner von uns ausgesprochen, dafür ist es zu früh. Aber es könnte klappen. Wenn wir es beide wollen und bereit sind, daran zu arbeiten, dann ...

„Aloha, ihr zwei. Wollt ihr nicht endlich reinkommen?" Bane taucht auf der Terrasse vor dem Haus auf und versucht, nicht neugierig auszusehen. Es gelingt ihm kein bisschen.

„Hast du uns beobachtet – belauscht?", empöre ich mich, obwohl ich die Antwort kenne. Natürlich hat mein Bruder am Fenster gestanden und aufgepasst. Nichts anderes erwarte ich von ihm.

„Nein. Natürlich nicht", lügt er.

Auch die Antwort habe ich vorausgesehen. Bane ist eben Bane. Überfürsorglicher als mein Vater.

„Wir sind gleich da." Pierce lässt mich los und gemeinsam gehen wir hinein. „Komm, dein Bruder wird ungeduldig."

Bitte, lieber Gott, lass die beiden sich nicht gegen mich verschwören. Etwas Derartiges habe ich nicht verdient.

Es gibt keinen Grund für dieses Stoßgebet. Aber mein Instinkt sagt mir, dass eine Verbrüderung der beiden im Rahmen des Möglichen liegt. Bane guckt seltsam. Da ist eindeutig etwas im Busch. Mein Bruder guckt sonst nie seltsam.

„Wir sind nur gekommen, damit ich eine Reisetasche packen kann", werfe ich Bane an den Kopf, bevor mein Freund hinter mir eintreten kann. „Ich bleibe bei Pierce im Hotel. Aber das weißt du bereits. Meine Nachricht hast du schließlich bekommen."

Warum rede ich so viel? Es gibt keinen Grund, nervös zu sein. Eine Rechtfertigung ist überflüssig.

Bane mustert uns beide. Mir schenkt er besondere Aufmerksamkeit.

„Du willst Klamotten holen?", fragt er überrascht. „Ich dachte, ihr wärt wegen etwas anderem hier." Sein Blick bleibt undurchschaubar.

„Wegen was anderem?", wiederhole ich und hebe eine Augenbraue. Habe ich etwas verpasst?

Banes Miene verzieht sich mitleidsvoll. „Hast du heute schon in die sozialen Netzwerke geschaut? In die Timeline deiner Freunde?"

In die Timeline meiner Freunde? Fragt er mich das wirklich? „Äh ... für soziale Netzwerke hatte ich in den letzten Tagen wenig Zeit."

Damit Bane meine Röte, die wie aus dem Nichts kommt, nicht bemerkt, sehe ich zu Boden. Diese Verliebtheit ist zum Davonlaufen.

„Warum?" Pierce' Stimme klingt anwaltsmäßig. „Was soll Ana da finden?"

Er wittert eine Gefahr und stellt auf Angriff um. Wie gut ich ihn schon kenne. Mein Held!

„Lasst uns im Esszimmer darüber reden. Es könnte sein, dass meine Schwester einen Stuhl braucht, wenn sie davon erfährt."

Was?

Mir wird schlecht. Was steht über mich im Internet? Ich poste nur selten etwas und wenn, dann höchstens einen Sonnenuntergang oder ein Foto unserer Eissorten. Welcher meiner Freunde hat etwas über mich veröffentlicht? Ich muss es wissen.

Pierce geht mit Bane voraus, weil ich mich kurzzeitig wie festgewachsen fühle. Die Männer vergleichend sehe ich auf die Kehrseiten. Sie sind etwa gleich groß. Bane ist breiter gebaut als Pierce, dafür ist Pierce' Gang erhabener.

„Ana, kommst du?", ruft Bane, ohne sich umzudrehen.

Unverzüglich setze ich mich in Bewegung und habe ein mulmiges Gefühl im Bauch. Hoffentlich ist es nichts Schlimmes.

„Was steht in den sozialen Netzwerken?" Pierce stellt die Frage, kaum dass wir den Esstisch, an dem unsere Familientreffen stattfinden, erreicht haben. Er fasst sich an den Kragen, als wolle er seine Krawatte richten. Anscheinend hat er vergessen, dass er nur ein T-Shirt trägt.

„Keanu hat etwas gepostet.“

Ich lasse mich auf den Platz fallen, der beim Abendessen meiner ist. Bane hat recht, Sitzen ist sicherer. Meine Beine fühlen sich wie Pudding an. Was hat dieser Idiot getan? Mir ist übel. Warum bin ich überhaupt über die sozialen Netzwerke mit ihm befreundet? Es muss Jahre her sein, dass er mir eine Anfrage geschickt hat und ich sie angenommen habe, weil er ein Kumpel von Bane ist.

„Um was geht es genau?“ Pierce stellt sich hinter mich und legt mir die Hände auf die Schultern. Er fängt an, sie zu massieren. Das macht er wunderbar, aber es hilft nicht. Meine Angst bleibt. Keanu ist unberechenbar und zu vielem fähig.

Bane fährt sich durch die Haare. Seine Miene verzieht sich beängstigend schnell.

„Langer Rede, kurzer Sinn: Keanu behauptet, zusammengeschlagen worden zu sein. Von einem Schläger, der seine Freundin Tsunami datet. Keanu schimpft dich eine Bitch und sagt die Hochzeit offiziell ab. Eine Frau wie dich wird er niemals heiraten, da du ihn hinterrücks und aufs Übelste betrogen hast.“

Bane seufzt und rauft sich erneut die Haare. „Da eure Trauung live im Fernsehen übertragen werden sollte und Keanu seinen Bruder und seine zukünftige Schwägerin in dem Post markiert hat, ist der Beitrag schon hunderttausende Male gesehen und gelikt worden. Sogar der Sender, für den Luis Verlobte arbeitet, hat es geteilt. Die Mehrheit lässt kein gutes Haar an dir. Das Foto von Keanus zerschlagenem Gesicht ist ihnen Beweis genug.“

Foto? Welches Foto?

Pierce nimmt die Hände von mir und tritt einen Schritt zurück. Ich spüre seine Wut, die kurz davor steht, entfesselt zu werden. Die Luft im Raum ist wie aufgeladen. Mich wundert, dass Bane so gelassen bleibt. Für gewöhnlich gehört er zu den Brüdern, die mit hochrotem Kopf rumbrüllen und sich über alle Maßen aufregen.

„Welches Foto?", frage ich. „Pierce hat ihn lediglich geschubst. Er hat *nicht* zugeschlagen. Keanu hat ihn provoziert, aber es ist nichts passiert."

„Gerade bereue ich es. Der Mistkerl hätte eine Tracht Prügel verdient", höre ich Pierce' angespannte Stimme. Besser nicht umdrehen. Vermutlich ballt er nachträglich die Fäuste. Der Vulkan steht kurz vor dem Ausbruch.

Bane zückt sein Handy und zeigt mir den Post, über dem ein Foto von Keanu Farrow zu sehen ist. Sein linkes Auge ist zugeschwollen und das rechte ziert ein Veilchen, das seine komplette Gesichtshälfte bedeckt. Er sieht furchtbar aus. Als hätte er einen schweren Unfall gehabt und wäre nur knapp dem Tod entkommen.

Pierce blickt mir über die Schulter und fängt an zu schnauben. „Dieser Mistkerl! Dazu fällt mir nichts ein." Er tritt zurück und läuft hinter meinem Stuhl auf und ab. „Wenn er deinen richtigen Namen genannt hätte, könnten wir ihn bis ins Dorthinaus verklagen. Ich würde ihm ein Verfahren an den Hals hängen und Schadensersatz in Millionenhöhe fordern. Dieses verlogene Schwein!"

„Keanu gehört zu den Gerissenen. Schon immer." Bane setzt sich mir gegenüber und legt seine Hand über meine, die das Handy umklammert hält. „Wir bekommen das hin“, versucht er mich aufzumuntern. „Keanu macht das nur, um aus dieser Nummer mit der Doppelhochzeit rauszukommen. Die Zukünftige seines Bruders muss auf ihr Ansehen achten.“

„Nimmst du ihn etwa in Schutz?“, frage ich verwundert und will nicht glauben, was ich höre. Mein Bruder kann unmöglich Verständnis für diesen Schwachsinn haben.

„Nein! Um Gottes Willen. Keanu ist die längste Zeit mein Freund gewesen. Ich gebe zu, dass ich mir bis vor einigen Tagen gewünscht habe, ihr beiden würdet ein Paar werden.“ Meinen sofortigen Protest stoppt Bane, indem er die Hand hebt. „Keine Sorge. Ich habe eingesehen, dass ich keinen Mann für dich aussuchen kann.“

Na wenigstens etwas. „Bravo. Für die Erkenntnis bekommst du hundert Punkte. Ich bin trotzdem sauer.“

Bane drückt meine Hand. „Das habe ich verdient, dessen bin ich mir bewusst“, sagt er und stockt für einen Moment. „Aber du sollst wissen, dass ich auf deiner Seite bin. Du bist mir wichtig, nicht Keanu und seine dämlichen Probleme. Nur du, Schwesterchen.“

Die Worte lassen mich aufatmen. Es wäre furchtbar verletzend, wenn Bane nicht vollends hinter mir stünde. Wenn er Verständnis für diesen Blödsinn hätte, den Keanu abzieht.

„Das Foto ist eine Fälschung“, kläre ich ihn auf.

„Schade. Ich habe es vermutet, aber trotzdem gehofft, dass dein neuer Freund wenigstens für einen Teil der Quetschungen in Keanus Gesicht verantwortlich ist.“

„Er wird bezahlen." Pierce setzt sich zu uns. Der Gute wirkt nicht mal ansatzweise so ruhig wie Bane. „Keine Sorge, der Mistkerl wird bezahlen."

Ach du Schreck! Dieser Tonfall verheißt Furchtbares.

„Keanu hat mir einen Heiratsantrag gemacht. Er ist auf die Knie gefallen und hat einen Ring gezückt", erkläre ich meinem Bruder. „Vor Pierce' Augen, in seinem Hotelzimmer. Kannst du dir das vorstellen? Jetzt weiß ich, dass er es darauf angelegt hat, dass Pierce ihn zusammenschlägt. Er wollte ein Veilchen haben, um es der ganzen Welt zeigen zu können. Ein echtes." Ich schüttele den Kopf und bin fassungslos. „Dass da etwas faul ist, habe ich sofort vermutet. Doch niemals hätte ich mit so etwas Verlogenem gerechnet. Keanu greift ganz schön tief in die Trickkiste, um zu bekommen, was er unbedingt will."

„Und da ich nicht zugeschlagen habe, hat er sich das blaue Auge aufgemalt. Dieser Freak." Pierce schnaubt abfällig und murmelt etwas von falschen Künstlern.

Bane zieht seine Hand zurück und nimmt mir sein Handy ab. Das Display ist längst ausgegangen. Kaum hat er es weggesteckt, fängt er an zu grinsen.

„Also. Wie ist der Plan?", fragt er Pierce und lehnt sich entspannt zurück, bereit, den neuen Freund seiner Schwester die Welt retten zu lassen. „Ich setzte auf dich, Anwalt. Beweis mir, dass du der Richtige für Ana bist."

Teufel auch!

„Bane!" Am liebsten würde ich meinem Bruder einen Tritt verpassen. Was soll das? Muss er ausgerechnet jetzt blöde Sprüche klopfen? Unmöglich!

Da ich die Befürchtung habe, Pierce könnte die Aufforderung falsch verstehen und bereits die Messer wetzen, sehe ich zu ihm rüber. Mein Freund lächelt. Er lächelt! Warum das jetzt?

Oha ... alle Zeichen stehen auf Sturm. Die rote Flagge ist gehisst. Die Männer sind sich einig.

„Jungs. Wir könnten den Post ignorieren. Der Bericht ist erstunken und erlogen. Mein Name wird nirgendwo erwähnt und verlinkt bin ich auch nicht. Ich heiße nicht Tsunami. Keiner außer uns und Keanu weiß, was wirklich passiert ist."

„Nein", kommt es von beiden zugleich.

„Nein?"

Keiner der Streithähne gibt mir Antwort. Und das, obwohl ich einen nach dem anderen wütend anfunkele.

Na Prost Mahlzeit!

22

Ana

Ich gehe meine Tasche packen und lasse die Männer, die plötzlich beste Freunde scheinen, allein. Auf dem Weg nach oben in mein Zimmer hole ich mir eine Flasche eiskalte Cola aus der Küche. Etwas Stärkeres wäre nach dem Schreck super, aber wir haben gerade mal Mittag, deshalb muss etwas ohne Alkohol ausreichen.

Was Bane und Pierce wohl besprechen? Will ich das überhaupt wissen? Falls sie später eine Leiche verscharren müssen, ist es womöglich besser, ich bin nicht eingeweiht. Der Gedanke lässt mich innerlich schmunzeln. Auch wenn Keanu es mit dieser Fotomanipulation zu weit getrieben hat, ist es doch schön, mitanzusehen, wie mein Bruder und der Mann, mit dem ich plane eine Beziehung über den Urlaub hinaus zu führen, sich verbrüdern. Irgendwie habe ich das Gefühl, Bane mag Pierce mehr, als er zugeben will. Er sieht sogar ein Stück weit zu ihm auf. Pierce ist ein bedeutender Strafverteidiger und hat sich in Chicago bereits einen Namen gemacht. Ich würde meine Lieblings-Jeansshorts darauf verwetten, dass Bane den Namen Pierce Gifford Huxley jun. im Internet gesucht hat. Gleich nach dem Abendessen, bei dem er sich anders als erwartet verhalten hat.

Es ist nachvollziehbar, dass mein Bruder, der seit Jahren an seinem Abschluss doktert, aus beruflicher Sicht zu Pierce aufsieht. Alles andere würde mich sehr überraschen. Solange Pierce mich glücklich macht und nichts unternimmt, was mir schadet, wird Bane ihn mögen und sich mit ihm arrangieren. Unter Umständen werden die beiden sogar Freunde.

Ich trinke einen Schluck von der Cola und lasse die Gedanken einen Moment sacken. Die Erfrischung tut gut.

Hoffentlich kommt alles in Ordnung. Hoffentlich steigern die beiden sich nicht in etwas hinein, das es nicht wert ist. Hoffentlich macht Bane sich nicht unglücklich. Nicht meinetwegen. Rache ist keine Lösung. Keanu Farrow hat mit Bane seinen besten Freund verloren. Das sollte Strafe genug sein. Ich möchte gar nicht wissen, was Keanu sich von seinem Bruder Lui anhören musste. Wenn ich Aikos Verwandtschaft in Japan richtig einschätze, hat es bereits Gespräche gegeben. Die Familienehren sollen schließlich so wenig Schaden nehmen wie möglich. Um nichts auf der Welt möchte ich mit Keanu tauschen. Seine zukünftige Schwägerin wird ihn auf Lebzeiten hassen. Nur die wenigsten Frauen mögen es, wenn die eigene Hochzeit gecrasht wird.

Wäre ich nicht so glücklich mit Pierce an meiner Seite, würde der schreckliche Post mich erheblich mehr aufwühlen. Hundertprozentig. Seltsamerweise habe ich das Gefühl, ich stehe über den Dingen und sehe auf Keanu hinunter, der mal wieder den Kürzeren gezogen hat. Vor wenigen Minuten war ich noch entsetzt über das Foto und die Masche, die er versucht abzuziehen, jetzt empfinde ich eher Mitleid.

In meinem Kopf herrscht Chaos hoch drei. Es ist anstrengend, darüber nachzudenken, deshalb fange ich an, meine Sachen in eine Sporttasche zu stopfen. Ich bin zu durcheinander, um gezielt zu packen, aber das ist egal. Wenn ich so viel wie möglich mitnehme, wird schon etwas dabei sein, das ich brauchen kann.

Eine Stunde später bin ich mit Pierce auf dem Weg zurück ins Hotel. Weder Bane noch er haben mir verraten, was sie besprochen haben. Verdammte Geheimniskrämer! Sie haben lediglich merkwürdige Blicke getauscht, die nur Männer verstehen. Und da ich ganz sicher nicht darum betteln werde, dass die beiden mich in ihren Plan einweihen, habe ich nicht nachgebohrt. Sollen sie doch machen, was sie wollen. Und Keanu? Der kann bleiben, wo der Pfeffer wächst!

„Strand, Pool oder gehen wir irgendwo etwas essen? Alternativ könnte ich dir auch ein besonders schönes Plätzchen in Waikiki zeigen, das du noch nicht kennst.“

Mein Kopf dreht sich in Pierce’ Richtung, der den Wagen in diesem Moment auf den Hotelparkplatz lenkt. Seine Miene wirkt nachdenklich und verschlossen. Ich bin mir sicher, dass etwas geplant ist, von dem ich nichts erfahren soll. Gleich wird er mich mit einer faden Entschuldigung absetzen und sein Ding durchziehen. Was auch immer das sein wird.

„Äh …“

Es geht schon los. Ich spüre es.

„Also …“ Er sieht zu mir herüber, kaum dass der Wagen steht. Den Motor lässt er laufen. Ein schlechtes Zeichen.

„Ich muss noch mal weg“, offenbart er das Vermutete.

Mit ein paar Handgriffen schnalle ich mich ab. „Wohin?“, frage ich und kann nicht verhindern, dass meine Stimme gereizt klingt. Er wird es mir eh nicht verraten. So gut kenne ich ihn schon. Außerdem durchschaue ich meinen Bruder. Bestimmt ist er dafür verantwortlich, dass ich den Nachmittag allein verbringen muss.

Statt zu antworten, zieht Pierce mich zu sich herüber und küsst mich. Dieser manipulative Schuft!

„Bitte. Wir müssen etwas unternehmen“, flüstert er, nachdem er den Kuss, der sanfter war als alle Küsse, die ich bisher bekommen habe, beendet hat.

„Wir?“

„Bane und ich.“

Ich nicke und stoße einen Seufzer aus. Männer werde ich nie verstehen. Sie haben viel zu große Egos.

„Okay. Aber lasst Keanu am Leben.“ Mein Adlerblick sucht seinen. „Außerdem soll Bane ihm keine Schmerzen zufügen.“ Pierce rollt mit den Augen.

„Ich meine das ernst. Keine Mätzchen. Halt meinen Bruder zurück, wenn er sich dämlich benehmen will oder überreagiert. Versprich es mir“, fordere ich ihn auf.

Pierce beginnt zu lächeln und auch seine Gesichtszüge entspannen sich. „Ich verspreche es. Sonntags kein Mord.“ Er hebt zwei Finger zum Schwur. Soll das witzig sein?

Kaum bin ich mit meiner Tasche ausgestiegen, wird mir mein Fehler bewusst. Ich habe nur verlangt, dass

Bane sich betragen soll. Von Pierce habe ich das nicht verlangt. Da mein Freund Anwalt ist, ist ihm dieser Schnitzer sicher aufgefallen.

Egal. Es ist nicht zu ändern.

Mit der Tasche über der Schulter betrete ich die Lobby. James-Dean habe ich vor dem Hotel nicht gesehen. Deshalb kann ich weder mit ihm reden, noch mir die Tasche tragen lassen. Der Tag entwickelt sich nicht zu seinem Vorteil.

Was hat Pierce mir von seiner Langeweile in den ersten Tagen erzählt? Könnte es sein, dass ich heute in die gleiche Falle tappe? Was mache ich den Nachmittag über, wenn alle mit etwas anderem beschäftigt sind?

Zuerst werde ich die Tasche aufs Zimmer bringen und in meinen Bikini schlüpfen. Der Rest findet sich.

Vor den Aufzügen stelle ich die extrem schwere Tasche ab und drücke den Knopf.

„Sie kennen meinen Sohn", ertönt plötzlich eine Stimme hinter mir. „Sie haben heute Morgen mit ihm gefrühstückt."

Mr. Huxley sen..

Ich drehe mich um und sehe in das Gesicht von Pierce' Vater. Seine Miene verrät nichts Gutes. Sein Vormittag scheint schlimmer gewesen zu sein als meiner. Zumindest sieht es so aus. Ob die Polizei etwas gefunden hat? Haben sie sein geliebtes Smartphone behalten? Ist er deshalb schlecht gelaunt? Offensichtlich hat die Beweislast nicht ausgereicht, um ihn dazubehalten.

„Äh ... ja", stottere ich und versuche, nichts von meinen Gedanken auszusprechen. Das wäre fatal.

„Wo ist mein Sohn?" Das Wort Sohn betont er, als wäre er stinksauer auf diesen.

„Er ist mit meinem Bruder im Auto unterwegs", beantworte ich die Frage und sehe auf die Fahrstuhlanzeige. Hoffentlich dauert es nicht mehr lange, bis die Türen sich öffnen. Der Mann ist mir unheimlich. Dass ich allein vor ihm stehe und weiß, dass er zu den Hinterhältigen gehört, macht es nicht besser. Beunruhigt sehe ich von rechts nach links. James-Dean bleibt außer Sichtweite.

„Wohin ist Pierce gefahren? Wann ist er zurück?" Er spricht deutlich und mit Nachdruck. Sollte es Mr. Huxley sen. überraschen, dass sein Sohn mit einem nahezu Fremden umherstreift, zeigt er es nicht.

„Keine Ahnung. Er hat mich nicht eingeweiht und mir auch nicht verraten, wann er zurück sein wird. Es tut mir leid."

Das ist nicht mal gelogen. Auch wenn dieser Griesgram mich so ansieht, als vermute er genau das.

Es macht *Pling* und die Fahrstuhltüren fahren auseinander. Hoffentlich steigt Pierce' Vater nicht mit ein. Allein mit ihm in einer Stahlkiste eingesperrt zu sein, ist das Letzte, was ich will. Mein Herzschlag geht schon jetzt durch die Decke.

„Ich muss los." Mit meiner Tasche bewaffnet, betrete ich den Aufzug. Wie einen Schild halte ich sie vor meinen Körper. „Eventuell dauert es nicht lange, bis Pierce zurück ist. Falls Sie in der Lobby auf ihn warten wollen …" Den Rest des Satzes lasse ich offen.

Als die Türen sich schließen, sehe ich, wie Mr. Huxley sen. sich abwendet. Gott sei Dank hat er nicht nachgebohrt oder ist mit in den Aufzug gestiegen. Glück gehabt.

Da es keinen Sinn macht in der Suite zu warten, schlüpfe ich in meinen Bikini, schlinge mir ein Tuch um die Hüften und gehe zum Pool.

Ohne etwas zu lesen, nur mit meinem Handy und ein bisschen Musik, lasse ich mich auf einer der Sonnenliegen nieder. Ich wähle extra eine, die weit weg vom Barhäuschen steht. Von hier aus habe ich einen guten Überblick. Pierce wird nicht unbemerkt an mir vorbeigehen können.

Es dauert nicht lange und James-Dean taucht auf. Er trägt die übliche Dienstkleidung des Hotels und blickt sich um. Schaut nach rechts und links, als würde er jemanden suchen. Mich vielleicht? Ich winke ihm zu und er kommt rüber, kaum dass er mich entdeckt hat.

„Hey, Ana." Er registriert, dass ich nur einen Bikini trage und wird am Halsansatz rot. Um es zu verstecken, senkt er das Kinn. „Wo steckt Pierce? Gibt es schon Neuigkeiten von der Polizei? Ist der alte Sack überhaupt zur Polizei gegangen und hat den Verlust seines Smartphones gemeldet?"

„Setz dich."

Auffordernd klopfe ich auf das Fußende der Liege und greife nach dem Tuch, das ich zum Sonnen abgelegt habe. Im Nu habe ich es mir umgelegt, sodass James-Dean nicht weiter in Verlegenheit gerät. Er ist schließlich ein Teenager.

„Mr. Huxley sen., war, soweit ich weiß, bei der Polizei. Er sitzt in der Lobby und wartet auf Pierce."

„Wo ist Pierce?"

Wenn ich das wüsste.

„Er ist mit dem Auto unterwegs. Dauert sicher nicht lange." Ich räuspere mich umständlich, um das Thema zu wechseln. „Wir müssen noch über etwas anderes reden. Wir beide, ganz allein." Augen zu und durch. Es muss sein.

James-Dean schluckt und zuckt anschließend mit den Schultern. Er sieht unglücklich aus.

„Ich weiß, worauf du hinauswillst. Pierce hat mir bereits eine Predigt gehalten. Hotelgäste zu beklauen, ist von nun an verboten. Ich bin im Bilde."

„Genau. Du raubst niemanden mehr aus. Nicht die Hotelgäste und auch keine anderen Touristen oder Menschen im Allgemeinen." Mein Gefühl rät mir, das in aller Deutlichkeit klarzustellen. „Es ist falsch, was du tust. Und es ist strafbar", füge ich an und bemühe mich, streng zu gucken. „Du bist minderjährig und wirst möglicherweise verschont, sollte es zum Ernstfall kommen. Aber in ein paar Jahren ist das vorbei. Sobald du volljährig bist, kannst du für Diebstahl in der Größenordnung für Jahre ins Gefängnis kommen."

Natürlich habe ich keinen Schimmer, ob das stimmt. Aber ein bisschen Übertreibung kann an der Stelle nicht schaden. Soll James-Dean ruhig Angst bekommen. Wenn er dadurch auf der richtigen Seite des Gesetzes bleibt, geht das Flunkern für mich in Ordnung.

„Bist du enttäuscht von mir?"

Oh Gott! Vor der Frage hatte ich Angst. Was antworte ich darauf? Ihn emotional zu verletzen, ist das Letzte, was ich will. Der Junge giert nach Anerkennung und

Aufmerksamkeit. Außerdem weiß er, dass er sich falsch verhalten hat.

Die verschiedensten Gedanken jagen durch meinen Kopf. Was jetzt kommt, darf ich nicht in den Sand setzen.

„Ja und nein", finde ich einen Kompromiss. „Ich bin enttäuscht, kann aber auch verstehen, weswegen du es getan hast." Meine Hand wandert auf seine Schulter und drückt leicht zu. „Du hättest mit mir reden können. Bestimmt hätte ich dir und deiner Familie helfen können."

„Die Makaios brauchen keine Almosen." Er schüttelt meine Hand ab.

Mist! Ich habe das Falsche gesagt.

„Ich verstehe das. Ich wollte dir auch kein Geld anbieten. Vielmehr meine Hilfe." Es kostet mich alle Kraft, meine Gesichtszüge im Zaum zu halten. Sich aufzuregen hilft hier nicht. „Wir hätten alles besprechen und im Anschluss gemeinsam eine Lösung finden können. Einen besser bezahlten Job oder eine Möglichkeit, wie deine Mutter von zu Hause aus ein wenig beitragen kann. Es gibt immer Wege."

James-Dean schweigt einen Moment, in dem er offenbar nachdenkt.

„Okay", kommt die Antwort wenig später. Seine Stimme ist ruhig, die Krise vorerst abgewendet. Zuversicht spricht aus ihm. „Dann reden wir bald", verspricht er und ringt sich ein Lächeln ab. „Aber nur, wenn noch etwas von mir übrig bleibt, nachdem Pierce das nächste Gespräch mit mir geführt hat." Er hebt den Blick und sieht über meine Schulter. „Apropos Pierce ... da kommt er."

Ich dreh mich um und sehe ihn neben Bane den Weg zum Poolbereich hochkommen. Sie betreten das Hotel über die Strandseite. Hat Pierce seinen Vater in der Lobby entdeckt und deshalb diesen Weg eingeschlagen?

„Die beiden sehen aus wie ich, wenn ich fünf Brieftaschen mit ordentlich Bargeld geklaut habe", sagt James-Dean und fängt lauthals an zu lachen.

Der Junge hat recht. Mein Bruder lächelt, was er höchst selten tut, weil er ständig in die Arbeit oder anderen wichtigen Kram versunken ist. Was hat das zu bedeuten? Ich sehe von Bane zu Pierce, der nicht weniger glücklich wirkt. Verdammte Männer!

„Lebt Keanu noch?", frage ich, als die beiden vor uns stehen bleiben. Unfassbar, dass sie eine gemeinsame Front bilden, nach einem halben Tag des Kennenlernens.

Pierce beugt sich zu mir, küsst mich und setzt sich anschließend neben mich. Mit James-Dean am Fußende müssen wir ein Stück zusammenrücken.

„Alles gut. Wir haben dem Mistkerl kein Haar gekrümmt." Pierce legt den Arm um mich und zieht mich näher. Er reibt seine Nase liebevoll an meinem Nacken und ich bekomme eine Gänsehaut. Vor allen anderen. Wie peinlich.

„Warum guckt ihr dann so merkwürdig?" Ich versuche, mich zu konzentrieren und nicht mehr von dem wohligen Gefühl zu wollen. Nicht, solange Bane vor mir steht.

„Wie gucken wir denn?", fragt mein Bruder ein bisschen zu scheinheilig.

„Als hättet ihr fünf Brieftaschen mit ordentlich Bargeld geklaut, um es mit James-Deans Worten zu beschreiben."

Der Junge fängt erneut an zu lachen. „Ich muss los. Auch wenn es sicher interessant ist, worüber ihr gleich reden werdet. Aber die Arbeit ruft nach mir."

„Lass uns nächste Woche in Ruhe reden", biete ich ihm an. Ich hoffe, er versteht mich.

Die Antwort ist ein zögerliches Nicken, dann ist der Taschendieb, der hoffentlich bald keiner mehr sein wird, abgezogen.

„Ich habe eine Vermutung, worüber du mit ihm sprechen willst", flüstert mir Pierce ins Ohr. Es ist nicht nötig, Bane davon zu erzählen. Deshalb nicke ich unauffällig und gehe nicht weiter darauf ein. Je weniger Leute davon wissen, desto besser.

„Kann ich jetzt erfahren, was ihr mit Keanu gemacht habt?"

Bane hält mir sein Handy hin, sodass ich das Foto seines letzten Posts sehen kann. Es zeigt einen Keanu, der keine Verletzungen im Gesicht hat, auch keine Schwellungen. Nicht mal ein Pickel ist zu sehen. Nur wunderbar glatte Haut, ohne Veilchen.

„Ich verstehe nicht."

„Schau auf die Bildunterschrift", fordert Pierce mich auf, der bis über beide Ohren grinst. Er streichelt meinen Nacken, was mich zusätzlich ablenkt. So kann ich mich beim besten Willen nicht konzentrieren.

Keanu Farrow erholte sich auf wundersame Art und Weise innerhalb weniger Stunden. Findet die Doppelhochzeit jetzt doch statt? Tsunami ist bereit, Ja zu sagen. Alles scheint ein großes Missverständnis zu sein. Mein Studienfreund hat den Ring noch nicht zurückgegeben, das hat er mir selbst erzählt. Ich wünsche beiden das Beste für die Zukunft.

Da bin ich platt. Platt und sprachlos. Ich schlucke und kann nicht fassen, dass Bane diesen Post in seine Timeline gesetzt hat. Er hat sogar Keanu verlinkt und dessen Bruder gleich mit. Dazu ein aktuelles Foto. Von heute, würde ich sagen. Im Hintergrund sehe ich das Firmengelände der *FarrowLogistics Inc.*

„Das hast du nicht wirklich getan, oder?" Ich muss träumen. Fieser geht es kaum. Auf welcher Seite steht er überhaupt?

„Doch, habe ich." Mein Bruder nimmt mir das Handy weg. „Und Keanu hat es gesehen. Er hat mir bereits eine wütende Nachricht geschickt. Sein Bruder stellt Fragen und will Antworten – die Familie ist in Aufruhr. Alles läuft seinen Gang. Es ist nur eine Frage der Zeit, bis der Fernsehsender Wind davon bekommt."

„Na toll. In dem Fall geht dieser Quatsch nun weiter." Frustriert runzele ich die Stirn. Alles hätte so einfach sein können. „Deinetwegen muss ich damit rechnen, dass Keanu mich erneut bittet, seine Frau zu werden. Einmal hat mir wahrlich gereicht." Bane hat keine Ahnung, wie ich mich fühle.

„Es geht nichts weiter. Du brauchst keine Angst vor einem weiteren Kniefall zu haben", ergreift Pierce für meinen Bruder Partei. „Farrow muss Lui die Wahrheit offenbaren. Es geht gar nicht anders. Eine Frau mit dem Namen Tsunami gibt es nicht. Es gibt nicht mal eine Freundin. Keanu hat seinen Bruder und dessen zukünftige Familie angelogen. Der Post und das hübsche Foto zwingen ihn, sich zu äußern und die Sache aufzuklären. So einfach kommt er nicht davon. Keanu kann es nicht unkommentiert stehenlassen. Sein Bruder wird eine Erklärung verlangen – seine zukünftige Schwägerin ebenfalls. Die Lügen werden auffliegen, sind schon aufgeflogen. Außerdem wird es ihm für die Zukunft eine Lehre sein. Was er getan hat, war falsch. Dafür hat er eine Strafe verdient."

„Ihr müsst es ja wissen", sage ich mit wenig Überzeugung in der Stimme. „Wir hätten auch einfach nichts machen können."

Das wäre leichter gewesen.

„Aber das hätte nicht halb so viel Spaß gemacht." Bane wirkt glücklicher denn je.

Mein Bruder ... unmöglich! Wie alt ist er eigentlich?

„Musst du nicht zurück ins Büro? Seit wann kannst du problemlos ein paar Stunden Zeit freischaufeln?"

Natürlich ist Sonntag und meine Frage nicht berechtigt. Aber der Boss der Keoki-Plantage ist täglich im Büro, auch an vermeintlich freien Tagen. Ich erlebe das oft genug.

„Seit du das auch kannst, Schwesterherz." Die Antwort klingt herausfordernd. Mein Entschluss, spontan frei zu nehmen, hat auf der Plantage einiges durcheinandergebracht. Das hatte ich ganz vergessen.

Verflixt! Der Punkt geht an Bane. Es wird Zeit, der Unterhaltung eine neue Richtung zu geben. Ich wende mich Pierce zu und ignoriere meinen Bruder. Darin bin ich gut. „Dein Vater sitzt in der Lobby und wartet auf dich."

Ein Seufzen geht den Worten voran. „Wir haben ihn gesehen", bestätigt Pierce meine Vermutung, dass er ihm aus dem Weg gegangen ist. „Du warst mir wichtiger. Ich wollte erst zu dir."

Er seufzt ein weiteres Mal und ich empfinde Mitgefühl. Das bevorstehende Gespräch wird sicher kein leichtes.

„Offenbar ist die Zeit nun gekommen und meine Schonfrist abgelaufen. Ich denke, ich sollte ihn nicht länger warten lassen."

Mein Freund steht auf und Bane sieht auf die Uhr. „Ich muss ebenfalls verschwinden. Mein Schreibtisch ruft."

Den letzten Satz spricht er in meine Richtung. Himmel! Wie nervig können Brüder eigentlich sein? Diese alberne Bemerkung kommentiere ich nicht. Meine Kindergartenzeit ist vorbei.

„Bleibst du hier und wartest auf mich?" Eine Welle der Sympathie überrollt mich, als ich Pierce' Anspannung hinter der Frage spüre. „Ich bin gleich zurück. Dauert nicht lange."

Zu gerne würde ich mitgehen und ihm beistehen, aber das wäre höchstwahrscheinlich keine gute Idee. Die Unterhaltung muss Pierce allein führen. Da wäre ich fehl am Platze.

„Natürlich warte ich auf dich."

Hoffentlich erkennt Pierce, wie sehr ich mit ihm fühle.

23

Pierce

„Ana hat gesagt, du suchst nach mir."

Ich trete an meinen Vater heran, der den Eingang des Hotels nicht aus dem Blick lässt. Er sieht zu mir und anschließend zurück zur Tür.

„Ich bin über die Strandseite gekommen", erkläre ich, weil ich sehe, dass er sich ärgert, mich verpasst zu haben.

„Setz dich!" Er deutet auf den Sessel, der seinem am nächsten steht.

„Warst du bei der Polizei? Konnten sie dir helfen?"

Nachdem ich die Frage gestellt habe, atme ich lange aus. Das bevorstehende Gespräch verursacht mir Magenschmerzen. Am liebsten würde ich es nicht führen und niemals erfahren, was es mit *InteresTepp* und meinem Vater auf sich hat. Unwissenheit kann ein Segen sein. Leider ist es dafür bereits zu spät.

„Bist du dafür verantwortlich?", fragt er ohne Erklärung. Mein Vater war schon immer ein Fan von deutlichen Worten. Zumindest in Momenten, in denen er nicht nach Ausflüchten sucht. „Wofür?" Ich verziehe das Gesicht.

„Verkauf mich nicht für dumm."

Es brodelt. Das Gewitter wird über mich hereinbrechen. Lange kann es nicht mehr dauern.

„Hast du vergessen, dass du allein entschieden hast, nach Hawaii zu fliegen? Ich habe dich nicht gebeten, herzukommen", fahre ich meine Geschütze auf.

Die Worte lassen meinen alten Herrn kurz innehalten. Er scheint nachzudenken.

„Erklär mir, warum der Polizei von O'ahu ein richterlicher Beschluss vorliegt, auf dem mein Name steht. Warum verlangen sie Dateneinsicht? Kaum habe ich bestätigt, dass das vorliegende Gerät mein vermisstes Smartphone ist, war es auch schon konfisziert." Mein Vater beugt sich vor. „Da ist etwas faul und du steckst mit drin", sagt er mit gesenkter Stimme.

Richtig erkannt.

Das Gespräch verläuft, wie ich es vermutet habe.

Auch ich beuge mich im Sessel vor, um mit meinem Vater auf Augenhöhe zu sein.

„Soll ich offen sprechen? Möchtest du, dass ich Klartext rede? So wie du? Überlege dir die Antwort gut, denn ein Zurück gibt es nicht." Mein Blick, mit dem ich den letzten Satz unterstreiche, verspricht nichts Gutes.

„Rede."

Ausatmend lehne ich mich zurück. Ich schlage sogar die Beine übereinander, um es mir bequemer zu machen. Alles Taktik. Mein Vater weiß das – und ich auch.

„Du hast mich zu diesem Urlaub verdonnert, um mich aus dem Weg zu räumen. Das war dein erster Fehler. Du hast deine Assistentin angewiesen, die verschlossene Auster zu spielen. Christopher wäre nicht misstrauisch geworden, wenn Annalise sich normal verhalten hätte. Er bekommt bei jedem Besuch einen Keks von ihr, wusstest du das? Das war dein zweiter Fehler." Ich fange an, mit dem Fuß zu wippen.

„Der Rest war ein bisschen Recherche, bei dem der Name *InteresTepp* gefallen ist. *Huxley und Partner* stehen in dem Fall, bei dem es um Unfälle und Vergiftungen mit Todesfolge geht, ganz vorn in der ersten Reihe. Du vertrittst einen Geschäftsführer, der mehr Dreck am Stecken hat als jemals ein Mandant von uns zuvor. Ich schätze, der Freispruch in einem Gerichtsverfahren dieser Größenordnung wäre genau dein Ding. Was musst du dafür tun? Vermutlich braucht *InteresTepp* dir nicht mal mehr als den üblichen Satz zu zahlen. Die Publicity, die dieser Fall mit sich bringt, ist das, was du ersehnst. Was du begehrst. Du möchtest als Verfechter für Recht und Ordnung auftreten. Ein Held sein, der den zuvor von der Presse zu unrecht vorverurteilten Geschäftsführer in Unschuld wäscht. Liege ich mit meiner Vermutung richtig?" Ich senke meine Stimme. „Aber wir beide kennen die Wahrheit. Ist es nicht so? Mom wäre unglaublich enttäuscht von dir."

Der letzte Satz hat gesessen. Er war ein Tiefschlag der übelsten Sorte. Aber sollte mein Vater nicht aufwachen, ist es möglicherweise zu spät. Dann kann ihm keiner mehr helfen.

Dass er schweigt und das Gesagte unkommentiert lässt, ist weder gut noch schlecht. Es zeigt lediglich, dass er nachdenkt. Wenigstens das habe ich erreicht.

„Ruf Owen Irving an", setze ich nach. „Du weißt, dass er der Staatsanwalt in dem Fall ist. Dein Anruf wird erwartet. Er hat mir versprochen, nichts zu unternehmen, bis du ihn kontaktiert hast. Wie es üblich ist, gibt es natürlich eine Frist."

Ein kurzes Räuspern und ich spreche weiter.

„Du hast jetzt und hier die Chance, aus der Sache rauszukommen, ohne viele Federn zu lassen. Es ist ein einmaliges Angebot, welches ausläuft, solltest du dich nicht binnen achtundvierzig Stunden bei Irving melden.“

Ich stehe auf und trete aus der Sitzecke. Es ist alles gesagt.

„Wie konntest du das tun?“ Fassungslos schnappt mein Vater nach Luft. Seine Miene zeigt blankes Entsetzen und maßlose Enttäuschung. Enttäuschung, die auf mein Konto geht. „Das ist Verrat. Verrat am eigenen Vater. Du hast den Namen Huxley entehrt. Ein Huxley handelt keinen Deal mit der Staatsanwaltschaft aus, um das einzige Familienmitglied, das es gibt, an den Pranger zu stellen.“

Die Worte sind wie Pfeile, die auf mich abgeschossen werden. Jedes einzelne trifft mich bis ins Mark. Ich mache dicht und schirme mich ab, um nicht vor seinen Augen zusammenzubrechen. Auch mir bedeutet der Name Huxley etwas. Mein Vater soll nicht sehen, wie sehr mich seine Worte verletzen.

„Mein Rat: Nimm den Deal, der dir angeboten wird, an. Und zwar schnell. Die Kanzlei wird Schaden nehmen, der Name Huxley auch und möglicherweise verlieren wir den einen oder anderen Partner. Das kannst du nicht verhindern. Irving wird es dir nicht leicht machen, sollte er belastendes Material auf deinem Handy finden.“

Ich bin froh und erleichtert, es ausgesprochen zu haben. „Falls du der Mann bist, für den ich dich immer gehalten habe, weißt du, was zu tun ist.“

Das war es! Für mich ist der Fall abgeschlossen.

Ohne auf eine Antwort zu warten, wende ich mich ab und lasse meinen Vater in der Lobby zurück.

Ich habe ihn noch nie so sprachlos erlebt. So blass auch nicht. Er sieht krank aus, kränker als jemals zuvor. Hoffentlich entscheidet er sich für den richtigen Weg. Ich kann nur hoffen und beten.

Weil ich nach dem Gespräch ein paar Minuten für mich brauche, gehe ich nicht zu Ana, sondern zur Hotelbar. Ich muss runterkommen, mich ein wenig beruhigen. Eine Aussprache wie diese habe ich noch nie geführt. Wiederholung nicht erwünscht.

Nach dem nötigen Bier werde ich zu Ana gehen und sie bis zu meiner Abreise nicht mehr loslassen. Ja genau. Das ist die beste Idee, die ich je hatte. Alles andere um mich herum will ich vergessen. Am liebsten für immer.

Als ich den Barbereich des Hotelrestaurants betrete, werde ich überrascht. Chris sitzt am Tresen und sieht ungewohnt nachdenklich drein. Seine Haare sehen weniger gestylt aus und auch sonst wirkt er verändert. Ich bin fast sicher, dass es nicht nur an seiner Kleidung liegt, die legerer ist, als ich es von ihm gewohnt bin. Die Bierflasche, die vor ihm steht, ist unberührt. Entweder er ist gerade erst gekommen oder er ist in Gedanken versunken und hat vergessen zu trinken.

Zuletzt habe ich ihn am Donnerstagabend gesehen. Er wollte mit mir ein Bier trinken und ist abgehauen, bevor wir die erste Flasche geleert haben.

„Aloha", begrüße ich ihn, wie es hier üblich ist. „Lange nicht gesehen. Genießt du deinen Urlaub?" Ich stupse ihn an und gebe dem Barkeeper ein Zeichen, mir auch ein Bier zu bringen. Anschließend lasse ich mich auf den Hocker neben ihm sinken. Wenn mich jemand von dem Gespräch mit meinem Vater ablenken kann, dann ist das Christopher T. Markham.

„Hey, Pierce, Bro. Wo ist deine Ana?" Mein Freund sieht an mir vorbei.

Deine Ana. Das hört sich gut an.

„Am Pool. Ich gehe zu ihr, sobald ich mit dir ein Bier getrunken habe."

Hoffentlich fragt Chris nicht nach dem Warum. Ich will ihm nicht erklären, weswegen ich dringend etwas zu trinken brauche.

„Warum treibst du dich an der Hotelbar herum, obwohl deine Angebetete auf dich wartet?"

War klar, dass ich nicht so leicht davonkommen würde. Kurz zögere ich.

„Mein Vater ..."

„Ist er hier? Hast du ihn tatsächlich hergelockt?" Chris wirkt überrascht, was zu erwarten gewesen ist.

„Ja. Pierce Huxley sen. ist hier. Hier auf Hawaii und hier im *Lailani Beach Hotel.* Und ich habe es sogar geschafft, sein Handy zu stehlen und es bei der Polizei abzuliefern."

Dass mein Vater allein auf die Idee gekommen ist, herzufliegen, erzähle ich nicht. Nachher fühlt Chris sich schuldig, weil seine sonntäglichen Nachforschungen zu offensichtlich waren und das Misstrauen meines Vaters geweckt haben.

Mein Freund stößt einen Pfiff aus. „Nicht schlecht. Nicht schlecht. Ich habe dich unterschätzt. Will ich wissen, wie du das alles angestellt hast? Oder ist es besser, wenn ich nicht genau Bescheid weiß?"

Da ich nicht vorhabe, Chris von James-Dean und seinen Fähigkeiten als Taschendieb zu erzählen, winke ich ab. Es ist nicht nötig, dass er eins und eins zusammenzählt. Im Moment gefällt mir die Unwissenheit meines Freundes sehr gut. Ein Geständnis kann ich später ablegen. Ein paar Drinks darf Chris noch springen lassen.

„Es ist nicht wichtig, wie ich es angestellt habe. Lass uns ein anderes Mal darüber reden. Warum bist du hier und nicht bei irgendeiner Frau?", frage ich argwöhnisch und hoffe, Chris lässt sich auf meine Frage ein. „Sightseeing wäre auch eine typische Urlaubsbeschäftigung, der du dich hingeben könntest."

Chris grinst breit und irgendwie verträumt. „Ich warte ... ich warte auf sie, die Frau. Sie hat in einer halben Stunde Feierabend."

Ach ...

„Bravo!" Ich kann nicht anders. Lachend klopfe ich meinem Freund auf den Rücken. „Du bist unverbesserlich. Verrätst du mir, wie deine neue Göttin heißt?"

„Nein." Chris greift nach seinem Bier und trinkt.

„Nein?"

Er schüttelt den Kopf. „Nope. Du hast dein Mädchen und ich habe meins. Belassen wir es dabei."

Auch gut. Höchstwahrscheinlich hat Chris nächste Woche wieder eine andere.

„Okay."

Mein Bier kommt und wir stoßen an. „Auf den besten Urlaub überhaupt." Es tut gut, das zu sagen.

„Wir fliegen am Freitag gemeinsam zurück. Ich habe die gleiche Maschine gebucht wie du", klärt mein Freund mich auf, kaum dass er das Bier abgestellt hat.

Bitte?

Was für ein beschissener Themenwechsel. Verdammter Miesmacher.

„Warum erzählst du mir das? Wir haben gerade erst auf den Urlaub angestoßen und du bist schon bei der Abreise."

Dabei habe ich mir geschworen, so wenig wie möglich an diesen grauenhaften Tag zu denken.

„Ich wollte dich nur daran erinnern. Solltest du mich in den nächsten Tagen nicht im Hotel antreffen, mach dir keine Sorgen. Am Freitag, wenn das Shuttletaxi uns zum Flughafen bringt, bin ich zurück."

Seit wann spielt dieser Charmeur den Geheimnisvollen? Ich suche in seiner Miene nach einem Hinweis, entdecke aber keinen.

„Also schön. Dann sehen wir uns spätestens Freitag. Es sei denn, du möchtest mir deine neue Freundin vorstellen. In dem Fall können wir gerne gemeinsam etwas unternehmen. Ana ist auf O'ahu geboren. Sie kennt alle sehenswürdigen Plätze. Auch die, die nicht von Touristen überlaufen sind." Stolz schwingt in meiner Stimme mit.

Chris nimmt einen tiefen Schluck und steht auf. „Danke für das Angebot." Jetzt ist er es, der mir auf den Rücken klopft. „Aber ich komme klar."

Ein Blick auf sein Handy und dann stellt er die halb volle Flasche ab. „Ich muss los. Bis Freitag."

Und weg ist er.

Neugierig sehe ich ihm nach. Es hat den Anschein, als würde Chris sich in sein ganz eigenes Abenteuer stürzen. Warum auch nicht? Es sei ihm gegönnt.

Der Rest des Tages verläuft zum Glück ohne weitere Ereignisse. Ich erzähle Ana von dem Gespräch mit meinem Vater. Und weil James-Dean in der Nähe ist, bitte ich ihn dazu. Da er ein Teil dieses listigen Trios ist, hat er ein Recht darauf, zu erfahren, wie es mit meinem Vater und den Ermittlungen weitergeht. Nur dass ich nicht wirklich weiß, wie es weitergeht. Wir müssen abwarten und sehen, was geschieht und wie mein Vater sich in der Sache entscheidet. Ich werde mich ab jetzt heraushalten. Meine Aufgabe in der Angelegenheit ist erfüllt. Alles Weitere muss sich finden. Mein Vater muss entscheiden, ob er aufwachen will oder nicht.

Ana wirkt zufrieden und glücklich, mich in den letzten verbleibenden Tagen meines Urlaubs für sich zu haben. Und James-Dean ... der ist schneller weg, als ich gucken kann. Offensichtlich hat er die Befürchtung, sich erneut Ermahnungen und Predigten von uns anhören zu müssen.

***

Furchtbar! Warum vergeht Zeit, die man genießt, wie im Fluge?

In den nächsten Tagen sehe ich weder Chris noch meinen Vater. Als ich mich am Dienstag an der Rezeption nach Mr. Huxley sen. erkundige, erfahre ich, dass er abgereist ist. Hat es etwas zu bedeuten, dass er sang- und klanglos aufgebrochen ist? Ist er wütend? Wird er mir verzeihen oder mir diesen Verrat auf ewig nachtragen? Unter Umständen hätte das Gespräch besser laufen können. Zumindest hätte ich die Bemerkung über meine Mutter aus dem Spiel lassen sollen. Den Kommentar würde ich zurücknehmen, wenn ich könnte.

Hier auf Hawaii werde ich keine Antworten bekommen. Ich bin neugierig, was mich in Chicago erwartet. Und was unsere Partner in dem Fall zu sagen haben.

***

Am Mittwoch meldet Bane sich bei Ana, um ihr mitzuteilen, dass Keanu sich entschuldigt hat und über die Weihnachtstage nun doch nach Japan fliegt. Wenn ich Anas Bruder richtig verstanden habe, bekommt Keanu von seiner zukünftigen Schwägerin eine zweite Chance.

Bane vermutet, dass Aiko längst die passende Frau für Keanu gefunden und den Traum von einer Doppelhochzeit an Heiligabend noch nicht aufgegeben hat. Welch ein Graus.

In meinen Ohren klingt das ziemlich verrückt. Mutig, mutig. Ich an Keanus Stelle würde für nichts auf der Welt nach Japan reisen. Vor allem nicht, weil diese Aiko einen fanatischen Hochzeitstick zu haben scheint. Uns kann es egal sein.

Bane hat Keanus Entschuldigung an Ana weitergegeben und damit ist die Angelegenheit vom Tisch. Halleluja und goodbye.

***

Den Donnerstag verbringen Ana und ich am Strand oder im Hotel. Keiner von uns möchte etwas unternehmen. Wir liegen in der Sonne, schlürfen Cocktails und versuchen, nicht an morgen zu denken. An den Abreisetag!

24

Ana
Freitag: Abreisetag, fünf Uhr morgens

Am liebsten würde ich die Augen geschlossen halten und das Klingeln des Weckers ignorieren. Pierce liegt neben mir und denkt offensichtlich das Gleiche, denn er hat nichts getan, außer den Arm auszustrecken und seinen Handywecker auf stumm zu schalten. Wie lange es wohl dauert, bis das schreckliche Geräusch erneut ertönt?

Ich drücke meinen Rücken fester gegen ihn und genieße seinen Arm, der über mir liegt und mich festhält. Die letzten Tage haben wir nicht anders als in der Löffelchenstellung geschlafen. Nie hätte ich es für möglich gehalten, dass diese Position zu meiner Lieblingsschlafposition werden könnte. Aber es schläft sich einfach göttlich mit Pierce im Rücken, eingehüllt von seinem Duft, von dem ich nicht genug bekommen kann.

„Pierce …"

„Hmm?"

„Ich glaube, wir sollten aufstehen."

„Nein." Mein Köper wird fester umschlugen, als hätte Pierce Angst, ich würde einfach aus dem Bett steigen. Wie ich Abschied nehmen hasse …

Gemeinsam haben wir beschlossen, dass ich nicht mit zum Flughafen fahre. Pierce wird mit dem Shuttleservice des Hotels zum *Daniel K. Inouye International Airport* gebracht. Nur er und sein Freund Chris – in aller Herrgottsfrühe.

„Pierce ... ihr werdet euren Flug verpassen, wenn wir liegen bleiben."

„Ist nicht schlimm."

Er bewegt nicht mal den Kopf. Seine Nase ist in meinem Nacken vergraben, sodass ich die Worte eher erahne als sie verstehe. Es könnte schön und irgendwie romantisch sein, wenn der Zeitpunkt ein anderer wäre. Wenn Pierce nicht zurück nach Chicago müsste.

Aber ... in drei Wochen wird er zurückkommen. Das haben wir bereits besprochen. Dann werde ich ihn vom Flughafen abholen und er kommt für ein verlängertes Wochenende zu uns auf die Keoki-Plantage. Kein Hotel, kein Leihwagen, kein Urlaub machen. Sondern ein fester Freund, der zu Besuch kommt. So haben wir es abgemacht. Darauf freue ich mich schon jetzt.

Leider sind es bis dahin noch einundzwanzig Tage und acht Stunden. Eine verdammt lange Zeitspanne. Ich vermisse Pierce schon jetzt, dabei ist er noch nicht mal abgereist. Mit schwerem Herzen liege ich in seinen Armen und lasse mich halten.

Es hilft nichts. Wir müssen aufstehen. Ich seufze.

„Pierce!" Mein Tonfall ist eindringlicher. Sogar die Stimme hebe ich.

„Ananasmädchen", kommt es sanft zurück.

Ich bin verloren, so was von verloren. Der Spitzname wird sich für immer in mein Gedächtnis brennen. Ich liebe ihn. Ich liebe Pierce.

Gerade will ich mich tiefer an ihn kuscheln und wieder in den Schlaf hinabgleiten – soll er doch seinen Flug verpassen, mir kann es recht sein – da klingelt das Hoteltelefon neben dem Bett.

Mein Freund rollt auf den Rücken, legt sich den Unterarm über die Augen und stöhnt. Lange und tief. „Nein.“

Ich nehme den Hörer ab. „Ja?“

„Kippe ihm eine Ladung Wasser ins Gesicht, sonst steht er nie auf“, kommt die Anweisung ohne einen Funken Humor.

Kaum zu glauben.

„Kannst du durch Wände gucken?“, frage ich Christopher und lache leise.

„Nein, aber ich kenne diesen faulen Hund schon mein halbes Leben. Er ist nie gerne früh aufgestanden. Und mit einer nackten Frau an seiner Seite dürfte es ihm um ein Vielfaches schwererfallen.“

Unverschämtheit!

„Woher willst du wissen, dass ich nackt bin?“, frage ich empört und werde gleichzeitig rot. Selbstverständlich bin ich nackt. Und Pierce ebenfalls.

„Wie ich schon sagte …“, Chris gähnt herzhaft, „… ich kenne meinen Freund. Außerdem würde ich das Gleiche tun, wenn ich an seiner Stelle wäre. Ich glaube, Pierce wird diesen Urlaub niemals vergessen. Du bist wirklich toll, Ana. Wir haben uns in den paar Tagen nur flüchtig kennengelernt, aber ich sehe, wie Pierce auf dich reagiert. Er zeigt mir eine völlig neue Seite von sich.“

Meine Augen werden feucht. Verdammt. Warum muss ich ihn gehen lassen?

„Ich werde ihn auch nicht vergessen." Bevor Chris merkt, wie aufgewühlt ich bin, schiebe ich ein „Wir sehen uns in fünfzehn Minuten in der Lobby" hinterher und lege auf.

Keine Gefühlsduselei, Ana. Bitte. Es hilft nicht.

„Zeit, aufzustehen", sage ich mehr zu mir selbst als zu dem Mann neben mir. Schnell und bevor ich das Licht anmache, wische ich mir über die Augen und ziehe Pierce die Decke weg.

Holla die Waldfee!

Ein nackter Pierce, der auf dem Rücken liegt und mir alles von sich zeigt. Wie soll ich diesen Mann abreisen lassen? Er ist unglaublich schön. Ich will ihn behalten – für immer.

„Starrst du mich an?"

Er schläft nicht.

„Nein."

Schnell räuspere ich mich und schnappe mir ein T-Shirt, das vor dem Bett auf dem Boden liegt. Es gehört Pierce und riecht nach ihm. Gott, ich bin am Ende. Ich benehme mich wie eine Süchtige, die genau weiß, dass sie bald keinen Stoff mehr hat. Nachschub gestrichen.

„Wir müssen aufstehen. *Du* musst aufstehen", korrigiere ich mich. „Der Weckruf kam von Chris. Er wartet unten am Eingang auf dich. Der Shuttleservice ist bereits da."

Es stimmt nicht ganz. Ich vermute, dass der gute Chris ebenfalls noch im Bett liegt. Zumindest hat er gegähnt und wirkte so verschlafen wie ich. Aber wenn Pierce nicht bald den Turbo einschaltet, haben wir keine Zeit für einen Abschiedskuss.

„Du lügst."

Der Mann ist unmöglich! Kopfschüttelnd überlege ich, mit dem Fuß aufzustampfen.

„Pierce!", kommt es mir lauter und deutlicher über die Lippen. Ich knie mich aufs Bett, um ihn zu rütteln, da – plötzlich befinde ich mich in einer festen Umklammerung.

„Hab ich dich."

Die Falle ist zugeschnappt.

Im nächsten Moment spüre ich Pierce' Mund auf meinem. Er ist sanft, unglaublich sanft und einfühlsam. So fest, wie er mich hält, so sanft küsst er mich. Ich gebe mich ihm hin und lasse alles zu. Sämtliche Emotionen lege ich in den Kuss. Bereitwillig nehme ich, was Pierce mir gibt und als er den Kuss beendet, rollen mir Tränen über die Wangen. Mist.

„Ich heule nicht."

Pierce nickt und wischt mit dem Daumen die Feuchtigkeit weg. Er ist unglaublich zärtlich.

„In drei Wochen sehen wir uns wieder, Ananasmädchen." Kaum ausgesprochen, küsst er erst ein Auge, dann das andere. Dabei umschließt er mit beiden Händen mein Gesicht.

„Ich weiß." Wenig damenhaft ziehe ich die Nase hoch. „Ich weiß. Aber ich bin trotzdem traurig."

„Ich auch." Wieder werde ich umarmt. „Ich auch."

„Wir telefonieren", versuche ich mich selbst zu trösten. „Jeden Tag."

„Versprochen."

„Aber ich schicke dir keine Nacktfotos. Never ever." Niemals würde ich mein Lockmittel aufgeben.

Pierce richtet sich mit mir im Arm auf. Er rutscht bis zur Kante des Bettes.

„Damit hast du bereits gedroht." Er lächelt und ich sehe den Schalk aufblitzen. „Trotzdem habe ich fest vor, dich umzustimmen."

Natürlich. Pierce ist ein Mann. Es würde mich wundern, wenn er nicht auf sexy Fotos stehen würde.

„Wie willst du das schaffen?", provoziere ich ihn. Ich denke nicht im Traum daran, so leicht nachzugeben.

„Wart es ab. Vielleicht schicke ich dir Nacktbilder von *mir*." Um der Sache den visuellen Nachdruck zu verleihen, lässt Pierce mich los und steht plötzlich in aller Pracht vor mir.

Oh verflixt! Wenn ich recht überlege ...

Zwanzig Minuten später stehen wir zu dritt vor dem Eingang des *Lailani Beach Hotels* und warten auf den Hotelshuttle. Christopher hält sich abseits, um uns Raum zu geben. Wie lieb von ihm. Ich mag ihn und hoffe, Pierce bringt seinen Anwaltsfreund bald wieder mit nach Hawaii. Wir hatten kaum Zeit, uns besser kennenzulernen.

Ob er Pierce die Sache mit seiner Brieftasche übel nimmt? Gehört Christopher T. Markham zu der nachtragenden Sorte Mensch? Ich wäre zu gerne dabei, wenn Pierce ihm mitteilt, dass James-Dean ihm die Brieftasche geklaut hat und er von Anfang an Bescheid wusste. Egal, mein Freund wird mich über alles auf dem Laufenden halten. Das hat er fest versprochen.

„Geht es dir gut?" Pierce hebt mein Kinn, sieht mir in die Augen und holt mich mit der Geste ins Jetzt.

„Nein." Der Schmerz, den ich kurz verdrängt hatte, ist wieder da. Ich seufze und spüre eine Last auf meinen Schultern. „Eine Fernbeziehung habe ich bisher noch nie geführt. Hoffentlich bekommen wir das hin. Bis Chicago sind es von O'ahu aus viertausendsiebenunddreißig Meilen." Mein Mund fühlt sich plötzlich trocken an. „Eine ganze Menge."

Pierce wirkt überrascht. „Du hast die Entfernung nachgerechnet?"

„Yep. Im Grunde ist es egal, ob es tausend oder mehr als viertausend Meilen sind. Fakt ist: Du bist nicht auf Hawaii." Meine Schultern heben sich, bevor ich sie fallen lasse. „Ich wollte es trotzdem wissen."

„Oh, Ana." Er umarmt mich und ich sehe aus dem Augenwinkel, dass der Shuttlebus vorfährt und neben Chris zum Stehen kommt. Es ist Zeit.

„Pierce!" Es ist Chris, der ruft. „Wir verpassen das Flugzeug. Reiß dich los. Bye, Ana. Wir sehen uns."

Bevor ich ihm antworten kann, ist er eingestiegen.

Pierce muss auch einsteigen!

Nein. Nein. Nein.

„Dein Bruder wartet auf dem Hotelparkplatz", höre ich plötzlich Pierce' Stimme dicht an meinem Ohr. „Er fährt dich nach Hause." Mein Freund lässt mich los und nickt dem Fahrer zu, der seinen Koffer übernehmen will.

„Mein Bruder?"

Was macht Bane hier? Um fünf Uhr morgens. Ich bin verwirrt.

„Ja." Pierce küsst mich ein letztes Mal. Es ist ein schneller und kurzer Kuss. Keiner von den langen, die wir eben im Bett getauscht haben. Wenn Pierce mich so alles verschlingend geküsst hätte, hätte ich nur wieder angefangen zu heulen.

„Ich habe ihn angerufen und gebeten, zu kommen."

Hä?

„Warum? Und seit wann hast du die Handynummer meines Bruders?" Ob mir das gefällt, weiß ich noch nicht.

Pierce greift meine Hand und wir gehen gemeinsam zum Shuttle. „Seit wir Keanu Farrow einen Besuch abgestattet haben. Ich dachte, es könnte nicht verkehrt sein, sie zu kennen. Schließlich ist er ein Teil von dir. Er ist dir wichtig, also ist er mir auch wichtig."

„Du dachtest also, du könntest seine Nummer gebrauchen?"

Was soll ich davon halten? Werden die Männer hinter meinem Rücken über mich reden oder Pläne schmieden?

„Yep. Und wie du siehst, habe ich richtig gedacht. Jetzt kann er dich nach Hause bringen." Wir bleiben stehen und Pierce blickt mir tief in die Augen. „Oder wie wolltest du den weiten Weg vom Hotel zur Plantage meistern? Um die Uhrzeit …"

Der Besserwisser hebt doch tatsächlich eine Augenbraue. Für diese Frechheit kneife ich ihn in die Rippen.

„Darüber habe ich mir ehrlich gesagt keine Gedanken gemacht. Bestimmt hätte ich Bane angerufen und ihn gebeten, mich abzuholen."

Natürlich nicht sofort. Mein Bruder ist nicht zu genießen, wenn er zu wenig Schlaf bekommt.

Pierce lacht und reibt sich die Stelle, in die ich gekniffen habe.

„Na siehst du, schon erledigt. Dein Taxi steht parat. Er hat mir versprochen, pünktlich am Hotel zu sein."

„Danke." Ich schlinge ein letztes Mal meine Arme um seine Taille und drücke ihn so fest ich kann. Er riecht gut. Den wunderbaren Duft werde ich vermissen. Genau wie ihn.

Ein Moment verstreicht, in dem wir uns nur halten.

Es wird vom Inneren des Busses gegen die Fensterscheibe geklopft.

„Chris wird ungeduldig", informiert Pierce mich.

„Ja. Er hat recht. Wenn wir noch länger brauchen, verpasst ihr meinetwegen und wegen meiner Gefühlsduselei das Flugzeug."

Pierce drückt mir einen Kuss auf die Stirn und verweilt dort einen Augenblick.

„Ich rufe dich an, wenn ich gelandet bin."

Und dann ... ist er weg.

Ich sehe nur noch die roten Rücklichter des Shuttles.

Bis in drei Wochen, rufe ich ihm in Gedanken hinterher.

25

Ana
Eine Woche später

„Kannst du heute Vormittag auf der Plantage bleiben und im Büro helfen?" Bane steht im Türrahmen zur Küche und sieht mir beim Frühstücken zu. Er selbst hält eine Tasse Kaffee in der Hand und wirkt gestresst wie immer, wenn Monatsabschluss ist.

„Kein Problem. Ich kann die Eis- und Saftlieferungen ein wenig nach hinten schieben", überlege ich laut und sehe von meiner Müslischale auf. „Hast du eine bestimmte Arbeit für mich im Sinn? Äußerst ungern würde ich unsere Kunden länger als nötig warten lassen." Ich tauche den Löffel in die Milch. „Wir haben zwei neue Hotels auf der Freitags-Tour, da möchte ich nicht zu spät kommen." Wahre Worte. Meine Bemühungen, pünktlicher zu werden, nehmen tagtäglich zu.

Bane verzieht das Gesicht, wie es nur Brüder können. „Wenn du nicht vorhast, einen Briefkasten zu überfahren, wird das nicht passieren. Die Zeit ist mehr als ausreichend."

Er leert seine Tasse und tritt an die Maschine, um sie wieder aufzufüllen. Mein Bruder ist ein Koffeinjunkie und trinkt eindeutig zu viel Kaffee.

„Einen Briefkasten habe ich noch *nie* überfahren", beschwere ich mich und wende mich ihm zu. „Umgefahren auch nicht."

Mir ist der Appetit vergangen. Brüder sind furchtbar. Warum kann ich nicht Bruder und Schwester haben? Meine Wunschschwester und ich, wir wären garantiert stets einer Meinung und würden Bane die Hölle auf Erden bereiten. Das wäre ein Traum.

„Ich habe in einem Rückstau gestanden ...", fange ich an zu erklären, „... weil ein Surfer sein Brett ..."

„Ist schon gut." Bane hebt die Hand und rollt mit den Augen. „Ich weiß, ich weiß ... die Geschichte werde ich so schnell nicht vergessen." Er schüttelt den Kopf und geht mit seinem Kaffeenachschub zur Tür.

Ich auch nicht. Das war der Tag, an dem ich Pierce kennengelernt habe.

Oh Gott!

Tu es nicht, Ana. Denk nicht an ihn. Nur nicht an ihn denken.

Eine der drei Wochen, die er in Chicago sein wird, ist bereits um. Ich fiebere den Tag herbei, an dem ich ihn wiedersehe. Um den Fokus bei der Arbeit nicht zu verlieren, verbiete ich mir allerdings, tagsüber an ihn zu denken. Das ist sicherer. Für Träume und Herzensangelegenheiten ist abends genug Zeit.

„Ana ..." Bane steht noch in der Küche.

„Was?" Ich muss wirklich besser zuhören. Hat er etwas gefragt? Wieso geht er nicht endlich und lässt mich in Ruhe?

„Komm in mein Büro, wenn du mit dem Frühstück fertig bist, dann zeig ich dir, was du für mich erledigen kannst, ehe du dich auf den Weg zu den Hotels machst."

„Alles klar“, antworte ich und beschließe, meinen Kaffee in aller Ruhe zu Ende zu trinken, bevor ich Bane in seinem privaten Imperium aufsuche. Wer weiß, welche langweilige Arbeit er auf mich abwälzen will. Da gibt es am Monatsende so einiges.

Zwanzig Minuten später stehe ich vor seiner Bürotür und klopfe.

„Komm rein.“

Ich tue, wie mir geheißen und muss feststellen, dass Bane nicht allein ist. Ein Mann sitzt, mit dem Rücken zu mir, vor seinem Schreibtisch. Die Beine sind übereinandergeschlagen und seine Haltung ist aufrecht.

Ich stutze.

Das ...

Der Rücken ist breit, die Haare sind braun und die Frisur kommt mir ebenfalls bekannt vor. Dass der Mann sich nicht zu mir umdreht und seine Identität offenbart, lässt mich hoffen. Spontane Aufregung bricht über mich herein. Mein ganzer Körper fängt zu kribbeln an.

„Bane. Was ...?“

Mein Bruder lehnt sich im Stuhl zurück und lässt seine Mundwinkel spielen. „Du hast dir ganz schön Zeit gelassen. War dein Müsli dir so wichtig?“ Dieser Blödmann von Bruder grinst und sieht ekelhaft zufrieden aus.

Und dann ...

Pierce dreht sich um und lächelt mich an. Glücklich und froh. Nicht so schadenfroh wie mein Bruder.

„Hallo, Ananasmädchen.“

„Wie ...? Warum ...?“

Ehe ich mich versehe, ist Pierce aufgestanden und hat mich in die Arme geschlossen. Er hebt mich sogar ein Stück vom Boden hoch und dreht uns einmal im Kreis. Sein Duft umschmeichelt meine Sinne und lässt mich erzittern.

Er ist da! Pierce ist da! Ich kann es nicht glauben. Wie toll ist das denn? Fast wie Weihnachten und Geburtstag zusammen.

„Du bist hier, auf Hawaii", sage ich und fühle mich vollständig überrumpelt. Mein überfordertes Gehirn weiß nicht, was es zuerst denken soll.

Der Mann, den ich in den letzten Tagen über alles vermisst habe, setzt mich ab und sieht mir ins Gesicht. „Yep. Ich bin hier und warte seit zwanzig Minuten auf dich."

Echt jetzt?

Ich sehe meinen Bruder an und erdolche ihn mit Blicken. Einer wandert direkt zwischen seine Augen. „BANE!" Wie kann er mir etwas so Wichtiges verschweigen? Das ist grausam. Na warte …

Mein Kindskopf von Bruder steht auf. „Ich kann doch nichts dafür, wenn du Ewigkeiten zum Frühstücken brauchst, Schwesterchen." Mit drei großen Schritten geht er, überheblich wie eh und je, zur Tür. „Ich lasse euch allein. Wenn ihr anfangt zu knutschen, muss ich nicht dabei sein." Er räuspert sich. „Pierce, wenn du pünktlich sein willst, musst du in dreißig Minuten los. Den Autoschlüssel hast du. Der Wagen steht direkt vorm Haus. Du kannst ihn nicht verfehlen."

Und weg ist Bane.

Gerade will ich fragen, wohin mein Freund, der gerade erst angekommen ist, muss, da liegen Pierce' Lippen auf meinen und ich vergesse alles. Oh wie habe ich das vermisst! Diese Wärme, dieses Kribbeln ... diese geschickte Zunge. Ich öffne den Mund und spüre, wie mir gleichzeitig die Knie weich werden. Mit angehaltenem Atem nehme ich mir, was Pierce mir gibt. Es ist toll. Es ist viel, es ist das, was ich brauche. Das, was ich will. Als er kurz über meinem Mund innehält, atme ich ein und gleich wieder aus. Ich bin leicht außer Atem.

„Pierce."

„Ja, ich bin da." Er lacht und streicht mir eine Haarsträhne aus dem Gesicht. „Und ich bleibe bis montagfrüh."

Montag?

Der Satz lässt mich derart selig grinsen, dass es mir peinlich sein müsste. Gut, dass ich mich selbst nicht sehen kann.

„Bis Montag? Extra meinetwegen?"

Mein Freund drückt mich an sich. „Das würde ich zu gerne bejahen, aber ich bin nicht deinetwegen gekommen. Zumindest nicht ausschließlich."

Oh.

Enttäuschung macht sich in Sekundenschnelle breit. Ich lasse von ihm ab. „Nicht?"

Pierce schüttelt den Kopf und rückt die Krawatte zurecht, dabei schaut er mich verschmitzt an. Es ist die Krawatte aus unserem Souvenirshop. Die mit den kleinen Ananasprints drauf. Erst jetzt wird mir bewusst, dass er einen dunklen dreiteiligen Anzug trägt und irgendwie ziemlich schick darin aussieht. Keine Surfershorts.

„Ich habe ein Vorstellungsgespräch und hoffe, die Krawatte wird mir Glück bringen.“ Er lacht auf. „Drück mir sicherheitshalber trotzdem die Daumen.“

Bitte? Ich traue meine Ohren nicht.

„Du hast ein Vorstellungsgespräch?“, frage ich nach, obwohl ich sehr wohl verstanden habe. Es ist nur schwer zu glauben.

„Yep. Direkt in Honolulu, im Herzen Downtowns. Dein Bruder sagt, die Kanzlei liegt zentral und bis zur Plantage sind es etwa vierzig Minuten mit dem Auto. Optimal also.“

Darauf kann ich mir keinen Reim machen. Ich verstehe nur Bahnhof. Und wieso weiß Bane mehr als ich? Was haben die beiden ausgeheckt?

„Aber deine Arbeit ist in Chicago. Willst du die Kanzlei deines Vaters denn verlassen?“

Das wäre eine Überraschung. Ich hoffe, Pierce hat sich sein Vorhaben gut überlegt. Was ist in der einen Woche in Chicago passiert? Muss ich mir Sorgen machen? In den Nachrichten habe ich nichts gehört und das, obwohl ich nach Neuigkeiten im Fall *InteresTepp* Ausschau gehalten habe. Sogar im Internet habe ich gesucht, was für mich total untypisch ist.

Pierce wird ernst. „Ich möchte bei dir sein. Außerdem möchte ich in deiner Nähe arbeiten. Das ist der Hauptgrund für dieses Einstellungsgespräch in Downtown.“

Weil ich spüre, dass da noch mehr kommt, warte ich, bis mein Freund weiterredet.

„Aber es gibt auch weitere Gründe, die für einen Wechsel sprechen. Mein Vater hat das Mandat für *InteresTepp* niedergelegt und einen Deal mit der Staatsanwaltschaft ausgehandelt. Der Prozess ist in vollem

Gange und wird in den nächsten Wochen an Fahrt aufnehmen. Der Name Huxley hat im Großraum Chicago
schon jetzt Schaden genommen. Wir haben einen Partner verloren und was geschieht, wenn mein Vater vor
Gericht aussagen muss, weiß keiner so genau."

Furchtbar. Das hört sich nach einer Menge Wirbel an.

„Und weil es in Honolulu auch Strafverteidiger gibt,
hast du beschlossen, es hier mal mit einer Bewerbung
zu versuchen." Grienend wische ich alle Gedanken an
Pierce' Vater beiseite und fühle mich ausgesprochen
gut.

„Ja."

Erneut werde ich geküsst. Da ich dringend noch etwas loswerden muss, halte ich Pierce davon ab, den
Kuss auszudehnen.

„Pierce." Geduldig warte ich, bis er mir in die Augen
sieht. „Deine Idee ist grandios und ich freue mich riesig,
dass du zu mir nach Honolulu ziehen willst. Aber hast
du dir das gut überlegt? Ich muss dich das fragen. Was
ist mit unserer Idee von der Fernbeziehung? Ist es nicht
vernünftiger, wenn wir es erst mal so versuchen? Ich
möchte nicht verantwortlich dafür sein, wenn du dich
hier auf Hawaii nicht wohlfühlst."

Wie für mich üblich, bin ich schnell in Fahrt gekommen und kann nicht aufhören zu reden. Alle Worte
wollen auf einmal aus mir heraus.

„Du verabscheust die hohe Luftfeuchtigkeit und die
extremen Temperaturen, dabei hast du den echten
Sommer noch gar nicht erlebt. Außerdem ist Regenzeit.
So was gibt es in Chicago nicht. Das Klima ist ganz anders. Urlaub zu machen ist eine Sache, aber auf Dauer

hier zu leben ... Wahrscheinlich wirst du es bald verfluchen, umgezogen zu sein.“

Der Sauerstoff wird knapp. Tief hole ich Luft und halte inne, weil Pierce lächelt. Wieso lächelt er? Ich erkläre ihm, was es für Unannehmlichkeiten mit sich bringt, hier zu leben und er lächelt! Das soll einer verstehen.

„Ana, ich habe mir das alles gut überlegt.“ Er sieht auf die Uhr und mir ist bewusst, dass er gleich los muss. „Außerdem geht es nicht ganz so schnell, wie du es dir gerade vorstellst. Die Stelle, für die ich mich beworben habe, wird erst in sechs Monaten frei. Wir haben also ausreichend Zeit, das Projekt Fernbeziehung von allen Seiten zu testen und zu durchleuchten.“ Er stockt und eine Schwere legt sich über seine Gesichtszüge. „Außerdem möchte ich in Chicago bleiben, bis es im Fall *InteresTepp* ein Urteil gibt. Das habe ich meinem Vater versprochen. Ich werde an jedem Verhandlungstag an seiner Seite sein und für die Presse Zusammenhalt demonstrieren.“

„Habt ihr euch ausgesprochen? Du und dein Vater?“
Es wäre schön, ich würde es mir wünschen. Obwohl mir Pierce Huxley sen. bei meinen zwei kurzen Begegnungen nicht sympathisch war, würde ich mir wünschen, dass Frieden zwischen Vater und Sohn herrscht. Die beiden sind schließlich die einzigen Huxleys. Und wer weiß ... womöglich mag ich Huxley sen. irgendwann, sollte ich die Gelegenheit bekommen, ihn besser kennenzulernen. In Zukunft werde ich mir vornehmen, offen für alles zu sein.

Pierce nickt und zuckt anschließend mit den Schultern. „Ein bisschen geredet haben wir.“ Er lächelt und ich kann sehen, dass sie mehr als ein bisschen geredet haben.

„Sehr gut. Alles ist gut. Auch, dass du das Verfahren mit ihm gemeinsam durchstehst und wir ein halbes Jahr Zeit haben, um uns aufeinander zu freuen. Ich denke, das ist ein Weg, der uns zum Ziel führt." Es fühlt sich jedenfalls verdammt richtig an.

„Du bist umwerfend, Ana. Ich denke das auch." Pierce umschließt mein Gesicht mit seinen Händen und wird plötzlich still. „Ich liebe dich, Ana Keoki. Und ich möchte dich als meine Freundin. Ich will eine feste Beziehung mit dir führen." Noch bevor ich die Möglichkeit habe, zu antworten, küsst Pierce mich. Himmel! Ein Traum. Kann ich davon jemals genug bekommen? Nein. Niemals.

„Ich liebe dich auch", sage ich, als er den Kuss unterbricht und ich endlich die Gelegenheit bekomme, zu erwidern. „Und auch ich will dich als festen Freund", ergänze ich und genieße das Lächeln, mit dem Pierce antwortet.

Im nächsten Moment muss ich schmunzeln, weil mir etwas eingefallen ist. „Aber solltest du jemals auf die Idee kommen, mit meinem Bruder eine Doppelhochzeit zu planen, muss ich leider davonlaufen." Besser, ich sorge schon jetzt für klare Verhältnisse.

Pierce lacht und schüttelt gleichzeitig den Kopf. „Alles klar. Doppelhochzeiten sind gestrichen."

Wie schön, dass er mich versteht.

„Allein das Wort Doppelhochzeit löst bei mir einen Fluchtreflex aus." Ich reibe mir über die Arme, weil ich spontan eine Gänsehaut bekomme.

„Das ist nachvollziehbar.“ Er macht eine Geste mit der Hand, die das unterstreicht. „Sollte dein Bruder Ideen in der Richtung entwickeln, werde ich ihn frühzeitig bremsen.“

„Gut.“ Jetzt ergreife *ich* zur Abwechslung die Initiative und küsse ihn. „Ich glaube, du musst los, wenn du nicht zu spät kommen willst“, sage ich, nachdem ich abgebrochen habe. Dieses ständige Küssen hält uns auf. Einer muss vernünftig bleiben und mitdenken.

„*Wir* müssen los.“

„Wir?“ Ich stutze und verfluche die unzählige Arbeit, die eine Plantage tagtäglich mit sich bringt. „Bane hat eine Aufgabe für mich. Ich soll ihm bei irgendetwas Wichtigem helfen. Es tut mir leid. Leider kann ich dich nicht begleiten.“

„Dein Bruder sagt die Wahrheit.“ Pierce greift meine Hand und zieht mich zur Bürotür. „Das Wichtige bin ich. Du musst mir helfen und mit mir kommen.“

Freude explodiert in mir. „Echt? Ich darf dich nach Downtown begleiten? Und den Rest des Tages mit dir verbringen?“

Am liebsten würde ich meinem Bruder spontan um den Hals fallen. Schade, dass er gegangen ist.

„So hat Bane es mir versprochen. Er hat jemand anderen für deine Auslieferungsrunde gefunden. Heute gehörst du mir. Keine Arbeit für dich, du hast frei.“

Wahnsinn! Toll!

Vielleicht ist mein Bruder doch nicht so schlimm. Unter Umständen brauche ich keine Schwester, um mich mit ihr gegen ihn zu verschwören. Ich nehme mir fest vor, Bane später zu danken. Er ist doch der Beste.

„Dann los! Lass uns den Tag genießen und dafür sorgen, dass du einen Job bekommst. Honolulu wartet auf
uns.“

***

**Chicagos Staatsanwalt Owen Irving mit neuem Beweis-
material im Fall InteresTepp**

Geschäftsführer Lazlo Mills sowie zwei weitere Angestellte
aus dem Führungsmanagement sind wegen schwerer Kör-
perverletzung mit Todesfolge in zehn Fällen angeklagt.

In dem spektakulären Fall, bei dem es um Unfälle und Vergiftungen mit Todesfolge in einem Chemieunternehmen
geht und der aktuell für viel Aufsehen sorgt, muss Mills mit
zwanzig Jahren bis lebenslänglich rechnen. „Die Chancen
stehen gut, dass Lazlo Mills Gerechtigkeit widerfährt und
die Familien der Betroffenen entschädigt werden“, so
Staatsanwalt Irving.

Chicagos Top-Strafverteidiger und Liebling der Presse,
Pierce Huxley sen., sagt im Verfahren gegen Lazlo Mills aus
und liefert brisante Beweise. Zuvor hatte er das Mandat in
dem Fall niedergelegt. Es bleibt abzuwarten, wie Huxley
sen. in die Machenschaften verwickelt ist. Nicht auszu-
schließen ist, dass auch er mit einer Strafe wegen Vertuschung zu rechnen hat.

Nachwort

Und schon ist der erste Band *Küsse unter Kokospalmen* zu Ende und es ist Zeit, sich für ein Weilchen zurückzuziehen, um an den nächsten Geschichten zu feilen.

Die Keoki-Plantage gibt es in der Form nicht auf Hawaii. Ich war selbst bereits in Honolulu und habe eine Ananasplantage auf O'ahu besucht. Das hausgemachte Ananaseis war eine Wucht. Und obwohl ich mich von den Eindrücken habe inspirieren lassen, ist die Keoki-Plantage ganz anders. Alle Zahlen und Fakten über den Ananasabbau sind übrigens frei erfunden. Ich hoffe, ihr nehmt mir meine schriftstellerische Freiheit nicht übel.

Auch das wunderschöne *Lailani Beach Hotel* existiert leider nicht. Aber wenn es möglich wäre, würde ich sicher dort Urlaub machen. Die Aussicht auf den Strand ist nirgendwo schöner.

Bis bald, wenn es mit Christopher T. Markham und dem zweiten Band der *Herzklopfen auf Hawaii*-Reihe weitergeht. Welchem weiblichen Wesen wird Christopher im Hotel wohl ahnungslos über den Weg laufen?

Der zweite Band schließt nahtlos an den ersten an.

Aloha!

Rezept

Ananas-Sorbet der Keoki-Plantage

Lust auf Sommer? Appetit auf Eis? Zum Glück ist mir eine kinderleichte Rezeptanleitung zum Nachmachen gelungen. Lasst euch das Sorbet mit Vitamin-C-Power am besten in der Sonne schmecken. Es ist köstlich und besonders erfrischend im Geschmack!

100 ml Ananassaft aus der Dose
70 g Zucker
70 ml Wasser
600 g Ananas „Extra Sweet" (entspricht etwa einer Ananas)
2 Eiweiß
gelbe Lebensmittelfarbe
frische Minze

Schritt 1
+ Ananas in Stückchen schneiden und einfrieren
+ Ananassaft, Wasser und Zucker im Topf erhitzen und aufkochen, danach abkühlen lassen
+ gelbe Lebensmittelfarbe unterrühren

Schritt 2
+ gefrorene Ananas im Mixer pürieren
+ abgekühlten Saft hinzugeben und erneut mixen
+ Eiweiß steif schlagen und unterheben
+ 5 Stunden gefrieren, hin und wieder umrühren

+ 5 Minuten vor dem Servieren antauen lassen und anschließend mit frischer Minze garnieren

Tipp: Es funktioniert auch ohne Eischnee, die Konsistenz ist dann fester. Ideal für leckeres Eis am Stiel.